사랑하다

읽다,

　　　일하다,

KB192787

사랑하다

읽다,

일하다,

풍월당
문학 강의,

모던
클래식

장
은수

PUNG
WOL
DANG

차례

프롤로그 | 문학은 자유의 기계이다　　7

아직 최선을 다하지 않았을 뿐　17
──── 『녹턴』, 가즈오 이시구로

인간은 심판을 당하려고 태어난 것이 아니다　24
──── 『네메시스』, 필립 로스

희망은 작은 형태로 존재한다　35
──── 『작은 것들의 신』, 아룬다티 로이

읽다, 일하다, 상상하다, 사랑하다　51
──── 『너무 시끄러운 고독』, 보후밀 흐라발

아브라카다브라, 슬픔은 기쁨이 되어라　63
──── 『한밤의 아이들』, 살만 루슈디

조용히 책 읽는 어머니와 활기차게 떠나는 딸들　79
──── 『소네치카』, 류드밀라 울리츠카야

뿌리 뽑힌 자의 기억을 찾다   87
——— 『아우스터리츠』, W. G. 제발트

단어가 더 많은 의미를 품는 세계   98
——— 『가재가 노래하는 곳』, 델리아 오언스

지혜는 고통의 형식을 띤다   111
——— 『절반의 태양』, 치마만다 응고지 아디치에

작은 인간의 속삭임을 모아 우주적 합창곡을 완성하다   126
——— 『전쟁은 여자의 얼굴을 하지 않았다』, 스베틀라나 알렉시예비치

유리의 도시에서 유령처럼 살아가다   138
——— 『뉴욕 3부작』, 폴 오스터

인종주의를 넘어서 지구 행성적 휴머니즘으로   149
——— 『하얀 이빨』, 제이디 스미스

얼마나 쉽게 노예가 만들어지는지 보아라   162
——— 『킨』, 옥타비아 버틀러

카우보이의 서부에서 퀴어의 서부로   177
——— 『브로크백 마운틴』, 애니 프루

연주하는 것은 내 작은 심장 조각 200
——— 『세상의 모든 아침』, 파스칼 키냐르

죽음이 웅웅대는 세계에서 살아남기 216
——— 『화이트 노이즈』, 돈 드릴로

책을 불태우다, 삶을 불태우다 229
——— 『화씨 451』, 레이 브래드버리

모든 사랑이 이별로 끝나는 세계에서 251
——— 『여름 별장, 그 후』, 유디트 헤르만

빌어먹을 놈들에게 절대 짓밟히지 말라 265
——— 『시녀 이야기』, 마거릿 애트우드

아버지, 거칠지만 삶을 사랑하는 사람 278
——— 『남자의 자리』, 아니 에르노

폭력의 세계에서 어떻게 해야 인간일 수 있는가 290
——— 한강의 작품 세계

에필로그 | 읽다, 일하다, 사랑하다 319

문학은 자유의 기계이다

살다 보면 누구나 문학을 갈망할 때가 있다. 미지未知와 마주친 순간이다. 미지는 무지와 다르다. 무지의 눈으로 쳐다본 삶은 암흑이나 다름없어서 앞날이 컴컴할 뿐이다. 그러나 미지는 두려운 예감의 형태를 띤다. 지금의 인생 흐름을 뒤흔들 일이 분명히 일어날 듯한 기대가 그 안에는 담겨 있다. 그럴 때 우리는 또한 한 걸음 내디디면 돌이킬 수 없을 것 같은 무서움에 사로잡힌다. 한 철학자는 인생길이 분기하는 이 지점을 사건, 즉 "다른 것이 출현하는 순간"이라고 불렀다. 단테식으로 하면, "인생길 반고비에 길을 잃고 어두운 숲속에서 헤매는" 순간이다.

생물학에선 미지와 마주친 생명체 반응을 셋으로 나눈다. 맞붙어 싸우기, 잽싸게 도망치기, 죽은 척 얼어붙기다. 내가 지금 가진 힘으로 어떻게든지 해결할 수 있을 듯하면

달라붙고 파고들어서 공격한다. 이럴 때 삶은 탐구의 형식을 띤다. 도무지 감당치 못할 기분이 들면 뒤돌아 도망치거나 몰래 구멍 속에 숨는다. 이럴 때 삶은 회피의 형식을 띤다. 둘 모두 정당하고 온전하다. 어느 경우든 이 사태를 무사히 넘기면 오늘의 삶을 내일로 이어갈 수 있는 까닭이다.

문제는 삶의 경로가 완연히 뒤집힐 압도적 상대와 마주쳤는데, 맞붙어 싸울 수도, 뒤돌아 도망칠 수도 없을 때다. 이 망연자실의 순간에 우리는 차라리 기절해버린다. 숨도 안 쉬고 가만히 엎드려서 아무 일 없이 사태가 지나가기를 기다린다. 이럴 때 삶은 경악의 형태를, 우물쭈물 제자리를 맴돌면서 살길을 찾으려는 방황의 형태를 띤다. 나는 항상 이곳에 문학의 자리가 있다고 생각해왔다.

『로드』에서 코맥 매카시는 묘사했다. "열렬하게 신을 말하던 사람들이 이 길에는 이제 없다. 그들이 사라지면서 세계도 가져갔다." 미지란 이렇듯 하나의 신이 죽고, 아직 새로운 신이 태어나지 않은 세계에서 우리를 찾아온다. 몸은 옴짝달싹 못 하고 사고는 얼어붙는 '얼음 땡'의 상황, 이럴 수도 없고 저럴 수도 없어서 세계 속에 온전히 내팽개쳐진 듯한 기분에 사로잡힌 인생 어느 순간을 우리는 운명이라고 부른다.

운명의 가장 큰 특성은 무심함과 무정함이다. 운명은 마음이 없어서 극도로 변덕스럽다. 불확실하고 부정확해서 언제 어떻게 우리를 찾을지 도무지 알 수 없다. 그건 예측을 무시하고 주의를 넘어선다. 어느 날 갑자기, 우리 앞에 파멸적으로 불쑥 모습을 드러낸다. 매카시는 말한다. "그는 순간적으로 세상의 절대적 진실을 보았다. 유언 없는 지구의 차갑고 무자비한 회전. 사정없는 어둠. 눈먼 개들처럼 달려가는 태양. 모든 것을 빨아들여 소멸시키는 시커먼 우주." 이렇듯 운명은 불현듯 우리를 덮친다. 일자리가 사라져 일상이 붕괴하고, 죽을병이 들어서 앞날의 계획이 증발하며, 재난이 찾아와서 익숙한 환경이 소멸한다.

아울러 운명은 무정하다. 인간의 사정 따위는 아랑곳하지 않는다. 삶이 절정에 올랐을 때 병을 선고해 우리를 슬픔으로 밀어 넣고, 며칠 고생 끝에 굶주린 아이의 먹거리를 마련한 아버지 앞에 강도를 보낸다. 열심히 살았다고 좋은 결과를 내주지도 않고, 사악한 자들을 그 생애 동안 패배시키지도 않는다. 한마디로 운명은 부조리하고 아이러니하다. 머리론 이해할 수 없고, 간신히 몸으로 감지할 뿐이다.

멀쩡했던 삶이 무너지면서 기쁨을 슬픔이 덮치고, 달콤함을 쓰디씀이 지우며, 행복을 불행이 가린다. 이 끔찍한 부조리 앞에 선 인간은 한순간 멍해진다. 이전에 생각했던 대로 생각할 수 없고, 이전에 행했던 대로 행하지 못한다. 논리는 무너지고, 이성은 마비되며, 감각은 정지한다. 갑자기 세상에 홀로 버려진 듯이 외로워지고, 지금껏 살아온 삶이 낯설어서 견딜 수 없어진다. 이럴 때 매카시는 묻는다. "이제 우린 뭘 하죠, 아빠? 소년이 할 말을 남자가 대신했다. 그래

9

요, 우린 뭐죠? 소년이 우물거렸다."

그러나 이 '얼음 땡'의 순간은 동시에 자유가 우리에게 주어지는 때이기도 하다. 요동친 삶이 소용돌이치면서 다른 삶의 가능성을 제시하고 어떤 선택의 기회를 빚어낸다. 실존의 위기를 견디면서 주의를 다하고 노력을 기울여 어디로 물꼬를 트느냐에 따라서 이후 삶의 모양이 아주 달라진다. 사도 바울은 기독교도를 체포하러 다니던 길에 예수를 만나 열혈 신자로 변신했고, 런던 증권 거리의 반듯한 직장인 스트릭랜드는 타히티섬의 화가로 바뀌었다. 이처럼 운명은 우리에게 자유를 행사해서 가능 세계에 몸을 던져 넣으라고 속삭인다. 하지만 두려움 탓에 대다수는 얼어붙는다. 아무 일 없이 어제가 되돌아오기만 기다린다.

운명의 순간에 죽은 척 가만있으면, 압도적 사건에 완전히 삶을 떠맡길 수밖에 없다. 운 좋으면 어제의 삶을 돌려받아 반복하는 것이고, 운 나쁘면 고양이 앞의 쥐처럼 한껏 희롱당하다가 아무 흔적 없이 스러질 뿐이다. 앞으로 나아갈수도, 뒤로 물러설 수도 없는 이 양난의 상황에서 문학이 우리를 돕는다. 더 이상 이 삶이 지속되지 않고, 지속될 수도 없을 때, 문학은 우리에게 숙명적 수동성에서 벗어나 적극적·능동적으로 삶을 바꾸는 방법을 가르친다.

그러고 보면, 문학은 자유를 가르치는 기계다. 작가는 인간을 곤란한 처지, 극단적 상황에 던져 넣은 후, 선택이 빚어내는 마법적 결과를 보여준다. 매카시의 말처럼 "우리가 말하는 것이 진리인가 아닌가 여부는 우리의 행동에 달려 있다." 문학은 가능성을 시뮬레이션해 시험하고, 그 선택이 우리 삶에 어떤 영향과 가치가 있는지, 더 나아가 인간 자체를 어떻게 변화시키는지를 알려준다.

삶이 익숙한 것에서 낯선 것으로, 익히 아는 무엇에서 아직 모를 수수께끼로 변했을 때 문학을 읽어야 한다. 문학은 실패를 도전으로 만들며 절망을 희망으로 이끄는 길을 우리에게 알려주기 때문이다. 매카시는 말한다. "하지만 길을 잃으면 누가 찾아주죠? 누가 그 아이를 찾아요? 선善이 꼬마를 찾을 거야. 언제나 그랬어. 앞으로도 그럴 거고."

'모던 클래식'이라는 부제에서 알 수 있듯, 이 책은 대부분 현대의 고전들을 다룬다. 주로 내가 1990년대에서 2000년대 초반에 읽었던 작품들이다. 이 시기에 전 세계 사람들의 삶은 이전과 크게 달라졌다. 이념의 장벽이 사라지면서 생겨난 세계화, 제3차 산업혁명으로 불리는 정보화의 충격이 거세게 밀려왔기 때문이었다. 현재의 모든 삶의 원형질은 이때 이미 마련되었다.

가속적 변화는 언제나 두근두근한 기대와 함께 미지의 불안을 가져온다. 발자크, 졸라, 루소, 디킨스, 오스틴, 괴테, 실러 등 근대 작가들이 자본주의와 제국주의가 바꾼 일상에서 인간 삶의 방향을 고민했듯, 현대의 작가들도 세계화와 정보화가 가져온 이 부박한 현실에서 "진정으로 내가 삶

을 살았노라고 말할 수 있는 저 유일하고 짧은 순간"(루소)
을 찾아 나선다. 물거품처럼 반짝이고 현기증 나게 빛나는
세상의 변화는 우리 혼을 빼놓고 정신을 잃게 만든다. 단 한
번뿐인 삶인데, 변화에 이리 치이고 저리 휩쓸리다 보면, 어
느새 망연자실해서 탕진의 빚을 공허로 갚는 순간이 찾아
온다. 이것이 인생의 황혼이다. 생각 없이 살면, 누구나 텅
빈 삶의 무서운 얼굴과 마주친다.

　문학은 황혼에 날아오르는 미네르바의 부엉이를 한낮
에 날게 한다. 산업혁명과 함께 시작한 근대가 자본주의적
탐욕과 함께 오고 제국주의적 폭력으로 실현되었듯이, 정
보혁명과 더불어 시작한 현대는 신자유주의적 탐욕과 기후
재앙으로 실현됐다. 인류는 역사상 최초로 하나가 되었으
나, 그 내부에서부터 다시 심각한 균열이 시작됐다. 인류애
를 향한 수렴은 멈추고, 각자도생의 분열이 빠르게 진행되
었다. 정체성 정치에 따른 민주주의 실패, 세계 곳곳에 퍼진
테러와 전쟁, 소셜미디어를 중심으로 전개되는 일상 내전은
그 필연적 결과였다.

　신자유주의에 감염된 정치 무능이 그 촉매였다. 변화에
따른 실패의 고통을 전적으로 개인에게 떠넘기는 야만이 횡
행하면서 공동체는 해체되고, 빈익빈 부익부는 심화했으며,
약자들의 삶은 파탄 위기로 내몰렸다. 분열과 갈등이 동심
원처럼 퍼져나가고, 내몰리고 탈락한 존재들이 곳곳에 넘
쳐나 약자들은 세계 붕괴의 공포에 고스란히 노출됐다. 우

애와 평등의 가치는 잊히고, 돈과 시장으로 압축되는 물신과 탐욕의 논리가 사람들 의식을 물들였다. 생존이 윤리를 대체하고, 취향이 가치를 무찔렀으며, 좋은 삶의 기준이 증발하고, 공동체의 중심축이 무너졌다. 여성, 이주민, 장애인, 퀴어 등 소수자의 삶은 더욱 가혹했다.

이처럼 사회적 약자의 비통함에 무관심한 세계는 현대 문학 자체를 인간적 저항의 장으로 만들었다. 이 책에 실린 작품들이 보여주듯, 자본의 균일 지배가 아무 걸림돌 없이 신속하고 무참하게 실현되는 세상에서 문학은 인간의 내적 진실을 보존하고 수호하는 진정성의 공간이 되었다. 다른 현실을 상상하고 실현하는 문학의 역능은 무의미와 공허가 날뛰는 이 지옥 같은 세상에서 더 나은 삶의 나침반이었다. 『로드』가 핵전쟁이 일어난 재앙적 세계에서 남자와 소년을 떠돌게 함으로써 언제나처럼 선善이 우리를 찾을 걸 깨닫게 하듯, 모던 클래식 작품들은 신자유주의에 내몰린 우리 앞에 새로운 감각 현실을 구축해 보여줌으로써 우리가 좋은 삶을 번창시키려면 주어진 자유를 어디에 투자해야 하는가를 알려준다. 따라서 오늘날 문학을 읽는다는 것은 다른 현실, 즉 신자유주의적 물신주의에 유혹당해 인간을 돌보지 못하는 타락한 정치 서사, 탐욕스러운 경제 서사를 정지시키고, 그 진실성을 교란하고 뒤흔드는 데 참여하는 일이다.

바싹 쫓아온 생존의 사냥개들이 우리를 끝없이 달리게 하고, 잦은 정보가 우리를 탈진하게 하는 시대에 아직 문학이 쓰이고, 우리가 그걸 읽는다는 것은 우리가 아직 모두 소진되지 않았다는 뜻이다. 소진된 인간, 즉 가능성을 모두 잃은 인간은 살아도 살고 있지 않고 살아 있어도 이미 죽어 있다. 그러나 문학과 함께하는 한, 우리에겐 아직 더 나은 삶을 꿈꾸고 가꿀 자유가 남아 있다. 그래서 『시녀 이야기』에서 마거릿 애트우드는 말한다. "빌어먹을 놈들에게 절대 짓밟히지 말라."

모던 클래식을 읽으면서 새삼 깨달은 것은 새로운 문학이 다수한테 익숙한 삶을 낯설게 느끼는 소수로부터 흔히 탄생한다는 점이다. 문학을 읽는다는 것은 낯선 언어를 수용하고, 낯선 감정을 습득하는 일이다. 미국 작가 조이스 캐럴 오츠의 말처럼 문학을 읽을 때 우리는 "비자발적으로 다른 사람의 피부, 다른 사람의 목소리, 다른 사람의 영혼 속으로 미끄러져 들어간다." 작품을 천천히 깊게 읽으면 뇌는 현실 세계에서 비슷한 상황이 전개될 때와 똑같은 영역을 활성화한다. 이 때문에 문학을 읽는 사람은 작중인물과 자신을 동일시하고, 그들의 감정을 자신의 감정으로 데려올 수 있다.

문학은 자발적이고 자연스러운 자기 소멸을 통해 소수 언어를 수용하게 함으로써 세상을 보고 듣고 느끼는 다수의 공통 감각common sense을 매만진다. 문학을 읽음으로써 우리는 자기 안에 더 많은 이질성을 공존시키고, 자신을 더 많은 것에 공감하는 존재로 다듬는다. 자신의 공통 감각을 타자에 열어둔 채 끝없이 단련하는 개인들의 집합일 때, 자유와 민주의 공동체는 공화와 공존의 공동체로 성숙할 수 있다.

요컨대 문학은 시민을 만든다. 정보에 능숙한 전문가만 있고 문학을 읽는 시민이 없을 때, 사회는 사익 추구의 검투장이 된다. 볼테르·디드로·루소 등은 모두 문학에 뛰어들었다. 자유롭고 평등한 시민 공동체에 반드시 우애, 즉 공적 감정이 필요함을 알았기 때문일 것이다. 문학을 읽음으로써 얼마나 많은 이들이 다른 사람의 기쁨과 슬픔을 자기 이야기로 받아들일 수 있느냐에 따라 시민사회의 성패는 갈린다. 이기의 존재인 인간을 이타의 존재로 바꾸는 힘이 문학에 있다. 문학이 없다면 시민도 없다.

모던 클래식은 구조적 폭력 속에서 철저하게 무력화된 개인을 보여주는 한편, 끔찍한 재난으로 가득한 판도라적 현실 속에서 여전히 작동하는 유대와 낙관을 보여준다. 물러서서 사유하고 고요히 성찰하는 가운데, 무언가를 떠올려 고쳐 쓸 힘이 있는 한, 그러니까 자유를 이용해서 다른 현실을 구축할 힘이 있는 한, 우리 인생에 실패나 절망은 존재하지 않는다.

이 책에 실린 글들은 대부분 풍월당에서 나오는 문화 잡지 『풍월한담』에 실렸던 글들이다. 한강이 노벨문학상을 받은 걸 기념해서 한강의 문학세계를 다룬 글을 비롯한 몇 몇 글은 새로 썼다. 연재할 지면을 주고 책으로까지 엮어준 풍월당 박종호 선생님과 최성은 실장님, 나성인 이사님, 그리고 다른 풍월당 모든 직원에게 깊은 감사를 드린다. 이 책을 계기로 지난 10년 동안, 풍월당에서 꾸준히 강의했던 고전 읽기 강의 내용을 엮어 차례로 책으로 펴낼 계획이다. 함께 읽어주었으면 좋겠다.

2025년 1월, 불암산 아래에서

장은수

아직 최선을 다하지 않았을 뿐

가즈오 이시구로Kazuo Ishiguro

『녹턴Nocturnes』(2009)

녹턴Nocturne이란 무엇인가. 야상夜想, 즉 음악의 선율이 한밤중 생각들처럼 천천히 흘러가는 것이다. 대낮은 열정이다. 도전이 분출하는 시간이다. 황혼은 지혜이다. 모든 게 명징해진다. 대낮의 행위가 선명히 열매 맺는다. 야상의 시간, 즉 잔여의 시간은 그다음에 온다. 긴 하루의 나머지, 인생의 여분이 언어를 홀려 짙은 정서를 일으킨다. 사람들은 이를 회한이라고 부른다. 시간의 물레가 뽑아내는 흐릿한 기억들, 아련한 감정들, 가물대는 자아들……, 회한은 『남아 있는 나날』 이래로 가즈오 이시구로가 탐구 중인 인간성의 한 심연이다. 소설집 『녹턴』에 들어 있는 다섯 단편소설도 마찬가지다. 그러나 회한이 공허한 감상sentimental에 떨어지지 않게, 생각이 헛된 미로를 헤매지 않게 작가는 작품 곳곳에 기발한 유머를 배치한다. 이로써 우리는 '비애로 가득한 웃음'이 무엇인지 알게 된다.

책 속의 작품들은 모두 음악의 이야기이자 재능의 이야기이고, 열정의 이야기이고 성공의 이야기이며, 관계의 이야기이자 사랑의 이야기다. 이 이야기들에 회한의 정조를 불어넣은 것은 생의 본질적 형식인 '어긋남'이다. 재능과 음악이, 열정과 성공이, 관계와 사랑이 함께 겹쳐질 수 없다는 것이다. 인간은 모두 이 엇갈림 속에서 자기 인생을 본다. 아무리 발버둥 쳐도 소용없다.

「비가 오나 해가 뜨나」의 세 동창을 보자. 대학 때 이들은 함께 음악의 모닥불 곁에 둘러앉아 있었다. 주인공 레이먼드는 떠돌이 영어 강사, 가난을 견디면서 유럽의 여러 도시를 전전한다. 찰리는 제트세터족jet-setter, 사업가로 성공해서 비행기를 타고 바쁘게 세상을 돌아다니는 중이다. 찰리의 아내인 에밀리 역시 남부럽지 않은 고위직 직장인, 업무에 회의에 생활이 분주하다. 그러나 세 사람의 삶은 모두 겉모습과 속모양이 어긋나 있다.

레이먼드(레이)는 자유로운 영혼이다. "아직 마흔일곱 살"이라면서 여전한 음악광으로 "바에서 많은 시간을 보"내면서 살아간다. 그러나 그의 실체는 "징징이 왕자", 때때로 찰리 부부를 찾아와 신세 한탄을 늘어놓는 처지이다. 찰리는 "평범한 사내"다. 마음속 열망을 좇는 대신 나이에 따른 책임을 지는 쪽을 택해서 성공한다. 그러나 그의 진짜 모습은 울보, 에밀리와 사이가 벌어지자 "핵심에서, 중심에서 모든 게 잘못되고 있"음을 느끼고 흐느낀다. 에밀리는 양다리 인간이다. 음악적 영혼과 안락한 생활을 함께 누리려 한다. 그녀는 레이를 보면 찰리를 떠올리고, 찰리를 보면 레이를 상상한다. 그러나 그녀의 실제 얼굴은 심술쟁이, "한때 그토록 우아했던" 얼굴은 사라지고 이제 "불퉁한 입매와 더불어 몹시 심술궂어 보일" 뿐이다.

인생은 가차 없다. 재능을 택해도, 성공을 택해도, 중간을 택해도, 어긋남을 피할 수 없다. 막바지에 이르면 아무도 자신의 이상형에 닿지 못한다. 바라는 대로 살지 못하고 전혀 엉뚱한 곳에 이르러 있기 쉽다. 「첼리스트」에 나오는 한 인물 피터는 말한다. "난 바쁜 사람이오. 스스로 이렇게 중얼거리지. '너무 바빠 불어를 배울 시간도, 악기를 배울 시간도, 『전쟁과 평화』를 읽을 시간도 없어.' 내가 줄곧 하고 싶어 했던 모든 것을 말이오." 바라던 모든 것을 이루지 못한 채 그저 바쁘게만 나날을 보낸다면 그것을 과연 삶이라고 할 수 있을까. 사실상 녹턴의 밤에 피터와 찰리는 같은 선율을 연주하는 셈이다. 또한 이 작품에서 '첼로의 거장'을 자칭하는 엘로이즈는 에밀리와, 첼리스트 티보르는 레이먼드와 겹친다.

타고난 재능을 상실할까 두려워 아예 연주를 배우려 하지 않는 엘로이즈와 대학 시절 음악에 집착하는 에밀리는 쌍둥이처럼 보인다. 마음은 여전히 영혼의 충동에 매달려 있으나, 몸은 현실의 쾌락을 포기하지 못하는 겁쟁이다. 그들은 외친다. "날 위해 연주해줘요! 어서!" 그러나 음악에서 두 사람이 듣고 싶은 것은 지금은 영영 사라져버린, "한때의 즐거운 시간에 대한 추억"이다.

레이먼드와 티보르는 부사 '아직'을 공유한다. 가짜 거장인 엘로이즈의 지도를 받은 티보르는 느낀다. "아직 들어가 본 적이 없는 정원 같은 게 저 멀리 있었어요." '아직'은 충족을 모르는 여백의 시간이다. 티보르는 옛날의 레이먼드, 레이먼드는 앞날의 티보르일 것이다. 한 줌이 채 되지 않는 재능만으로 음악의 무한한 대지를 탐구하는 일은 얼마나 힘겨운가. '아직'을 버리지 못하고, 인생의 황혼에 "징징이 왕자"로 호명되는 것은 얼마나 불쌍한가.

이렇게 다섯 작품은 모두 서로를 악보로 연주한다. 레이먼드의 삶을 압축하는 "자유와 함께 떠돌기"는 「크루너」, 「녹턴」, 「몰번힐스」, 「첼리스트」 등에 나오는 광장이나 카페의 떠돌이 예술가들과 겹치고, 「크루너」와 「첼리스트」는 '베네치아'라는 장소를 함께 쓰며, 「비가 오나 해가 뜨나」와 「몰번힐스」는 '런던'에서 서로 엇갈린다. 「크루너」와 「녹턴」은 '린디 가드너'란 인물을 공유하기도 한다. 이들은 중심에서 밀려난 예술가들이고, 정착 없는 유목민들이며, 스스로 국적을 포기한 이방인들이다. 이들의 인생을 한 줄로 꿰는 것은 녹턴, 즉 한밤의 음악이다. 그 회한의 언어는 이들의 얼굴에 쓸쓸하고 씁쓸한 표정을 부여한다. 사랑은 이미 깨어졌다. 재능은 무참히 흩어졌다. 열정은 소진되었다.

작가는 이 잔혹한 운명을 차분한 어조로 전한다. 사건은 전혀 높낮이를 만들지 못한다. 눈을 빼앗길 만한 아름다운 묘사도 없고, 마음에 담을 만한 격정의 표출도 드물다. 존재하는 것은 단정한 문장들의 연속체뿐이다. 그런데 읽다 보면 이상한 일이 생긴다. 굴곡 없는 단어들이 천천히 이어지는 것이, 여분의 인생을 등에 얹은 문장들이 한 줄씩 쌓인다는 사실 자체가 어느새 여분의 희망을 일으킨다. 녹턴을 들을 때 우리는 저절로 눈물을 흘린다. 우리의 삶이란 운명의 손가락이 곳곳에서 연주하는, 녹턴의 '라이트모티프'에 불과함을 깨닫는다. 그러나 동시에 삶이란 결론을 전부 확인한 후에도 '아직 최선을 다하지 않았다'며 '한 번 더'를 외쳐대는 일이기도 하다. 「크루너」에서 한물간 스타 가수인 토니 가드너가 베네치아의 선상 가수인 '나'한테 말한다. "나는 더 이상 스타가 아니라오. 나는 그 사실을 받아들이고 과거의 영광에 만족하고 살 수 있소. 그게 아니라면 이렇게 말할 수도 있지. '아니, 나는 아직 끝나지 않았어' 하고 말이오."

두 사람은 이제 막 토니의 아내 린디 한 사람을 위한 공연을 마쳤다. 이 부부는 서로를 너무나 사랑했기에 상대 안에서 몰락하는 대신 품위 있게 헤어지기로 했다. 이로써 토니는 이미 한차례 인생을 끝냈다. 퇴락한 인생에 굴복하지 않으려면 단순한 결심으로는 불가능하다. "현재의 존재 방식"을 송두리째 변혁해야 한다. 과거의 유명 배우인 린디도 마찬가지. 토니는 말한다. "그녀는 아직 그렇게 늦지 않았소.

가능성이 남아 있을 때 출구를 찾아야 한다오. 다시 사랑을 찾을 가능성, 또 다른 결혼을 할 가능성 말이오." 인생은 '이미' 끝나고 목숨만 남았지만, 선율이 이어지는 한 인생은 '아직' 끝난 게 아니다. 음악은 그 느릿한 흐름 속에서 존재를 변형시켜 '이미'를 '다시'로 바꾸어놓는다. 이로부터 "웃음거리 재고품"으로 전락한 삶에 생기를 불어넣는 우아함과 품격이 생긴다.

「몰번힐스」에서 토니와 린디는 틸로와 소냐 부부로 변주된다. 화자인 '나'는 런던의 오디션에서 번번이 탈락한 후, 시골의 누나 카페에 얹혀살면서 싱어송라이터를 꿈꾼다. 이야기는 유랑 가수인 틸로와 소냐가 우연히 '나'의 연주를 들은 후 서로 대화하는 형식으로 되어 있다. '나' 앞에 갑자기 두 부부의 삶이 먼 미래로 던져지는 것이다. 소냐는 '이미' 지쳐 있다. 「비가 오나 해가 뜨나」의 에밀리처럼 모든 일에 짜증을 부리는 심술쟁이가 되어 있다. 틸로는 '아직'을 외친다. 언젠가 올 행운을 기다리며 무작정 인생을 긍정한다. 두 사람 중 '나'는 무엇을 택했을까. "아직 완벽한 것 같지 않은 브리지 패시지에 신경을 집중하기로 마음먹는다." 소냐의 말처럼, 청년의 인생은 무조건 희망에 투자하는 수밖에 없으니 당연한 일이다. 이때의 '아직'은 얼마나 아름다운가.

「녹턴」에서 무명의 색소폰 주자 스티브는 얼굴 성형수술을 받은 후 셀러브리티 린디 가드너를 만나 우스꽝스러운 모험을 치른다. 골방의 예술가인 그는 사랑을 '이미' 잃었다. 성형수술은 아내가 남긴 마지막 선물이다. 오직 음악으로 승부해야 한다는 믿음을 상실한 스티브는 수술 후 불안에 사로잡혀 말한다. "이건 실수야. 나 자신을 좀 더 존중했어야 했어."

「크루너」에서 토니와 헤어진 린디 역시 스무 해 정도 젊어 보이는 성형수술을 받았다. 우연히 옆방에 묵은 린디가 스티브한테 말한다. "삶이란 한 사람을 사랑하는 것으로 끝내기엔 너무 크답니다. 나는 오랜만에 싱글이 되었어요. 이제 세상으로 나가서 운을 시험해볼 거예요." 사랑이 한 번만이 아니라면, 인생도 역시 마찬가지이리라. "이제"와 "세상으로" 사이에서 우리는 '다시'라는 부사가 연주되는 소리를 들을 수 있다. 그것은 너무 높은 고음이어서 어떤 사람한테는 들리지 않을 수도 있다. 불안을 끝내 떨치지 못하면서 스티브는 덧붙인다. "아마도 린디의 말이 옳을 것이다."

『녹턴』은 야상의 소설이고 회한의 소설이다. 동시에 『녹턴』은 희망의 소설이고 부사의 소설이다. '이미'와 '아직'이 만나서 '다시'를 연주하는. 그리하여 한밤중에 우리가 녹턴을 듣는 이유는 한낮의 시간을 돌아보며 삶을 정리하기 위해서가 아니다. 숱한 실패와 좌절에도 인생이란 긍정할 수밖에 없다는 것, 이것이 작가가 독자들에게 건네고픈 말일 테다. 이시구로는 말한다. "인생이란 결코 눈부시지 않지만 너무 어둡지도 않다."

인간은 심판을 당하려고
태어난 것이 아니다

필립 로스Philip Roth

『네메시스Nemesis』(2010)

『네메시스』는 인간과 폴리오바이러스의 사투를 그린 작품이다. 이를 통해 작가 필립 로스는 독자를 묵직한 질문 앞으로 이끈다. "아무 죄 없는 사람들이 끔찍한 고통을 당하다 불구가 되거나 죽음에 이르는 세계는 정의로운가?" "신이 있다면 어떻게 이리 끔찍한 일이 벌어질 수 있는가?" 이는 구약성서 「욥기」에 처음 등장한 이후 문학의 오랜 주제 중 하나다. "신이 있는데, 어떻게 악인은 흥하고 의인은 고난에 빠지는가?"

인간은 절대 이 질문에 답할 수 없다. 신만이 답할 수 있는데, 근대 이후 신은 인간의 어떤 질문에도 답하지 않고 오래도록 침묵 중이다. 일찍이 파스칼은 말했다. "저 하늘의 무한한 침묵이 나를 괴롭게 한다." 그런데 작가는 여기에 질문 하나를 덧붙여서 우리를 더 깊은 궁지로 내몬다. "선이

망하고 악이 흥하는 이 더러운 세상에 '나의 책임'은 없는
가?"

'미국의 양심'이라고 불리는 작가답다. 로스의 작품들
은 현대 미국 문학의 깊이를 보여준다. 『포트노이의 불평』,
『미국의 목가』, 『휴먼스테인』, 『나는 공산주의자와 결혼했
다』 등 그의 대표작들은 유대 전통에서 나온 인간 본질에
관한 영적 탐구를 매카시즘, 68혁명, 성 해방, 정치적 올바
름 등 미국 현대사의 주요 장면과 결합한다.

정신이나 육체의 승리를 함부로 선언하지 않고, 인생을
사실 그대로 보여주는 것은 작가의 자질이다. 한 줄기 낭만
도, 한때의 안락도, 하나의 통념도 허용하지 않은 채 삶의
바닥이 드러날 때까지 인물을 몰아갈 줄 아는 것은 작가의
재능이다. 자기 갈망을 지키려다 현실의 모순 속에서 찢긴
채로 고통당하는 인간 실존을 독자들이 전적으로 받아들
이게 하는 것은 위대한 소설의 조건이다. 로스의 작품들은
이 세 가지를 모두 갖추고 있다.

『네메시스』는 필립 로스의 마지막 소설이다. 제목의 네
메시스Nemesis는 그리스 신화에 나오는 '복수의 여신'을 말
한다. 네메시스는 정의의 신 제우스보다 일찍 등장한 여신
으로, 인간이 저지른 죄에 대한 가차 없는 징벌, 즉 인과응
보를 상징한다. 악당처럼 죄악의 대상이 뚜렷하면 복수도
간단하다. 그러나 바이러스는 어떨까. 눈에 보이지도 않고
몸으로 느낄 수도 없으며 치료법도 알려지지 않은 존재가

공동체 전체를, 특히 죄 없는 아이들을 희생자로 삼을 때, 네메시스의 방향은 어디로 향해야 할까. 폴리오바이러스가 한 청년의 삶을 송두리째 변화시키는 과정을 통해 작가는 이 어려운 질문에 답하려 한다.

작품의 배경은 1944년 제2차 세계대전 막바지 미국 뉴어크의 위퀘이크라는 유대인 동네다. 주인공 버키 캔터는 스물세 살, 영웅심에 피가 끓는 청년이다. 불행한 어린 시절을 딛고 건실하게 자라난 그는 "용기와 희생"이라는 마음속 이상을 구현하려고 전쟁에 뛰어들려 했다. 그러나 지독한 근시 탓에 그는 군인이 되지 못하고, 체육 교사 겸 어린이 놀이터 감독이 된다. 갓 부임한 그는 아이들을 사랑하지만, 그의 마음은 의무를 다하지 못했다는 실망으로 가득하다. 사복을 입고 사람들 앞에 나설 때마다 창피함을 느낄 정도이다.

그러던 어느 여름날, 폴리오바이러스가 동네를 덮친다. 이 바이러스는 어른도 감염되지만, 아이들한테 더 치명적이다. 감염된 아이들은 몸이 마비되는 고통 속에 속절없이 죽음을 맞거나, 간신히 살아남더라도 다리를 저는 척수성 소아마비를 후유증으로 얻는다. 1950년대 백신이 개발된 후 폴리오바이러스는 거의 위력을 잃었으나, 작품의 배경인 1940년대 초에는 치료법은 물론이고 감염 경로조차 알 수 없는 불치의 질병이었다.

폴리오가 창궐하자 도시는 한순간 지옥으로 변한다. 뉴

어크는 삽시간에 공포와 불안, 증오와 불신에 빠져든다. 버키가 근무하는 놀이터에도 이탈리아계 불량소년들이 찾아와, 폴리오바이러스를 퍼뜨리겠다면서 침을 뱉고 행패를 부린다. 아무도 이들을 말리지 못하나, 전장에 나가지 못한 죄책을 어떻게든 달래고 싶었던 버키는 즉시 행동에 나서서 이들을 쫓아낸다. 덕분에 버키는 단숨에 아이들의 영웅으로 부상한다. 그러나 이상하게도 그날 이후부터 마을에 폴리오가 퍼지기 시작한다.

"치료제도, 백신도 없는" 이 무서운 질병 앞에서 인간이 할 수 있는 일이 무엇일까. 그 책임을 두고 서로 의심하는 것일 테다. 감염병은 순식간에 인종 간, 계층 간 의심과 분노로 변해서 도시 전체를 혼란으로 몰아넣는다. 빈민층인 이탈리아인, 유대인, 지적 장애인 등은 폴리오를 퍼트리는 잠재적 보균자로 지목돼 온갖 수모를 당한다.

버키는 용기와 희생이라는 가치를 실현하고자 하는 '성스러운 인간'이다. 감염병이 번져나갈수록 그는 더욱 책임감에 불타올라 의연하게 아이들을 지키려고 애쓴다. 그러나 그의 노력에도 환자는 자꾸 늘어나고, 죽는 아이들도 빠르게 증가한다. 하나같이 착하고, 명랑하고, 예의 바르고, 잘못 자체를 모르는 순진한 아이들이다. 버키는 아이들의 연이은 죽음에 혹여 자기 잘못은 없을까 하는 의심에 사로잡히는 한편, 이 세계의 부조리함 앞에서 근원적 질문에 빠져든다. 도대체 아이들이 왜 죽어야 하는 걸까. 신이 죄 많은 어른 대신 아이들을 데려가는 이유는 무엇일까? 학부모들도 마찬가지다.

죽은 아이 중 하나인 앨런의 아버지 마이클스가 버키에게 묻는다. "이게 어디가 공정한 거요?" 이는 구약성서에서 욥이 던진 질문과 별다르지 않다. 우리는 아이들한테 올바르게 살라고 말한다. 사려 깊은 사람이 되라고, 합리적인 사람이 되라고, 남을 배려하는 사람이 되라고 말한다. 대다수 아이는 그 말대로 죄 없이 살아간다. 그러나 바이러스가 덮쳐오자, 아이들은 희생양이 될 뿐 그 선한 삶의 대가를 전혀 돌려받지 못한다. 삶을 아직 충분히 누리기도 전에 오히려 목숨까지 빼앗긴다. 정의는 어디로 갔단 말인가. 인과 없는 응보의 의미는 도대체 무엇인가. 마이클스는 덧붙여 버키에게 묻는다. "왜 비극은 늘 그것을 당할 이유가 전혀 없는 사람에게 덮치는 거요?" 버키는 이 질문에 한마디밖에 답할 수 없었다. "모르겠습니다." 이로써 버키의 이상에 실금이 갔다. 버키는 신을 원망하기 시작한다. 이는 알베르 카뮈의 『페스트』에 나오는 리유의 외침을 떠올리게 한다. "어린애들마저도 주리를 틀도록 창조해놓은 이 세상이라면 나는 죽어도 거부하겠습니다."

심사가 괴로운 버키한테는 연인 마샤가 있다. 마샤는 인디언힐이라는 깊은 산속에 있는 캠프에서 아이들을 지도하는 중이다. 그녀는 아이들한테 헌신하다가 버키가 바이러스에 감염될까 두려웠다. 때마침 체육 교사 자리가 비자, 마샤는 버키에게 인디언힐로 와서 자신과 함께 있자고 이야기했다. 달콤한 유혹이었다. 어떻게 할까. 인디언힐로 가서 연인과 함께 안전과 사랑을 누릴 것인가, 아니면 어릴 적부터 꿈꾸었던 이상을 지키기 위해 죽어가는 아이들 곁에 남을 것인가.

방황하던 버키는 아이들을 버리고 산속 캠프로 도망친다. 그러나 책임감 강한 버키의 마음은 이로 인해 가책과 공허에 사로잡힌다. 친구인 데이브와 제이크처럼 전쟁터에 가지 못했다는 낙오감, 아이들을 버리고 도망쳤다는 죄의식이 찾아와 버키는 인생의 패배자가 되었다는 느낌에 갈등한다. 신이 원망스럽다. 마샤 곁에서도 버키는 도저히 수치심을 벗어던지지 못한다. 안온함이 언제나 행복의 보증수표는 아니다. 사랑이 늘 인간을 구원하는 것은 아니다. 버키는 묻는다. "하느님은 왜 한 사람은 손에 라이플을 쥐여 나치가 점령한 유럽에 내려보내고, 다른 사람은 인디언힐 식당 로지에서 마카로니와 치즈가 담긴 접시 앞에 앉아 있게 하는가? 하느님은 왜 위퀘이크의 한 아이는 여름 동안 폴리오에 시달리는 뉴어크에 놓아두고, 다른 아이는 포코노산맥의 멋진 피난처에 데려다놓는가?"

가치의 기둥이 부러진 버키의 마음은 선뜻 질문에 답할 수 없다. 공적 가치에 대한 믿음이 무너지고 인생이 이정표를 잃으면서, 버키의 자아는 죄책으로 갈가리 찢어진다. 연인 마샤가 곁에 있어도 버키는 마음의 고통을 벗어나지 못한다. 그러나 작가는 여기서 멈추지 않는다. 버키를 아예 절벽에서 밀어 떨어뜨린다. 질문이 영혼의 심연에 가닿아 영원히 각인되도록 몰아간다. 위대한 작가는 자기 인물들에게 가혹하다. 작중인물들이 삶의 극단을 피할 수 없게 한다. 소포클레스가 보고 싶지 않은 것을 볼 때까지 오이디푸스를 밀어붙였듯, 로스 역시 폴리오를 통해 버키 캔터를 우리 시대의 오이디푸스로 창조한다.

캠프에 도착한 지 얼마 되지 않아, 버키 앞에 또 다른 비극이 찾아온다. 캠프의 아이 하나가 갑자기 바이러스에 감염된다. 곧이어 버키 역시 발병한다. 그가 아이들을 쓰러뜨린, 보이지 않는 화살, 즉 바이러스의 숙주였다. 정의감에 사로잡힌 버키가 아이들을 구하려고 발버둥 칠수록 아이러니하게도 무고한 아이들이 더 많이 병에 걸려 쓰러지는 상황이었다.

사투 끝에 간신히 살아난 버키는 장애인이 된다. 아이가 버키를 감염시켰는지, 버키가 아이를 감염시켰는지 누구도 알 수 없다. 당시의 의학 수준에서 이 바이러스의 감염 경로를 정확하게 밝혀내는 것은 불가능했기 때문이다. 그러나 버키의 생각은 다르다. 그는 자신을 용서할 수 없다. 무고한 아이들이 죽었다면 누군가는 죗값을 치러야 한다. 아무 희생양 없이 어떻게 복수의 여신을 달랠 수 있단 말인가. 어쩌면 이 죄의식 가득한 책임감 탓에 버키는 병들었을지도 모른다. 아이들을 구해야 한다는 의무감과 아이들을 버렸다는 죄책감이 버키를 감염시킨 것이다. 신이 더러운 이 책임을 느끼지 않는다면, 인간이라도 책임을 져야 한다. 버키는 자신을 법정에 세워서 스스로를 심판한다.

　그가 자신에게 남은 명예를 보전하는 유일한 방법은 자신을 위해 원했던 모든 것을 거부하는 것이었다. 마음이 약해 그렇게 하지 못한다면 그는 마지막 패배를 겪게 되는 셈이었다.

　버키가 원했던 것은 사랑과 명예였다. 그러나 버키는 연인 마샤의 곁을 떠나고, 사람들도 멀리한 채 홀로 평생을 살아갈 수밖에 없게 된다. 그는 단지 이상을 좇아 자신을 희생하는 분투를 거듭했을 뿐이다. 전쟁도, 감염도 무서워하지 않고 오직 타자를 위해 헌신하려던 착하고 성실한 청년은 도대체 무슨 잘못 탓에 복수의 여신에게 쫓길 수밖에 없었을까? 그의 인생을 어긋나게 한 것은 바이러스가 아니라 버키 캔터 자신의 양심, 자기가 책임질 수 없는 것까지 굳이 책임지려 애쓰는 버키 자신의 성격적 결함이다. 작중인물 스타인버그는 버키에게 말한다. "자네는 양심이 있는 사람이고 양심은 귀한 것이지만, 그것이 자네가 자네의 책임 영역을 넘어선 것까지 책임져야 한다고 생각하게 만든다면 그건 귀한 게 아니게 되네."

　버키는 사악했거나 비겁했거나 모자랐기에 비극에 빠

진 것이 아니다. 정반대로 너무나 선하고 너무나 용감했기에, 자신의 능력과 비교해서 타인의 고통을 너무 크게 책임지려 했기에, 즉 지나치게 영웅적이었기에 비극의 나락으로 떨어졌다. 고대 그리스에서는 인간의 이런 과도함을 휘브리스hybris, 즉 오만이라고 불렀다. 한계를 인정하지 않는 헌신, 더러운 현실을 조금도 인정하지 않는 결벽, 선한 일을 위해서라면 어떤 희생도 망설이지 않는 영웅 심리가 버키의 삶을 서서히 삼켜 복수의 여신 손에 넘겨주었다. 영웅이기에 끔찍한 파멸을 맞이하는 것, 인간답게 행하려 했기에 무참한 실패에 이르는 이야기가 비극이라면, 버키의 인생은 정확히 현대의 비극에 해당한다.

욥의 문제엔 정답이 없다. 인간은 세상에 왜 비극이 존재하는지 절대로 알아낼 수 없다. 버키의 인생이 보여주듯, 감염의 물리적 진실에 대해 모르면서 완전한 답을 아는 것처럼, 신의 계시를 받은 성스러운 인간처럼 자신이 신인 양 행하는 자는 끝내 자신을 정죄할 수밖에 없다. 해결할 수 있는 것은 없는데 책임감만 크다면, 무능한 자기를 심판하는 게 유일한 길이 된다.

버키는 "자신의 한계"를 믿지 않는다. "다른 사람들의 고통에 대해 체념하는 것"을 허락하지 않는다. "자신에게 어떤 한계가 있다는 것을 인정하면 반드시 죄책감을 느"낀다. 이것은 인간이 감당할 수 있는 게 아니다. 이런 인간은 사소한 일에 목숨을 걸고 어이없이 죽어버리거나, 인생에서 실패자가 될 수밖에 없다. 삶을 나날이 번창시키기는커녕 갈수록 쇠락하게 만든다. 이는 희망을 위해서가 아니라 절망하려고 사는 꼴이다.

신과 달리, 인간은 세상 비극에 대해 전적으로 책임지려 해서는 안 된다. 우연한 폭력, 어쩔 수 없는 비극 앞에서 몸을 낮추어야 한다. 인간이 온전히 선하게 살아야 한다고 믿는 것은 불가능한 오만이다. 그러나 이 세상이 악으로 가득 차게 내버려두는 것은 끔찍한 좌절이다. 오만한 자들은 자신을 순수한 천사로 여겨서 파멸하고, 좌절한 자들은 자신을 더러운 벌레로 생각해서 타락한다.

물론, 삶이 비극에 떨어지도록 내버려두어선 안 된다. 온 힘을 다해서 비극과 싸울 때, 인간은 고귀해진다. 이 투쟁은 때로는 성공하고, 때로는 실패한다. 중요한 건 성공이든 실패든 모두 하나의 삶으로 받아들이는 것이다. 인생에서 진짜 추구해야 할 것은 완전함이 아니라 겸손함이다. 약간의 실패도 용인하지 않는 두려움에 빠져서 버키처럼 자신을 극단으로 몰아선 안 된다. 한계를 인정하면서 인생을 기쁘면 기쁜 대로 슬프면 슬픈 대로 받아들여야 한다. 『에브리맨』에서 작가는 이렇게 말한 바 있다. "현실을 다시 만드는 건 불가능해. 그냥 오는 대로 받아들여." 만약 좋은 삶이 있다면, 오직 이 한 문장으로 압축될 수 있다. 현실을 있는 그대로 보면서, 자신의 한계를 받아들이는 겸손한 사람들만이 이 부조리한 세계를 견딜 수 있다.

필립 로스는 폴리오바이러스에 감염되어 장애인이 되지만, 사랑도 하고 아이도 낳고 사업도 하면서 잘 살아가는 버키의 제자를 내세워서 이 삶의 가능성을 보여준다. 이 제자가 3부 '재회'의 화자다. 제자는 스승 버키의 삶이 실패했다고 냉정하게 비판한다. 인생에 반드시 해야 할 일 같은 건 없다. '반드시'가 없으니, 무조건적 심판도 있을 수 없다. 바이러스의 비극은 끔찍하지만, 고통 없는 삶은 역사상 한순간도 없었다. 고통을 완전히 해결한 삶도 역시 마찬가지다. 고통의 소멸이란, 살이 흙이 되었음을 뜻할 뿐이다. 버키 캔터는 이 사실을 깜빡 잊었기에 영원한 패배자로 남을 수밖에 없었다.

인간은 심판당하려고 태어난 것이 아니다. 패배자로 남기 위해 사는 것도 아니다. 수시로 우리 삶을 찾아드는 슬픔의 강을 건너고 비탄의 늪을 넘어서 어쩌다 찾아드는 달콤한 기쁨을 맛보려고 사는 것이다. 필립 로스는 인생 마지막 작품을 통해 우리한테 이런 메시지를 남기고 싶었을지 모른다. "자신에게 맞서지 마세요. 지금 이대로도 세상에는 잔인한 일이 흘러넘쳐요. 자신을 희생양으로 만들어 상황을 더 나쁘게 만들지 말라고요."

희망은 작은 형태로
존재한다

아룬다티 로이|Arundhati Roy
『작은 것들의 신The God of Small Things』(1997)

아룬다티 로이는 1997년 작가로 데뷔한 뒤, 단 두 편의 소설만 썼다. 첫 작품이 『작은 것들의 신』이고, 두 번째 작품은 『지복의 성자』다. 두 작품 사이에는 스무 해의 간격이 있다. 작가로서 능력이 부족해서가 아니다. 오히려 재능은 흘러넘친다. 『작은 것들의 신』이 거둔 문학적 성과는 놀라웠다. 단숨에 부커상을 수상했으며, 『뉴욕타임스』, 『인디펜던트』, 『선데이타임스』 등 수많은 언론에서 '올해의 책'으로 선정됐다. 전 세계 40여 개 언어로 번역 출간되고, 수많은 나라에서 베스트셀러에 오르면서 600만 부 이상 판매되었다.

그러나 엄청난 성공이 로이의 마음에 불러일으킨 감정은 우쭐한 자부도, 화려한 공허도 아니었다. 통장에 불어나는 돈이 일으킨 감정은 수치였다. 이 작품은 '작고 연약한 것'들에 대한 세심한 돌봄의 언어로 이루어져 있다. 극도로 예민한 문장으로 로이는 인도 남부의 시골 마을 아예메넴에서 있었던, 어떤 사랑의 일어섬과 어이없는 파멸과 남겨진 흔적을 끈질기게 붙잡는다. 사랑은 짧으나 상처는 길고, 사건은 작지만 울림은 크다. 소설의 두 중심인물 암무와 벨루타의 신분을 초월한 사랑은 그토록 달콤하고, 그토록 조심스럽고, 그토록 단단하건만, 하룻밤 만에 산산이 부서져 버린다. 카스트 계급의 굴레가 작은 인간들의 한 줌 행복을 분쇄하는 이 참혹한 서사는 독자들 마음에 연민과 분노, 슬픔과 격정의 감정을 불러일으킨다. 하지만 로이에게 돌아온 것은 변혁을 위한 정치적·사회적 연대가 아니라 '번쩍거리는 돈'뿐이었다.

함께 세상을 바꾸는 데 뛰어드는 대신 사람들은 돈으로 대가를 치르려 했다. 세상은 조금도 바뀌지 않았고, 로이 자신이 부자가 되었다는 사실만 달라졌다. '작은 것들의 신'에 바친 언어가 "모조리 은화로 교환되었다"라는 부끄러움에 로이는 몸부림쳤다. 소설의 언어가 아니라 현실의 언어가 절실해졌고, 로이는 사르다르사로바르 댐 건설 반대 운동 등 현장으로 뛰어들었다. 그녀에게 필요했던 것은 찬사와 돈이 아니라 억압적 현실의 변화였다. 정치평론집 『9월이여, 오라』에 실려 있는 「홍수 앞에서」라는 에세이에서 로이는 말한다. "작가라면 늘 아픈 눈을 뜬 채 있어야 한다. 날마다 창문 유리에 얼굴을 바짝 대고 있어야 한다. 날마다 추악한 모습의 목격자가 되어야 한다."

작가란 무엇인가. 잘 꾸며진 서재에서 하루치 소소한 행복을 즐기는 자가 아니라 세상에서 벌어지는 "추악한 모습의 목격자"로 살아가는 인간이다. 더 큰 문제는 목격 이후 무엇을 만들어낼 것인가 하는 점이다. 로이는 이어서 말한다. "그리고 날마다, 낡아빠진 뻔한 것들을 새롭게 이야기할 방법을 생각해야 한다." 낡아빠진 뻔한 것이란 무엇인가. 사랑이고, 우정이고, 인정이고, 어울림이다. 권력이나 돈이라는 이름의 큰 신들이 빚어내는 추악한 현실 속에서 낡아빠진 것들의 운명을 갱신하는 것, 이것이 작가 로이가 자신에게 부여한 의무다. 이런 자의식은 좋은 작가만 갖출 수 있는 소중한 자질이다. 이 자질은 『작은 것들의 신』에서 이미 선명히 빛난다.

작품의 무대는 인도 케랄라의 작은 마을 아예메넴이다. 소설은 쌍둥이 오빠 에스타가 집에 돌아왔다는 사실을 안 라헬이 스물세 해 만에 아예메넴의 시적 풍경 속으로 돌아오면서 시작된다. "아예메넴의 5월은 덥고 음울한 달이다. 낮은 길고 후텁지근하다. 강물은 낮아지고, 먼지를 뒤집어쓴 채 고요히 서 있는 초록 나무에서 검은 까마귀들이 샛노란 망고를 먹어댄다. 붉은 바나나가 익어간다. 잭프루트가 여물어 입을 벌린다. 과일향이 진동하는 공기 중을 방종한 청파리들이 공허하게 윙윙댄다. 그러다 투명한 유리창에 부딪혀 떨어져서는 햇볕 속에서 당황한 채 죽어간다." 인도의 햇빛과 공기 속에서 다양한 색들의 풍요가 독자를 맞이한다. 초록 나무, 검은 까마귀, 샛노란 망고, 붉은 바나나, 연둣빛 잭푸르트, 청파리 등이 어울려 한 폭의 아름다운 풍경화를 그려낸다.

그러나 귀향하는 라헬의 마음은 어두운 먹구름에 잠겨 있다. 여덟 살 때부터 이 마음은 한 번도 밝아진 적이 없다. 남편과 이혼한 이유도 남편이 그녀의 공허를 견디지 못했기 때문이다. 신비하게도, 그녀는, 언제 어느 곳에 있든, 이란성 쌍둥이 오빠 에스타와 감각을 공유한다. 두 사람은 에스타가 아버지와 함께 살기 위해 떠난 후 오랫동안 만나지 못했다. 에스타 역시 라헬과 마찬가지로 마음이 어둡다. 호주로 이민을 떠난 아버지와 헤어져 아예메넴에 돌아온 그는 실어증에 걸려 언어를 잃었다. 공허와 침묵, 여덟 살 때 겪은 비극, 사촌 소피 몰의 죽음은 두 사람 마음에 긴 상처를 남겼다. 사랑과 생명의 강을 헤엄치던 둘을 "살아도 죽어도 이상할 것 없는" 메마른 시간 속에서 헤매도록 만들었다. 라헬의 귀환을 맞은 것도 색채의 풍요만은 아니다. 그 생기 넘치는 풍경은 "당황한 채 죽어가는" 생명, "비스듬히 내리꽂히는 은빛 로프가 쏟아지는 총탄처럼 흙을 파헤"치는 우기의 축축한 풍경, 그리고 빈집같이 쇠락한 저택으로 귀결된다.

이야기는 1969년과 1993년 두 시점을 교차하면서 전개된다. 과거엔 두 남매와 어머니 암무가 겪은 사건이, 현재엔 라헬이 마을로 돌아와서 겪는 일들이 서술된다. 인도는 힌두교와 이슬람교와 기독교가 충돌하고, 근대 개인주의와 봉건 집단주의가 부딪히며, 영어와 힌디어와 말라얄람어가 뒤엉키는 혼종 공간이다. 인도 사회의 중층성은 한 개인의 정체성을 혼란에 빠뜨리고, 그 삶을 예기치 못한 파탄으로 몰아넣는다.

실패한 사랑의 풍경이 소설 첫머리의 여러 에피소드를 움켜쥐고 있다. 라헬뿐 아니라, 어머니 암무, 고모 베이비 코참마, 할머니 맘마치 등 이 집안 여성들은 열렬히 사랑을 바라나, 아무도 충분한 사랑을 얻지 못한다. 신부에게 사랑을 느낀 베이비는 그 곁에 있으려고 수녀가 되나, 결국 자기 사랑에 응답받지 못한다. 그러자 "불행한 사람이 다른 불행한 사람을 싫어하는 것처럼" 베이비는 곤경에 빠진 이들을 돕기보다 더 큰 불행으로 몰아넣는 강퍅한 인물로 변한다. 그리고 그녀의 사악한 심술은 결국 이 집안을 파멸로 몰아넣는 사건의 원인이 된다. 맘마치는 평생 남편 파파치에게 맞고 산다. 그 때문에 맘마치는 남편을 말리려 달려드는 차코에게 강한 유대감을 느낀다. 그 유대감은 평범한 모자 관계를 넘는 과한 집착으로 이어진다.

열여덟 살 때 암무는 "성마른 아버지 파파치와 오랫동안 고생하며 노여워진 어머니의 손"에서 벗어나려고 무작정 결혼을 택했다. 남편과 만난 지 고작 닷새 만이었다. "무엇이든, 그 누구든, 아예메넴"보다 나으리라 생각한 까닭이다. 그러나 섣부른 결혼은 언제나 파멸로 이어지기 마련이다. 암무의 남편은 술주정뱅이에 게으르기까지 했다. 해고 위기에 몰린 남편은 암무를 탐하는 영국인 농장 주인에게 그녀를 보내려고 한다. 암무가 그 일을 거부하자 남편은 암무를 때린다.

폭행을 견디다 못한 암무는 남편과 이혼한 후, 두 아이를 데리고 친정으로 돌아온다. "몇 년 전 그녀가 버리고 도망쳤던 모든 것들"로, "영국 남자가 다른 남자의 아내를 탐했다는 것을 믿지 않"는 아버지 곁으로 말이다. 암무에게 친정집은 친척 여자들이 하룻밤 걸리는 먼 곳에서 찾아와 동정과 위로를 빙자해 조롱을 선사하는 절망의 공간일 뿐이었다. 자유의 기회를 한차례 상실한 암무의 희망은 쌍둥이 아이들뿐이다. 그 지옥 같은 곳에서 암무는 아이들에 대한 사랑으로 하루하루를 버티어간다.

그러나 암무의 내면은 여전히 들끓는 활화산이다. "피부 아래로 퍼져나"가는 "수액 같은 아픔"에도 그녀는 "마녀처럼 세상을 벗어나서 더 나은, 더 행복한 곳으로 걸어나"가기를 갈망한다. "어머니로서, 이혼녀로서 지켜야 할" 조신함을 따라가기보다 그녀는 기꺼이 "머리에 꽃을 꽂은 채" "야성적인 걸음"을 걸으려 했다. "하나로 섞일 수 없는 기질"인 "어머니의 무한한 애정과 자살 폭탄범의 무모한 분노"가 마음속에서 충돌을 일으키다가 암무는 "낮에 아이들이 사랑했던 그 남자를 밤에 사랑하게 된"다.

"'인생'이 '끝났다'는 그 차가운 느낌. 자신의 컵이 먼지로 가득 찼다는 기분"에서 벗어난 암무의 몸은 아름답기 짝이 없다. "그녀는 섬세하고 조각 같은 얼굴에, 날아오르는 갈매기 날개처럼 각진 검은 눈썹, 작고 곧은 코, 윤이 흐르는 밤색 피부를 가졌다. 하늘빛이 푸른 12월 그날, 그녀의 흐트러지고 구불구불한 머리카락이 자동차 안으로 불어든 바람에 가닥가닥 날렸다. 민소매 사리 블라우스 밖으로 드러난 어깨가 짙은 왁스로 윤을 낸 것처럼 빛났다."

암무가 사랑에 빠진 남자는 벨루타. 아이들의 상상 놀이에도 곧잘 응해주고, 아이들이 좋아할 만한 물건도 만들어주는 친절한 집안 목수였다. 불행히도 그는 파라반, 즉 불가촉천민이었다. 파라반은 암무 같은 상위 계급 사람들의 물건을 만질 수조차 없었다. 상위 계급 사람들이 자신들의 "발자국을 밟아서 불결해지지 않도록" 하려고, "빗자루로 자신들 발자국을 쓸어서 지우며 뒷걸음질" 치면서 다닐 정도였다. 불가촉천민은 "공공 도로에서 걸어 다니는 게 허락되지 않았고, 상체를 가리는 것도, 우산을 갖고 다니는 것도 허락되지 않았다. 말할 때는 상대에게 오염된 숨결이 가지 않도록 손으로 입을 가려야만 했다." 이러한 상황에서 사랑은 당연히 불가능했다. 두 사람의 사랑은 아무한테도 알릴 수 없는, 인도의 오랜 계급 전통과 사회 관습을 위반하는 극도로 위험한 사랑이었다. 이야말로 작가가 외면치 않으려고 했던 바로 그 "추악한 현실"의 극명한 실체였다.

암무가 '작은 것들의 신'처럼 느끼는 벨루타와 사랑을 나누는 장면은 매우 미학적이다. '만질 수 없는' 것을 '만질 수 있는' 것으로 바꾸는 에로스의 운동이 역동한다. 먼저 가촉 계급 암무에게서 불가촉 계급 벨루타 쪽으로 혀가 움직인다. "그녀는 더 아래로 미끄러져 내려가 그의 몸 다른 부분에 자신을 소개했다. 그의 목, 젖꼭지, 초콜릿색 복부, 배꼽에 고인 마지막 강물을 마셨다. 뜨겁게 발기된 음경에 눈꺼풀을 댔다. 그리고 그를 입으로 맛보자 짠맛이 났다."

이어서 불가촉에서 가촉을 향해 혀로 응답한다. "그가 그녀의 눈에 키스했다. 그녀의 귀에도, 그녀의 가슴에도, 그녀의 배에도, 쌍둥이를 가졌을 때 생긴 일곱 개의 은빛 임신선에도, 그녀의 배꼽에서 그를 받아들이고 싶어 하는 검은 삼각 지대로 이어지는 언덕의 선에도. 피부가 가장 부드러운 허벅지 안쪽에도. 그러고는 목수의 손이 그녀의 엉덩이를 들어 올렸고 불가촉민의 혀가 그녀의 가장 깊은 곳에 닿았다."

이로써 둘 사이에 만질 수 없는 게 더 이상 존재하지 않는다. "두려움이 사라지고 생명이 그 자리를 차지"한다. 암무는 벨루타를 위해 춤을 추고, 생명을 얻어서 부활한다. 그러나 암무와 벨루타의 "작음에 대한 집착"도, 천진한 기쁨을 만끽하던 쌍둥이의 세계도 하룻밤에 끝장나버린다. 쌍둥이의 배를 타고 함께 모험을 즐기려 강을 건너던 소피 몰이 물에 빠져 죽은 날의 일이다.

소피 몰은 쌍둥이 남매의 사촌으로 암무의 오빠 차코의 딸이다. 옥스퍼드 대학 유학 시절, 차코는 영국인 마거릿 코참마와 만나서 소피를 낳았다. 마거릿과 헤어져 인도로 돌아온 차코는 대학 강사를 하다가 아예메넴에 돌아왔다. 맘마치가 운영하던 바나나잼과 망고 피클 사업을 키워 큰 부자가 되려는 생각이었다. 그러나 규모가 작을 때는 주문을 처리하지 못할 정도로 이익을 누렸던 이 사업은 은행에서 돈을 빌려 설비에 투자하고 노동력을 늘리자 허덕이게 된다. 그 와중에 두 번째 남편을 잃은 마거릿과 소피가 차코의 초대를 받고 아예메넴에 도착한다. 소피는 파파치의 코와 유럽인의 푸른 눈, 흰 피부의 소녀다. 집안은 영국인 피가 섞인 "집안의 천사"인 소피를 환영하기 위해 들썩이고, 힌두교도 피가 섞인 암무의 두 아이는 소피와 비교되면서 더욱더 천덕꾸러기가 된다.

아예메넴 저택을 둘러싼 인물 구성은 인도 현대사를 압축한다. 이들은 변화하는 현실과 아직 굳건한 옛 세계의 경계에 놓여 있다. 차코의 교육과 결혼이 상징하듯 이 집안을 둘러싼 세계는 영국 식민 질서와 인도 독립 사이에 놓여 있고, 벨루타의 공산당 활동과 대담한 사랑이 보여주듯 카스트 제도와 만민 평등 사이에 걸쳐 있으며, 암무의 결혼과 이혼과 사랑이 암시하듯 전통 가부장제와 현대 개인주의 사이에서 진자 운동한다. 영어를 능수능란하게 구사하는 이 집안사람들은 모두 충분한 글로벌 시민이다. 그러나 아무리 영국인이 되고 싶어도 절대 그 안으로 들어갈 수 없는 존재들로, 차코의 표현에 따르면 "잘못된 방향으로 들어선" "친

영파 가족"이기도 하다.

　라헬과 에스타가 받는 언어 교육은 이 가족의 양면성을 압축적으로 보여준다. 아이들은 "말라얄람Malayalam"과 "마담 나는 아담Madam I'm Adam"이 "거꾸로 읽어도 앞으로 읽어도 똑같다"라고 말하면서 호주인 가정교사 미튼을 놀린다. 말라얄람어는 이 집안이 위치한 케랄라 지방의 민중들이 사용하는 언어다. 두 아이는 책을 거꾸로 읽는 등 말놀이를 통해서 자신들이 받는 영국 신민 교육을 희화화한다. 그러자 외고모할머니 코참마는 쌍둥이한테 "항상 영어로만 말하겠습니다"나 "앞으로는 거꾸로 읽지 않겠습니다"라고 백 번 쓰도록 만든다. 아이들의 치기 어린 위반은 가벼운 벌칙에 그치나, 암무와 벨루타의 사랑은 잔혹한 처벌로 이어진다.

　소피의 도착과 함께 모습을 드러낸 거대한 역사를 두 남매는 경악 속에서 맞이한다. 역사는 "열풍처럼 아우성치면서 복종을 요구"하는 '큰 신'이다. 결혼, 죽음, 가문의 명예 등과 같은 것도 큰 신의 다른 이름이다. 이 신은 일상의 자디잔 사건과 이야기를 침묵시키면서 큰 걸음으로 걷는다. 그에 비해 연인 간의 사랑, 소소한 행복, 자연의 작은 동식물 등은 하찮은 일에 지나지 않는다. '작은 신'이 복종할 때 '큰 신'은 그 존재감을 느낄 수 없다. 그러나 '작은 신'이 그 앞을 가로막거나 샛길로 빠지려 할 때, '큰 신'은 가혹하고 무거운 징벌을 내린다.

소피가 집에 오면서 라헬과 에스타 남매는 역사의 "소름 끼치는 울림"을 듣고, "오래된 장미향 같은" 냄새를 맡는다. 두 사람은 그 냄새를 도저히 집에서 몰아낼 수 없음을 알게 된다. 냄새는 "평범한 것"에, 즉 "옷걸이에, 토마토에, 도로 아스팔트에, 어떤 색깔에, 레스토랑의 접시들에, 말의 부재에, 공허한 눈 속에" 달라붙어서 "영원히 숨어 있을 것"이기 때문이다. 역사를 되돌릴 방법은 없다. 일단 일어난 일은 절대 사라지지 않는다. 그 때문에 인생엔 때때로 이후의 그 어떤 것도 위안이 되지 않는 비극이 존재한다. "역사라는 악귀"가 "침실의 붙박이 옷장 같은 벌"을 선고하는 끔찍한 일도 존재한다. 그 일을 겪은 이들은 "평생 그 안에서, 어두운 선반 사이를 헤"맬 수밖에 없다. 암무와 쌍둥이 남매를 덮친 '큰 신'은 카스트 제도, 영국의 식민 유산, 이념과 종교의 갈등, 남성 중심의 가부장제 등 인도 사회를 손아귀에 틀어쥔 복합적 모순 체제였다.

소피의 등장으로 소외감을 느끼던 암무는 두 아이에게 잘해주는 벨루타에게 끌리고, 자신도 모르게 마음을 빼앗긴다. 열망을 이기지 못한 그녀는 대담하게도 밤중에 몰래 강을 건너가서 벨루타와 사랑을 나눈다. 두 사람의 사랑을 집안에 고자질한 사람은 놀랍게도 벨리아 파펜, 벨루타의 아버지다. 숙련된 목수이자 기계공인 벨루타가 암무 집안을 드나들면서 자잘한 일들을 깔끔하게 처리하고 신임을 얻자, 벨리아는 뿌듯함이 아니라 두려움에 사로잡힌다. 벨루타의 "망설임 없"는 태도, "부적절한 자신감, 걸음걸이, 고개를 드는 방식, 누가 묻지 않았는데도 의견을 제시하는 침착한 방식" 등은 파라반에게 어울리는 자질이 아니었던 까닭이다.

한밤중 아들이 노 젓는 "작은 배" 탓에 벨리아의 노예근성은 극에 달한다. 이 배는 에스타가 발견해 벨루타가 고친 배이고, 쌍둥이가 물놀이를 즐기던 배이며, 암무가 밤마다 올라탄 배이고, 모험에 나선 소피 몰을 죽음에 빠뜨린 배다. 벨리아의 눈에, "매일 밤, 작은 배"가 "강을 건너"갔고, "새벽에 돌아"왔다. 아들은 "손댔"고, "들어갔고," "사랑했"다. 이 일이 가져올 끔찍한 결과 탓에 공포에 사로잡힌 벨리아는 그 세 동사의 목적어를 차마 입에 올리지조차 못한다.

맘마치 앞에 엎드린 벨리아는 울면서 벨루타의 잘못을 털어놓는다. "괴물을 낳은 자신을 용서해달라"고 빌고, "자기 손으로 아들을 죽이겠다"고 소리친다. 12월 어느 날에 있었던 일이다. 이날도 라헬이 돌아온 6월의 그날처럼 비가 쏟아졌다. 진흙탕 속에서 아버지가 "생각할 수 없는 일을 생각"하고, "불가능한 일을 실제로 저"지른 아들을 주인에게 고발했다. 주인에 대한 "충성"이 아들에 대한 "사랑"을 파괴했다. 인륜이 천륜을 무너뜨렸다. 주체는 주인이 아니다. 수천 년 내려온 '큰 신'은 주체를 길들여 노예로 만든 후, 자신을 숭배하도록 한다. 굴종을 선택함으로써 벨리아는 암무를 감금시키고 아들을 죽음으로 몰아넣는다.

단 하룻밤 만에 암무와 벨루타, 라헬과 에스타의 애정 공동체는 풍비박산 난다. 자신이 불행하다는 이유로 타인의 더한 불행을 보고 싶어 하는 사악한 심술쟁이 베이비는 벨루타가 암무를 강제로 범하려 했다고 경찰서에 고발한다. 누명을 쓴 벨루타는 한밤중에 들이닥친 경찰에게 심하게 맞아서 며칠 만에 세상을 떠난다. 벨루타를 살해한 것은 진실이 아니다. '큰 신'의 심복인 경찰들과 혈통의 순수함을 지키려는 맘마치의 자존심이다. 이들은 "규칙을 어긴 자", "금지된 땅에 발을 들"여놓은 자, 역사의 율법을 어긴 자를 내버려둘 수 없었다. "누구를 어떻게, 얼마나 사랑해야 하는지를 정해놓은 법칙"을 건드린 위험 분자를 도저히 살려줄 수 없었다. 심지어 공산당 동료였던 필라이마저 파라반인 벨루타를 돕지 않고 외면한다. 결국 불가촉 존재인 벨루타가 내몰릴 곳은 죽음뿐이었다.

소피의 장례식이 끝나자 "야성의 발걸음"을 가진 여인 암무는 대담하게도 벨루타의 억울함을 호소하려고 직접 경찰서를 찾는다. 그러나 그녀에게 돌아온 것은 모욕뿐이다. 토머스 매튜 경위는 경찰봉으로 그녀의 젖가슴을 건드리면서 "잘못된 세상의 질서를 가르"친다. 역사의 큰 신은 사랑에 빠진 여성의 작은 기쁨 따위는 아랑곳하지 않는다. 카스트 제도의 억압에 정면으로 맞섰던 암무는 집에서 쫓겨난 후 거리를 떠돌다 병들어 외롭게 죽는다. "역사가 방심하던 곳"에서는 암무와 벨루타의 사랑이 가능했으나, 역사가 큰 눈을 뜨자 두 사람은 어디에도 숨을 수 없었다. "암무는 자신이 얼마나 그의 팔을 사랑하는지, 그의 팔 안에서 휴식을 취하는 게 얼마나 안전하게 느껴지는지를 생각하며 어둠 속에서 혼자 미소를 지었다. 그러나 사실은 그녀가 있기엔 그보다 더 위험한 장소가 없었다." 사랑의 귀결은 낭만적 행복이 아니라 무참한 파멸이다. 이것이 작가가 보여주려 했던 추악한 현실이다. 암무와 벨루타는 "자신들에게 갈 곳이 없다는 것을 알았다. 아무것도 가진 게 없었다. 미래도 없었다. 그래서 그들은 작은 것들에 집착했다." 아주 작은 것만을 바랐던 두 사람은 끝내 목숨을 대가로 치러야 했다. '큰 신'이 정한 사랑의 굴레와 부딪히면서 수레바퀴 아래 사마귀처럼 부서져버린 것이다.

소피가 물에 빠져 죽던 날 공포에 얼어붙은 라헬과 에스타의 눈앞에서 이해할 수 없는 일이 일어난다. 벨루타가 경찰한테 폭행당해 죽는 것을 지켜보게 된 것이다. 벨루타는 둘의 존경을 받는 만능 박사였고, 어머니 암무의 연인이었다. 그러나 두 사람은 나중에 벨루타를 위해, 또 암무를 위해 한마디 말도 보탤 수 없었다. 경찰서에 잡혀간 아이들은 벽에 걸린 글을 뒤집어서 읽는다. "손겸, 종복, 성충, 성지, 의예, 율능." 이를 통해 겸손, 복종, 충성, 지성, 예의, 능률 등 어른들이 강요하는 가치를 전복한다. 서구 문화의 상징인 코카콜라에 젖은 채 위증을 강요당하면서 아이들은 "정신의 안전밸브"를 작동시킨다.

그러나 추악한 현실의 주먹질과 거짓과 음모의 가위질에 아이들의 영혼은 갈가리 찢긴다. 엄마를 구하려면 협조해야 한다는 베이비의 협박에 저항하지 못한 채, 두 아이는 벨루타의 억울한 죽음에 동조해버린다. 이로써 행복의 공동체는 파괴되고, 아이들은 한순간에 어린 시절을 빼앗긴다. 단 하루면 충분했다. 행복이 불행으로 전락하고 기쁨이 슬픔으로 바뀌면서, 두 사람 마음에 영원히 지우지 못할 죄책이 남을 때까지는. 이제 남매에게 남은 건 폭력과 거짓의 상처가 가져온 침묵과 공허뿐이다. 이로써 "에스타와 라헬은 역사가 어떻게 법을 만들고, 그 법을 어기는 이들에게서 벌금을 거둬들이는지 배"운 것이다.

암무의 가족을 둘러싼 인도 현실은 암울하기만 하다. 그러나 그럴수록 암무와 벨루타가 남긴 사랑의 흔적은 절정의 아름다움으로 빛난다. 마지막 장에서 암무와 벨루타 두 사람은 "작은 거미" 한 마리에게서 인간의 미래를 찾아낸다. 어느 날 두 사람은 마늘 껍질 조각을 거미의 집에 기부한다. 그러자 거미는 놀라서 껍질을 벗어던진 채 "알몸으로" 바깥으로 뛰쳐나온다. 이후 며칠 동안 갑옷도 입지 않은 연약한 상태로 거미는 방 안을 헤맨다. 그러다가 거미는 서서히 새로운 앙상블을 갖추어 입기 시작한다. 작은 거미가 거부한 "쓰레기 껍질"은 "유행이 지난 세계관"처럼 세워져 있다가 한순간에 "부스러진다." 이로써 낡은 신분의 옷을 벗어던지고 새로운 집을 마련하고 싶어 하는 두 사람의 마음이 선명한 상징을 얻는다. 이 참혹한 소설의 마지막 문장은 말라얄람어 "나알레이", 즉 내일로 끝난다. 오늘은 '작은 것들의 신'이 '큰 신'에게 패배했지만, 언젠가는 추악한 현실을 무찌르고 아름다운 나알레이가 올 수도 있지 않을까. 희망은 이렇게 작게 거미의 형태로 존재한다.

읽다, 일하다, 상상하다,
사랑하다

보후밀 흐라발Bohumil Hrabal

『너무 시끄러운 고독Příliš hlučná samota』(1980)

    강렬한 역설은 자연스레 인간의 눈길을 끈다. 이런 의미에서 체코 작가 보후밀 흐라발의 『너무 시끄러운 고독』은 멋진 제목이다. '소음'과 '고독'이 역설적 긴장을 발휘하는 제목은 이 소설의 중요한 매력을 형성한다. 어떤 고독이기에 침묵과 고요의 드넓은 호수에서 커다란 소리를 분출시킬까. 제목은 오랜 시간 자기 내면에 언어의 마그마를 응축해온 휴화산 같은 존재를 떠올리게 한다. 작품 첫 줄에서 우리는 그 인간–화산과 만난다.

    "삼십오 년째 나는 폐지 더미 속에서 일하고 있다. 이 일이야말로 나의 온전한 러브스토리다. 삼십오 년째 책과 폐지를 압축하느라 삼십오 년간 활자에 찌든 나는, 그동안 내 손으로 족히 3톤은 압축했을 백과사전들과 흡사한 모습이 되어버렸다. 나는 맑은 샘물과 고인 물이 가득한 항아리

여서 조금만 몸을 기울여도 근사한 생각의 물줄기가 흘러
나온다."

화자는 한탸, 직업은 폐지 압축공이다. 소설은 여러 장
으로 나누어져 있는데, 각 장 첫머리는 모두 "나는 35년째
폐지를 압축하고 있다"라는 똑같은 문장으로 시작된다. '35
년' '폐지' '압축'은 한탸의 인생을 이루는 세 축의 이름이기
도 하다.

무엇보다 이 작품은 노동에 대한 것이다. 더럽고 어두
컴컴한 지하실에서 홀로 아무도 알아주지 않는 노동을 반
복하는 한 남자의 이야기이다. 무명의 노동자인 한탸는, 노
동을 통해서 영적 각성의 계기를 만나고, 이를 끈질기게 붙
잡고 늘어져 내적 성숙에 이른다. 한탸의 존재는 근대문명
의 비인간적 서사와 정면으로 충돌한다. 성숙이란 자유를
행사해 자기 가능성을 세계 내에서 개화하는 것, 즉 개성의
실현을 뜻한다. 그러나 날마다 엄청난 작업량을 내려보내면
서 '빨리빨리'를 소리치는 소장의 목소리가 상징하듯, 근대
문명은 노동을 자유의 실현이 아니라 정해진 명령의 수행,
주어진 업무의 반복 처리로 바꾼다. 그래서 한탸는 말한다.
"하늘은 인간적이지 않다."

근대 산업사회는 인간을 기계로 훈육한다. 어떤 기계와
연결해도 괜찮은 부품, 반복적·평균적 일의 수행자로 전락
시킨다. 내면이 있고 개성이 있어, 그 특성에 맞게 살아가는
인간은 근대의 노동 형식을 견딜 수 없다. 지하 폐지 압축

장에서 한탸가 느끼는 고독은 근대의 외적 형식인 기계의 특성과 어울리지 않는다. 둘이 부딪히면 기계가 부서지든지, 고독이 부서져야 한다. 따라서 근대적 노동에 저항해서 내면의 불꽃을 불사르던 한탸가 끝내 기계에 삼켜지는 결말은 도저히 피할 수 없다.

매일 저녁 몇 리터의 맥주로 피로를 달랠 만큼 힘겨운 노동을 한탸는 내면의 고독으로 바꾸어간다. 한탸에게 그럴 힘을 부여한 건 노동 재료, 즉 폐지이다. 한탸는 폐지 압착 과정에서 몰래 건져낸 책들을 읽고, 그 안에 담긴 정신의 정수를 내면의 항아리에 담는다. 폐지란 무엇인가. 쓰레기가 된 정보, 무너진 견해, 대체된 지식의 모음이다. 피로 물든 푸줏간의 폐지들처럼 물리적 한계에 이르러 더는 이용할 수 없게 된 종이도 있겠으나, 그런 것은 한탸의 항아리에 고이는 정신의 시냇물일 수 없다. 또 유효성을 상실해 사형 선고를 받은 책들도 마음에 흘러드는 강물이 될 수 없다. 그런 지식을 읽어서 압축해 봐야 '근사한 생각'에 이르기는커녕 머릿속마저 쓰레기가 되기 쉽다. "압축기가 만든 수많은 사고로 형성"된 내면이라는 설정은 한탸가 살아가는 세계의 특수성을 보여준다. 아직 쓸모 있고, 깊이 있고, 살아 있는 지식이 강제로 폐지로 변해서 사라지는 세계가 바로 한탸가 살아가는 세계이다.

『너무 시끄러운 고독』을 단지 물질이 지배하는 현대 사회에서 한 고독한 정신의 존재론을 상징하는 알레고리로만 읽을 수는 없다. 보후밀 흐라발은 요세프 슈크보레츠키, 밀란 쿤데라와 함께 1980년대 체코 산문의 세 거두 중 한 사람이다. 김규진의 『체코 현대문학론』에 따르면, 흐라발 소설 속의 화자들은 대개 체코의 밑바닥 계층에 속하는 소시민이다. 전체주의 사회에서 공적 언어가 가로막힌 상황에서 흐라발은 기발한 상상력을 통해 이들의 내면을 "그로테스크하고 우스꽝스러운 묘사"로 형상화한다. 일찍이 프란츠 카프카와 야로슬라프 하셰크가 보여준 것처럼 말이다.

흐라발은 1963년 쉰 살 늦나이에 『바닥의 작은 진주』로 데뷔했다. 이후 그는 『별난 인간들』(1964), 『엄중히 감시받는 열차』(1965) 등을 잇따라 발표하면서 단숨에 유명작가로 떠올랐다. 이 초기 작품들에 이미 '별난 인간'으로 불리는 흐라발의 전형적 인간형이 나타난다. '별난 인간'은 "야망·원한·존경·신념 등" 인간관계에 필요한 감정에 무신경할 뿐 아니라 "물질에 대한 소유욕"도 보이지 않는다. "약간 얼떨떨한, 그러나 기분 좋은 무정부 상태를" 사는 그들은 "도그마나 이념을 쉽게 망각"하고, "철학적 태도와 무표정한 반응"으로 윗사람들을 "미치게 만든다." 『너무 시끄러운 고독』의 한탸 역시 윗사람을 미치게 만드는 이 별난 사람의 인생관을 이어받고 있다.

한탸는 "소장이 소리 지르고 양손을 비틀며 협박해도" 자기 리듬대로만 일한다. 때때로 책을 읽고, 불시에 자리를 비운 채 지하에서 일하는 다른 이들("전투에서 패한 교양인들", 가령, 아카데미 출신의 하수구 청소부들)을 찾아 대화한다. 이런 한탸가 마음에 들지 않는 소장은 "충혈된 눈으로" "험상궂은 표정"을 지으면서 "아무짝에도 쓸모없는 무능한 인간"이라는 말을 한탸에게 퍼붓곤 한다. 한탸의 행동은 체코 공산당이 추구하는 인간, 즉 주어진 과업에 헌신적으로 매진하는 사회주의 노동단원의 모습과 반대쪽에 있기 때문이다. 마치 멜빌의 바틀비처럼, 한탸 역시 존재 자체만으로도 현실을 전복하는 효과를 낸다.

『너무 시끄러운 고독』은 1977년 체코에서 사미즈다트(지하 출판)를 통해 타자기 판본으로 선보이고, 1980년 독일에서 먼저 책으로 출간되었다. 이 작품이 체코 안에서 공식 출판된 것은 개혁개방 이후인 1989년이다. 따라서 작품을 읽을 때, 체코의 정치적·사회적 상황, 즉 검열을 염두에 놓아야 하는 것은 당연하다. 작품에도 나오지만 한탸가 일일이 손으로 압축해 폐기하는 종이 중엔 물리적 쓸모를 잃어버려서 생겨난 폐지만이 아니라 사회적 유통이 금지돼 발생한 폐지도 들어 있기 때문이다. 제2차 세계대전 중엔 프로이센 왕실 도서관의 책이, 사회주의 체코에선 이념에 반하는 책이 폐기 명령과 함께 한탸 앞에 떨어지는 것이다.

아이러니하게도, 검열은 한탸의 노동을 폐기의 노동이 아니라 발견의 노동으로 만든다. 천장 덮개가 열리면서 쏟아져 내려오는 "더럽고 냄새나는 폐지 더미들" 속에서 한탸는 "선물과도 같은 멋진 책 한 권을 찾아낼지 모른다는 희망"을 품은 채 살아간다. "밀려드는 폐지"에는 때때로 "빛을 뿜어내는 희귀한 책의 등"이 숨어 있고, "공장 지대를 흐르는 혼탁한 강물에서 반짝이는, 아름다운 물고기 같"은 책들, 즉 니체, 괴테, 실러, 횔덜린 등의 작품들이 떠다닌다.

폐지의 존재는 "혼탁한 강물의 세계"인 근대문명의 폭력을 보여주면서, 동시에 권력의 이익을 위해 언어와 사고를 오염시키는 검열 체제의 무자비함을 드러낸다. 책들은 그 폭력 체제에 저항하면서 아름다운 빛을 뿜어낸다. 빛에 매혹되어 책을 읽기 시작한 한탸는 "뜻하지 않게 교양을 쌓"는다. 매일 읽을 책을 가려 챙긴 후, 틈날 때마다 읽고 집으로 가져가 보관함으로써 권력에 대한 소극적 저항을 실행한다. 독서와 노동을 병행하느라 한탸는 "매일 두 시간씩 초과 근무를 하고, 한 시간 먼저 출근"한다. "때로 토요일에도 일한다." 녹초가 된 한탸는 집으로 가져갈 한 꾸러미 책이 쌓이기를 기다리면서 두근대는 가슴을 억누른다.

한탸의 내면에 고인 맑은 샘물, 즉 교양은 폐지에 담긴 언어들, 즉 "15대에 걸쳐 사람들이 글을 읽고 써온 나라"의 내밀한 말들, 검열이 끝내 삭제하지 못한 언어들을 이어 붙인 것이다. '콜라주'는 흐라발이 가장 깊이 천착한 창작 방법이다. 흐라발은 말한다. "나는 새로운 것을 창작하는 작가가 아니다. 그저 술집에서 들은 에피소드나 독자가 보낸 편지 등을 가위로 오리고 풀로 붙여 콜라주 하는 사람이다." 이로써 당의 공식 언어 대신 시민의 일상적 대화가 흐라발 작품에 엉겨 붙는다. 밑바닥 인생들이 나누는 잡담들은 권력이 보여주고자 하는 (가짜) 현실이 아니라 실제의 삶, 즉 공식 미디어 '바깥의 현실'을 담아낸다. 흐라발 소설에 나오는 "쾌활하고 저속하고 관대하고 연약하고 무정부적이고 비영웅적인 인물들"에게서 독자들은 자신의 진짜 목소리를 발견한다.

콜라주 기법은 『너무 시끄러운 고독』에도 나타난다. 프라하 하수구와 시궁창의 이야기, 요일별 콘돔 배출량 이야기, 두 패로 나뉘어 끝없이 싸우는 시궁쥐 이야기 등 한탸가 주워들은 이야기들, 랭보·칸트·쇼펜하우어 등 수많은 책에서 드문드문 잘려 나온 구절들이 한탸의 일상과 함께 콜라주 되면서 작품의 몸체를 이룬다. 한탸는 뒤엉켜서 체코의 현실을 전하는 이 생생한 목소리를 "분서의 화염 속"에서 들리는 "조용한 웃음소리", "바깥에서 오는 진정한 생각들"이라고 부른다. 이 작품이 체코 내에서 출판 금지된 이유다.

한탸가 수행하는 폐지 압축 노동은 소설 곳곳에서 다양한 형태로 변주돼 나타난다. 한탸의 어머니는 화장장에서 "성냥 한 갑을 만들 만큼의 인과 사형수 한 명을 목매달 못 정도 되는 철"로 압축된다. 한탸의 역무원 삼촌은 "구리나 놋쇠, 쇠, 주석 같은 금속 조각"을 기차선로에 놓아두었다가 우그러든 모양에 따라 고유한 이름을 붙여 모은다. 마치 압축될 때만 제 이름을 찾을 수 있다는 듯이 말이다. 삼촌이 죽자 한탸는 이 조각들을 관 속에 집어넣어 고관대작처럼 잠들게 해준다.

한탸에게 압축은 어떤 존재의 정수가 드러나는 과정이다. 압축기 속으로 사라지면서 책은 "짓눌리고 쥐어짜인 다음" "최상의 자신"을 내놓는다. 버려진 화집 속 렘브란트 자화상 100여 점은 하나로 응축되어 "영원의 문턱에 다다른 남자의 모습"으로 남는다. 책을 읽는 한탸의 몸 역시 서서히 압축되는 중이다. 압축기가 "불러일으키는 상상의 무게에 짓눌려" 그의 키는 "팔 년 사이 9센티미터"가 줄고, 마지막엔 "압축기의 중압에 아이들 주머니칼처럼 둘로 접힌다."

그러나 진짜 압축 운동은 한탸의 내면에서 일어난다. 물리적 책들은 읽기를 통해 "비물질적 사고"로 전환되고, 지혜의 호수를 이루어 끝없이 일렁이는 소리를 낸다. 대낮에 맥주 네 단지를 들이켠 채 술에 취해 작업하던 도중에 한탸는 "너무 시끄러운 고독"을 두 번에 걸쳐 경험한다. 첫 번째 경험은 예수와 노자의 환상이다. 예수는 "세상을 바꾸고 싶은 열정적 젊은이"로 "미래로의 전진"을 뜻하고, 노자는 "체념 어린 눈길로 주위를 둘러보는 노인"으로 "근원으로의 후퇴"를 뜻한다. 한탸는 후자에 가깝다. 그는 과거를 망각하고 새것을 추구하는 근대적 흐름과 달리 근원으로 전진하고 싶어 한다. 두 번째 경험은 사랑의 추억이다. 폐지 속에서 간간이 마주치는 책들이 그의 내면에 풍부한 사유를 불어넣듯, 어린 시절의 연인 만차, 우연히 만나 살림을 차렸으나 나치들한테 끌려가 소식이 끊어진 집시 여자의 기억은 한탸의 고독한 내면으로 다채로운 언어들을 실어 나른다. 영원히 반복되는 한탸의 시시포스적 노동은 사랑의 기억들로부터 위로받는다. 그러나 행복의 순간은 짧다.

"하늘은 비인간적이다." 장마다 다양한 형태로 변주되는 이 라이트모티프가 서서히 음량을 높여서 끝내 한탸의 "시끄러운 고독"을 중지시킨다. 공장의 생산성을 높이기 위해 한탸의 낡은 압축기 대신에 열 배 속도로 운용되는 현대식 압축기가 도입되는 것이다. 새로운 기계의 작업 방식을 살피러 갔던 견학 현장에서 한탸는 자신의 불쌍한 미래를 마주친다.

최신 기계와 함께 작업하는 사회주의 노동단원의 노동에는 정신의 압축 과정이 송두리째 빠져 있다. 대신에 그들은 주말엔 휴양지 별장에서 쉬고, 가끔 프랑스나 이탈리아로 여행하는 물질적 향락을 꿈꾼다. 그들한테는 "책에서 근본적 변화의 가능성을 찾겠다는 열망"이 없다. 폐기되는 책의 내적 가치에 아랑곳없이 그들은 "잔혹한 한국 형리처럼" 비인간적으로 규격화된 작업을 행한다. 아리스토텔레스든, 플라톤이든, 괴테든 상관없이 그들은 무심히 책들을 컨베이어 벨트에 던진다. 그들에게 책은 가공 공장에서 내장을 뜯기는 닭들과 똑같다. "연 50%의 생산성 향상"에 맞추어진 작업 속도에선 "예술과 창조, 미의 창출"은 존재할 수 없다. "폐지 더미에서 희귀한 서적의 책등과 표지를 발견하는" 축제의 순간도 사라진다. 모든 정신적 가치가 부정되고, 책이

잉크 찍힌 종이에 지나지 않는 무정하고 잔혹한 세계의 도래, 이것이 근대문명이다.

새로운 기계의 전면 도입은 한탸의 고독한 삶에서 "단 한 권의 책"이라도 "펼쳐 볼 권리"를 박탈한다. 그의 노동은 이제 인간 형성과 관련 없는 순수 노역으로 바뀐다. 이 일은 한탸의 "인내심 한계"를 넘어선다. 사회주의가 약속했던 유토피아, 노동의 편리함을 약속하는 기계들은 그 대가로 인간에게서 "내면의 항아리"를 빼앗는다. "새 시대, 새 세상"에 끌려 들어간 한탸는, 내면에 온축된 지혜와 상관없이, "무능한 바보 천치"로 불린다.

한탸는 말한다. "인간 이마에는 별이 하나씩 새겨져 있다. 삶이 시작되는 순간 저마다의 내면에 싹트는 천재성의 표징이다." 그러나 효율성을 최우선 가치로 삼는 근대문명에서는 열심히 사는 인간일수록 더 빨리 이 별을 빼앗긴다. 소외된 노동의 반복 끝에 무한한 가능성으로 빛나던 별이 떨어지고, 인간은 생각하는 힘을 상실한 채 기계들의 노예로 전락한다. 기계가 인간에 맞춰 일하는 게 아니라 인간이 기계에 맞춰 일하는 것이다. 오랫동안 폐지로부터 책들을 구출하고 읽어서 내면에 압축하는 방식으로 저항해온 한탸는 이런 세계에서 살아갈 수 없다. 고민하던 그는 압축기에 자기 몸을 던져 책들의 소멸과 운명을 같이한다.

하늘은 무정해 인간의 한 줌 희망마저 빼앗고, 인간 역시 아무 도리를 몰라서 스스로 허무의 함정에 빠진다. 그러나 한탸의 죽음은 좌절도, 패배도, 종말도 아니다. 한탸는 말한다. "우리는 만신창이가 된 다음에야 최상의 자신을 찾을 수 있다." 갈수록 거세지는 근대문명의 소음 속에서 한탸는 죽음으로써 "궁극의 진리"를 큰 글씨로 인쇄한다. 책들이 압축기 속에서 정신의 정수를 남겼듯, 한탸 역시 죽음의 형식을 빌려 인생의 정수를 남긴다.

일찍이 한탸는 집시 여인을 떠올리면서 "하늘은 비인간적"이지만, "하늘을 넘어서는 무언가가, 연민과 사랑이 분명 존재한다"고 이야기한 바 있다. 한탸가 신봉하던 "책들"은 한탸의 삶을 뒤흔든 "폭풍우와 재난"에서 직접 그를 구하지는 못한다. 그러나 한탸의 죽음을 가로질러서 우리를 찾아온 것이 있다. 사랑이다. "일론카. 그렇다, 이젠 분명히 알 수 있다. 그것이 그녀의 이름이었다." 이 이름 석 자가 한탸가 집에 쌓아둔 2톤 분량의 책을 압축한 핵심이다.

흐라발은 한탸처럼 '개인적이고 소극적이며 무능한 소시민'을 자주 주인공으로 삼는다. 평범한 소시민의 작은 소망이 억압적 사회 속에서 어떻게 변주되는지를 보여줌으로써 권력에 대한 자발적/비자발적 저항의 불빛을 내게 만든다. 한탸의 삶은 '일론카' 한 단어로 압축된다. 인간의 삶을 삼켜서 소외를 배설하는 근대문명은 우리를 불안하게 하지만, 흐라발이 제시하는 궁극적 진실의 단순성은 우리를 안심하게 만든다. 그에 따르면, 책은 우리에게 사랑의 힘을 가르치는 도구다. 인간은 사랑의 이름 석 자를 알 때만 구원받는다. 아무리 불행한 세계에서도 이쯤은 누구나 할 수 있지 않은가. 흐라발은 우리에게 말한다.

아브라카다브라,
슬픔은 기쁨이 되어라

살만 루슈디 Salman Rushdie

『한밤의 아이들 Midnight's Children』(1981)

인도 출신 영국 작가 살만 루슈디를 세계적 인물로 만든 것은 『악마의 시』(1988)이다. 이 작품에서 루슈디는 이슬람 선지자 무함마드를 풍자의 대상으로 삼았고, 그 탓에 이란 법정에서 모독죄로 처단 명령을 받고 현재까지 도피 생활을 하는 중이다. 그러나 루슈디는 살해 위협에 굴복하지 않고, 창작의 불꽃을 꺼트리지 않은 채 30년 이상 좋은 작품들을 발표해왔다. '표현의 자유'의 살아 있는 상징이자 인간 불굴의 대명사인 셈이다.

『한밤의 아이들』은 루슈디의 대표작이다. 그의 두 번째 작품인 이 소설은 1981년 출간된 해에 부커상을 수상했다. 이후 1993년 부커상 25주년 기념으로 '부커 오브 부커스'를 선정했을 때, 다시 2008년 부커상 40주년을 기념해 독자들이 기존 수상작 중 가장 사랑하는 작품을 '베스트 오브 더 부커'로 선정했을 때, 모두 수상의 영광을 누렸다. '탈식민주의 문학의 대명사'로 불리는 이 작품에서 루슈디는 디아스포라 이주자로서 모국에 대한 사무치는 향수와 냉정한 비판자라는 이중적 시선을 견지하면서 독립 이후 인도의 현실을 생생히 보여주고 있다.

"나는 봄베이 시에서 태어났는데…… 옛날옛날 한 옛날이었다." 소설의 첫 문장이다. 소설의 주요 배경은 봄베이(현재는 뭄바이로 불린다), 작가의 고향이다. 루슈디는 1947년 봄베이에서 태어나 중학생 때인 1961년 영국으로 유학을 떠났다. 그러나 1964년 인도와 파키스탄 사이에 긴장이 고조되면서, 이슬람교도였던 그의 가족이 인도에서 파키스탄으로 이주하는 사건이 일어났다. 이로써 루슈디는 고향을 잃어버린 '영원한 이방인'이 되었다. 루슈디에게 봄베이는 인도와 파키스탄, 힌두교와 이슬람교가 공존했던 기억 공간이다. 두 나라는 무굴 제국 이래, 똑같은 역사와 전통을 공유하나, 영국 식민의 결과로 다른 국가로 나누어졌다. 봄베이의 기억을 살린다는 것은 루슈디에게 상실한 고향을 되찾는 일인 동시에 인도를 영국 식민 이전으로 되돌리는 일이기도 하다.

『가상의 조국』에서 루슈디는 말한다. "[고향 뭄바이를 방문해] 나의 과거를 시네마스코프와 멋진 천연색 영상으로 복구하겠다고 욕망했을 때, 『한밤의 아이들』이 태어났다." 그러나 그 복구의 방식은 "잃어버린 것을 똑같이" 재현하는

것이 아니라 "허구, 즉 보이지 않는 도시나 마을을, 상상의
조국을, 마음의 인도를 창조"하는 길을 따랐다. 그 덕분에
이 작품은 기억의 파편들 속에서 현실과 환상을 자유롭게
넘나드는 서른 가지 기이한 이야기들로 이루어졌다. 문학사
에서는 이러한 화법을 '마술적 사실주의'라 부른다. 이로써
남미에 『백년의 고독』이 있다면, 인도에는 『한밤의 아이들』
이 있을 수 있게 되었다.

"옛날옛날 한 옛날이었다"는 문장은 이 소설이 인도의
오랜 이야기 전통을 이어받았음을 말해준다. 화자는 각 장
첫머리마다 이 문장을 배치하면서 이야기 속 세계를 연다.
『천일야화』에서 셰에라자드가 매일 이야기를 지어 죽음을
이기고 목숨을 붙여갔듯, 소설의 화자는 "너무 혹사당해 부
서져가는 몸뚱이"로 하루하루 자기 인생을 이야기로 바꾸
어감으로써 죽음의 허무와 싸운다. "나에게 과연 천 일 밤
하고도 하룻밤 정도라도 남아 있는지조차 확신할 수 없다.
내 삶에 어떤 의미를 부여하기 위해서는 부지런히, 셰에라자
드보다 더 부지런히 서둘러 이 자서전을 끝내야 한다. 나는
그 무엇보다 허망한 죽음을 두려워한다."

그런데 하나의 인생에는 언제나 무수한 인생이 겹쳐 있
는 법. 화자처럼 "사람들 인생을 먹어 치우는 사람"이라면
더욱더 그러하다. 한 사람의 인생을 알아간다는 것은 그 사
람 안에 함께 있는 모든 인생을, 그 사람에게 "먹혀버린 수
많은 사람들"이 "밀치락달치락 북적거"리는 내면의 시장을

지켜보는 일이다. 누군가의 인생 이야기를 듣는다는 것은 그와 함께한 사람들 전체의 이야기를 듣는 것과 같다. '나'는 단수가 아니라 복수로 존재한다. '나'가 홀로 말하는 게 아니라 '우리'가 함께 말한다. 게다가 이 작품의 주인공 살림 시나이는 아주 특별한 운명을 타고났다.

살림은, 놀랍게도, 1947년 8월 15일 0시, 인도 독립일과 정확히 같은 시각에 태어났다. 현재 나이는 서른 살, 피클 공장에서 부장으로 일하고 있다. 밤마다 살림은 연인 파드마를 앞에 앉혀놓고 자기 인생 이야기를 한 갈피씩 풀어낸다. 이야기는 그의 외할아버지 아담 아지즈에서 출발해 '아들 아닌 아들'인 아담 시나이에 이르는 긴 세월을 다룬다. 살림의 인생에는 한 세계 전체가 들어 있는 셈이다. 아담으로부터 아담으로 돌아오는('아담'이란 이름이 의미심장하다) 기나긴 이야기 속에는 살림의 비극적 인생이 통째로 들어가고, 아지즈 집안의 다사다난한 이야기가 담기고, 인도 현대사의 격변 전체가 포함된다. 살림의 인생은 그 고비마다 인도의 역사와 얽히면서 인도 전체의 비극적인 알레고리가 된다.

작품에서 인도는 영국 식민지에서 벗어나서 독립했지만, 아직 새로운 정체성을 찾지 못한 어정쩡한 상태이다. 민족적·종교적·문화적·계급적 갈등이 한꺼번에 분출하면서 온갖 분쟁이 수시로 일어나고, 살림을 포함한 시민들 대부분이 방향성을 잃고 갈팡질팡한다. 일찍이 안토니오 그람시는 『옥중수고』에서 "낡은 것은 소멸하고 새것은 아직 태어날 수 없는 권력 공백기interregnum엔 수많은 병적인 징후가 생겨난다"라고 말했다. 루슈디가 보기에, 인도 현대사 30년은 어찌할 바를 모르고 방황하는 공백기인 셈이다.

전체 이야기는 두 부분으로 나뉜다. 첫 번째 부분은 아담 아지즈의 귀국에서 살림의 탄생에 이르는 시간(1권)을 다룬다. 이 시기 인도는 영국의 식민지였다. 두 번째 부분(2권)은 살림의 파란만장한 일생을 이야기한다. "인도가 독립하는 바로 그 순간에 이 세상으로 굴러 나왔"기에, 살림은 "불가사의하게 역사에 손목이 묶여버렸"고, 그의 "운명은 조국의 운명과 하나로 이어져 불가분의 관계가 되었"다. 인도 수상 네루는 갓 태어난 살림에게 "네 삶은 우리 삶의 거울"이라는 축전을 보낸다. 그 말처럼 작품에서 살림의 인생은 줄곧 인도 전체의 거울로 나타난다. 살림의 인생 서른 해는 독립국 인도가 자유롭게 역사를 꾸며간 시기이고, 인도와 파키스탄, 인도와 중국이 전쟁을 벌이고, 방글라데시가 분리·독립하는 급변기이기도 했다. 독립의 축포와 함께 세상에 나온 살림의 인생은 인도 현대사의 고통 어린 현장을 한 줄씩 자기 몸에 새겨가면서 서서히 파탄을 향해 기울어진다.

이야기는 살림이 태어나기 32년 전인 1915년, 살림의 외할아버지 아담 아지즈가 독일 유학을 마치고 카슈미르로 돌아오면서 시작된다. 아지즈는 영국 작가 E. M. 포스터의

『인도로 가는 길』에 나오는 주인공 이름과 똑같다. 이로써 루슈디는 그동안 영국인이 제국주의적 관점에서 그려낸 인도 이야기를 전복하려는 의도를 선명히 드러낸다. 주로 '닥터 아지즈'로 호명되는 아담은, 살림과 마찬가지로, 커다란 코가 특징이다. 외할머니 이름은 나심 가니. 그녀는 잔병치레가 심해서 닥터 아지즈의 진찰을 자주 받았다. 그런데 그때마다 전통 관습에 따라 그녀의 부모는 딸 모습을 노출하지 않으려고 아지즈 앞에 '구멍 뚫린 침대보'를 펼쳐서 그녀의 모습을 가린다. '닥터'가 상징하는 서구적 근대성과 '침대보'가 상징하는 인도 전통은 식민지 시기 인도를 지배한 근본적 대립을 압축해서 보여준다.

그러나 '구멍 뚫린 침대보'가 사랑을 막을 수는 없다. 오히려 젊은 청년의 호기심을 자극할 뿐이다. "닥터 아지즈는 차츰 나심의 모습을 마음속에 그려보게 되었는데, 그 영상은 따로따로 진찰했던 여러 부위를 엉성하게 맞춰놓은 콜라주 사진 같았다. (중략) 상상력이 이어 붙인 이 여인은 그가 가는 곳마다 따라다니면서 마음 한복판에 아예 둥지를 틀었고, 그래서 자나 깨나 그의 손끝에는 간지럼 잘 타는 그녀의 보들보들한 살결, 가늘고 완벽한 손목, 아름다운 발목이 느껴졌고, 코끝에는 라벤더와 참벨리 향기가 감돌았고, 귓전에는 그녀의 목소리와 참을 수 없어 터져 나오는 어린 소녀 같은 웃음소리가 맴돌았다. 그러나 그녀에게는 머리가 없었다. 아직 얼굴을 본 적이 없기 때문이다." 가릴수록 그리움은 커지고, 말릴수록 사랑은 완강해진다. 운명처럼 두 사람은 결국 사랑에 빠지고, 결혼해서 암리차르로 이사한다.

소설에서 구멍은 불완전한 소통의 상징으로 반복된다. 지름 18센티미터 구멍을 통해 사랑을 달성하려면, 상상으로 나머지를 발명해야 한다. 루슈디는 말한다. "우리는 신이 아니라 깨진 렌즈를 통해 조각난 모습들을 지각하는 피조물이다." 인간의 어떤 삶도 불완전할 수밖에 없지만, 우리는 창조의 마법을 부려서 사랑을 이룩하고 인생을 의미로 가득 채운다. 닥터 아지즈의 둘째 딸 아미나 시나이도, 아미나의 아들인 살림도, 살림의 아내이자 이야기의 청자인 파드마도, 모두 상상의 힘으로 의미를 이룩해가는 놀라운 힘을 품고 있다.

암리차르의 한 공원에서 아지즈는 잘리안왈라 바그 학살 사건을 겪는다. 1919년 4월 13일 영국 군대가 무차별 총격을 가해 독립을 요구하는 인도 시민 수백 명을 살해한 사건이다. 군인들이 총을 쏘려는 순간, 다행히도 아지즈는 코가 근질대는 바람에 재채기를 크게 하다가 넘어져서 목숨을 구한다. 이러한 엉뚱한 유머, 사건의 우발성은 루슈디 소설의 한 특징으로, 인도 이야기 전통에서 빌려온 것이다. 웃음의 힘으로 현실의 비극성을 극복하는 민중적 지혜를 보여준다. 그 이후의 이야기에서도 아지즈는 지속해서 인도 독립 운동의 역사와 기묘하게 이어진다. 아지즈의 친구로 '자유 이슬람 협회'의 수장인 미안 압둘라의 기이한 암살 사건, 그 비서이자 시인인 나디르 칸이 아지즈 집으로 도피했다 둘째 딸 뭄타즈와 사랑에 빠지는 식이다. 나디르와 이혼한 뭄타즈는 인조가죽 상인 아흐메드 시나이를 만나 재혼한 후 이름을 아미나 시나이로 바꾼다. 소설의 주인공 살림은 그녀의 아들이다.

화자인 살림의 삶에만 관심을 둔다면, 이 장황한 이야기는 필요 없다. 이야기 속도는 느리고, 우발적 사건이 일어나면서 곁길로 자꾸 빠진다. 이야기를 듣던 파드마가 "순차적 이야기의 세계로, '그다음엔―이랬더라'의 우주로 돌아가라고 들들 볶"으면서 "이런 속도로 가다간 당신 탄생에 관해 얘기하기도 전에 이백 살이 돼버리겠어요"라고 호소할 정도다. 그러나 이런 식의 이야기 전개는 모든 인간의 삶에는 "과거가 스며들어" 있음을 독자에게 떠올리게 한다. 아지즈와 아미나의 일화는 각각 식민지 인도, 인도·파키스탄 분리 독립의 역사와 긴밀하게 얽혀 있다. 따라서 갓 독립한 신생국 인도의 운명을 상징하는 살림의 삶을 이야기할 때, 이들의 삶을 돌아보는 건 불가피하다. 두 사람의 삶에는 살림의 앞날에 낄 지독한 먹구름의 전조이자 불행의 시한폭탄이 이미 들어 있기 때문이다.

제목 '한밤의 아이들'은 인도가 독립한 1947년 8월 15일 0시부터 1시 사이에 태어난 아이 1001명을 가리킨다. 1001이라는 숫자는 『천일야화』에서 나온 것이다. 자정 정각에 태어난 아이는 나중에 극단적으로 다른 인생행로를 보여줄 살림과 시바 두 사람뿐이다. 흥미로운 건 '한밤의 아이들'은 모두 초자연적 능력, 즉 질병을 맘대로 고치거나, 보고 들은 걸 모두 기억하거나, 신기한 마술을 부리거나, 시간여행을 하는 등 초자연적 능력을 타고났다는 점이다. 그 중 살림은 남의 마음을 읽고 그들의 삶을 체험할 수 있는 능력이 있고, 시바는 전쟁을 잘할 수 있는 능력을 타고났다. 루슈디는 말한다. "마치 그 순간 우리 역사가 바야흐로 가장 의미심장하고 희망찬 시대를 맞이하면서 일찍이 세계가 목격했던 현실과는 전혀 다른 미래를 위해 특별한 씨앗을 뿌리기로 마음먹은 듯했다." 한밤의 아이들이 타고난 신비한 능력은 원하는 것은 무엇이든 이루어질 것 같았던 인도의 희망을 상징한다.

그러나 특별한 능력을 타고났는데도 '한밤의 아이들'은 인도 현실에 아무런 영향도 끼치지 못한다. 마치 유전자는 타고났으나 발현은 환경이 결정하듯, 그들은 현실의 가혹한 억압 속에서 잊히고 사라지고 무참히 죽어간다. 신생 독립국 인도는 펼쳐진 화폭 위에 온갖 꿈을 채색할 기회의 시간이 아니었다. 인도 독립은 "주사위를 잘못 던진 시대, 모든 것이 최악인 시대, 재산이 인간의 지위를 결정하고 부를 미덕과 동일시하는 시대, 욕정이 남녀를 묶어주는 끈이 되어버린 시대, 거짓이 성공을 부르는 시대"의 개막이었다. 루슈디는 살림을 비롯한 '한밤의 아이들'의 삶을 밑그림 삼아 현대 인도가 걸어온 뒤틀린 역사를 상징적으로 보여준다.

살림이 남의 마음을 읽는 능력을 깨달은 것은 아홉 살 때 일이다. "비밀 은신처"인 "고장 난 시간의 탑에 몰래 숨은" 채 어린 살림은 "깨어난 내면의 귀를 열어 도시 곳곳을 자유롭게 배회"하면서 온갖 사건을 엿본다. "전용 요지경 상자의 놀라운 구멍 속을 들여다보는 어린아이처럼" 보이는 것 너머에서 "세상을 창조하고 있는 듯한 기분"을 만끽한다. 닥터 아지즈가 이불 구멍을 통해서 연인의 얼굴을 상상했듯, 살림은 "예술가가 된 듯한 착각에 빠져서 이 땅에 존재하는 온갖 현실을 재능의 미완성 원료"로 여기고, 꿈의 날개를 마음껏 펼쳤다. 그러나 자전거 사고 이후, 살림은 친구들 사이에서 왕따가 되고 만다.

혼자가 된 살림은 텔레파시를 통해 '한밤의 아이들'을 머릿속으로 불러들여 이야기를 나누기 시작한다. 태어난 지 10년밖에 되지 않았으나, 그사이 열 중 네 명은 질병, 기아, 사고 등으로 세상을 떠났다. 남은 아이는 581명. 유아 사망률이 40%에 이르는 셈이다. 살림은 남은 아이들을 모두 초대해 '한밤의 아이들 협회'를 조직한다. 이들이 자유롭게 이야기하면서 인도의 미래를 설계할 수 있도록 하기 위해서다. 그러나 현대 인도가 끝없이 분열을 거듭했듯, 협회 역시 의견이 갈리면서 때로는 수십 명씩 한꺼번에 연락이 끊기는 일이 벌어진다.

이야기가 현재에 가까울수록 살림의 말은 자꾸 어긋나고 빗나가고 흐트러지면서 통일성을 잃어버린다. 독립국 인도가 억압과 차별과 빈곤, 독재와 전쟁으로 달려감에 따라 살림의 서른 해 인생 역시 완결성을 이루지 못하고 수시로 길을 잃는 것이다. 루슈디는 말한다. "나의 인도에서는 간디가 계속 엉뚱한 시기에 죽을 수밖에 없다."

실제 인도의 역사도 날조와 허구로 가득하다. "전쟁 발발 후 닷새 만에 '파키스탄의 목소리'는 인도가 실제로 보유한 숫자보다 더 많은 비행기를 파괴했다고 발표했다. 여드레째 되던 날은 '올 인디아 라디오'가 파키스탄군을 최후의 한 명까지 전멸시키고 나서 상당수를 더 죽였다." 그들은 숫자를 조작하고 사실을 왜곡한 후 진실을 가리고 이익을 사유화한다.

살림을 둘러싼 현실은 처음부터 완전히 뒤틀려 있다. 살림이 태어난 날, "지금까지 존재하지 않았던 나라가 자유를 얻어 우리 모두를 새로운 세계로 내던지려던 참"에, 충격적 사건이 일어난다. 조산사인 메리 페레이라가 혁명가인 애인의 칭찬을 기대하면서 살림과 시바의 이름표를 바꾸는 "개인적인 혁명 작전을 감행"함으로써, "가난한 집의 아이에게는 풍요로운 삶을 선물하고, 부잣집에 태어난 아이에게는 손풍금과 가난을 선물"한 것이다. "외할아버지 코"를 닮은 커다란 코 덕분에, 아미나는 살림을 아무 의심 없이 받아들인다.

10년 후, 살림이 손가락 잘리는 사고를 당해서 수혈이 필요했을 때 진실이 밝혀진다. 살림과 부모의 혈액형이 안

맞았다. 하지만 진실이 현실을 바꾸진 못한다. 루슈디는 말한다. "달라질 것은 없었다." 인도가 식민지 시절에 있었던 일들을 부정할 수 없듯, 살림과 시바가 바뀌었더라도 "과거로부터 벗어날 방법을 찾아낼 수 없"었기 때문이다. 외할아버지가 있는 라왈핀디로 살림을 보내 사람들 이목을 가리는 게 전부였을 뿐이다. 오히려 이로써 살림은 종교적·민족적·언어적으로 복잡한 신생국 인도에 더욱더 가까운 존재가 된다. 민은경 교수가 말하듯, 살림은 "인도와 영국의 피를 동시에 이어받은 혼혈아"이고, "힌두와 이슬람 문화의 잡종"이며, "귀족과 천민의 복합체"가 된다. '한밤의 아이들' 역시 비슷하다. 이들은 모두 "부분적으로만 자기 부모의 자식인 아이들"이다. 그들의 부모는 육체의 부모가 아니라 역사 그 자체다. 인도에서는 아무도 순혈로 있을 수 없다. 누구도 혼종성을 벗어날 방법이 없다. 살림의 얼굴이 인도 지도와 닮았다는 것은 이를 암시한다.

살림이 파키스탄에 가면서 더 이상 텔레파시가 작동하지 않자, '협회'도 해체 수준에 이른다. 그러나 역사는 살림을 놓아주지 않는다. "폭력, 부패, 빈곤, 장군들, 혼돈, 탐욕"의 현실에 살림은 끝없이 휘말리고, 그 격랑에 빠져들어 쿠데타, 폭동, 시위, 전쟁, 학살, 폭력, 고문 등을 직접 몸으로 치른다. 하나하나의 사태는 비극적이나, 루슈디의 언어는 유쾌하다. 가령, 마하라슈트라에서 있었던 언어 폭동은 구자라트어를 쓰는 아이들을 골리려고 살림이 만든 노래에서 촉발되었다든지, 카슈미르 지역에서 살림의 꿈이 사람들 마음에 스며들어 "나라 전체의 공유 재산"이 되었다든지, "인도·파키스탄 전쟁의 숨은 목적은 시대에 뒤떨어진 우리 집안을 지구상에서 깨끗이 말살하려는 일"이었다든지 하는 식이다.

살림은 역사적 사건 안에 있되, 언제나 그곳에서 한 걸음 비껴 있다. 이는 살림과 그 주변 인물들이 겪어낸 현실이 실제의 현실이 아니라 살림이 머릿속으로 호출한 역사적 사건들이고, 또 이면의 진실을 독자들 눈앞에 드러내기 위해 "선택하고 생략하고 변경하고 과장하고 축소하고 미화하고 헐뜯"는 과정에서 창조한 현실임을 보여준다. 그러나 편견에 사로잡힌 이들이 보여주는 폭력과 광기, 수시로 개인의 삶에 개입해서 파괴적 결과를 초래하는 정치의 음모와 기만 등은 참담한 슬픔과 커다란 분노를 자아낸다. 방글라데시 분리 독립운동 당시에 있었던, 그러나 당국에 의해 철저히 은폐된 학살 사건을 보라. 기억상실증에 걸린 채 파키스탄 군대에 징집되는 바람에 이 사건에 간여한 살림이 마주친 것은 시민들 몸에서 흘러나온 피의 강물이다.

우리는 머리가 달걀처럼 반질반질하고 안경을 낀 사람들이 뒷골목에서 총살되는 장면을 보았다. 이 도시의 지식인들이 한꺼번에 몇백 명씩 학살되었다. 그러나 그것은 절대로 사실이 아니었을 것이다. (중략) 목에 칼자국이 난 시체들이 아무 표시도 없는 무덤에 매장되었다. (중략) 샤히드는 광장 쪽을 뚫어져라 바라보았다. 여의사들이 총검에 찔린 후 몇 번이나 강간을 당하다가 결국 사살되었다.

1980년 광주에서도, 2021년 미얀마에서도 같은 일이 벌어졌다. 자유를 바란다는 이유로 총에 맞고 칼에 찔려 스러지는 일이. 학살을 부인하는 일들도 여전히 벌어진다. "그러나 그것은 절대로 사실이 아니었을 것이다."

그러고 보면 인도 독립은 희망의 강물이 흐르는 시간이 아니라 절망의 바다가 넘실대는 시간이고, 풍요가 끝없이 불모로 바뀌는 상실의 과정이다. 인도와 함께 족쇄를 찬 살림의 인생도 같은 경로를 밟는다. 기만적·억압적 현실 탓에 온갖 고난을 겪은 살림은 "나라의 지도자가 될 운명"이라는 예언을 이루지 못한 채, 수없이 짓밟혀 "말 못 하는 먼지" 같은 상태로 전락한다. 다른 '한밤의 아이들'과 마찬가지로 사람의 마음을 읽는 능력마저 강제로 거세당함으로써 미래를 낳지 못하는 불임 상태에 처한다. 심지어 독재자인 '미망인' 인디라 간디에게 붙어서 살림을 탄압하고 고문하는 일에 앞장선 시바조차 죽음을 피하지 못한다.

주인은커녕 제물로 전락해 밑바닥까지 가라앉은 살림을 구원하는 것은 이야기다. "시간은 봄베이의 전력 공급처럼 불안정하"고, "삶은 봄베이 영화 같은 색채를 띤다." 그러나 살림은 위트와 익살을 활용해 이야기를 꾸밈으로써 자신이 겪어온 비극에 어떻게든 의미를 불어넣으려 애쓴다. 마지막 장의 제목은 '아브라카다브라'이다. 변화를 일으키는 마법의 주문을 통해 살림은 "피클 속에 온갖 기억과 꿈과 사상을 담"은 후 "기억을 영원하게 만드는 작업"을 한다. 낮에는 피클 통조림을 만들고 밤에는 이야기를 하나씩 빈병에 담아감으로써 시간의 공격 속에서 점차 스러져가는 인생을 방부시킨다. 살림은 말한다.

절인다는 것은 결국 불멸성을 부여하는 일이다. 생선, 채소, 과일이 양념과 식초 속에서 방부 처리가 된다. 그 과정에서 어떤 변화가 일어나서 맛이 조금 강해지는 것쯤은 사소한 문제가 아닐까? (중략) 언젠가는 세상은 이 '역사 피클'을 맛보는 날이 올 것이다. 맛이 너무 강해서 어떤 사람들 입맛에는 안 맞을지 모른다. 냄새가 너무 독해서 눈물이 날지도 모른다. 그러나 나는 이렇게 말하고 싶다. 그것은 이 피클 속에 진실의 참맛이 담겨 있기 때문이라고…… 그리고 온갖 고난에도 결국 이 피클은 사랑의 산물이라고.

사실 그 자체(오이)는 별로 중요하지 않다. 현실에서 살림은 이미 패배해 죽음을 앞두고 있다. 이제 남은 것은 의미의 싸움이고, '국모님'의 지시에 따라 쓰인 "공개적이고 가시적"인 빛의 기록에 맞서서 "은밀하고 섬뜩하며 기록이 전혀 없"는 어둠의 흔적을 이야기하는 일이다. 그것은 신생국 인도와 동시에 태어나 미래의 씨앗이 되어야 마땅했던 '한밤의 아이들'이 가혹한 현실 속에서 주어진 능력을 잃어버리고 희망마저 적출당하는 과정을 보여주는 '기억의 투쟁'을 일으키는 일이고, 인디라 간디가 비상사태를 선포하던 날 자정에 태어나 아버지에 이어서 다시 역사의 사슬에 묶여버린 시바의 아들이자 살림의 아들인 아담 시나이에게 인도의 진실을 전하는 일이기도 하다. 오이에 양념을 쳐서 절인 후 피클을 만들듯, 소설의 역사는 "구체적이며 역사적으로 증명 가능한" 사실에 상상을 뒤섞어 "불멸성을 부여"한다. 아니, 아무런 사실이 없더라도 이야기를 지어서 불멸성을 창출한다. 누군가의 입맛에 맞지 않고, 누군가에게 눈물을 흘리게 할지라도, 이야기꾼은 "진실의 참맛"을 포기할 수 없다.

닥터 아지즈는 식탁보 구멍에 가려진 처녀의 아름다운 얼굴을 떠올림으로써 사랑을 발명하고 가족을 창조했다. 그로부터 살림이 이어받고, 아담이 넘겨받을 역사가 만들어졌다. "피클은 사랑의 산물"이고, 사랑은 현실이 아니라 상상력에서 이루어진다. 살림에게는 슬픈 현실을 기쁨의 미래로 바꾸어줄, 어두운 꿈에서 밝은 현실을 꺼내줄 마법의 주문이 필요했다. 아브라카다브라, 아브라카다브라, 아브라카다브라……. 슬픔은 기쁨이 되어라, 절망은 희망이 되어라!

조용히 책 읽는 어머니와
활기차게 떠나는 딸들

류드밀라 울리츠카야Людмила Улицкая

『소네치카Сонечка』(2012)

　류드밀라 울리츠카야는 현대 러시아에서 가장 사랑받는 작가이다. 1943년 러시아 바시키르 자치 공화국에서 태어난 그녀는 1983년 『단추 100개』를 발표하며 마흔여섯 살 늦깎이로 문단에 나왔다. 일상에 대한 섬세한 관찰을 바탕으로, 인간 고통에 관한 따스하고 연민 어린 시선을 놓지 않는 그녀의 작품들은, 1989년 소비에트 붕괴 이후 밀려드는 물질주의 앞에서 정신적 공황에 시달리던 러시아인에게 깊은 위로를 주었다.
　『소네치카』는 울리츠카야의 대표작이다. 이 작품은 '작은 인간'의 고통에 대한 공감을 보여준다. '작은 인간'은 러시아 문학 전통이 만들어낸 인간형 중 하나로, 주로 가난하고 신분 낮은 지식인들을 가리킨다. 이 인간형을 처음 창조한 건 푸시킨이다. 이후 고골, 도스토옙스키 등이 이를 이어받아 형상화함으로써 러시아 문학의 중심에 자리 잡았다. 차르를 정점에 둔 철저한 신분 사회에서 작은 인간은 흔히 각종 재난으로 고통당하면서도 인간다움을 잃지 않으려다 끝내 파멸을 맞이한다. 한 러시아 문학 연구자는 '작은 인간'을 '작지만 그래도 인간'으로 읽어야 한다고 했는데, 매우 통찰력 있는 분석이라고 할 수 있다. 우리는 아무것도 아닐지라도, 티끌처럼 작은 존재일지라도, 여전히 인간으로서, 인간다움을 추구하며 살아간다.

『소네치카』는 책만 사랑하던 한 평범한 여성이 인내와 관용의 힘으로 어려운 현실을 이겨나가는 내용이다. 이 작품은 1992년 발표되자마자 러시아에서 큰 화제를 불러일으켰을 뿐만 아니라 1996년 프랑스 메디치 문학상, 1998년 이탈리아 주세페 아체르비상, 2012년 박경리문학상을 수상하면서 울리츠카야에게 국제적 명성을 가져다주었다.

작품의 주인공 소네치카(소냐)는 책을 좋아하는 평범한 여성이다. 어릴 때부터 책 속에 푹 빠진 소냐는 "인쇄된 글자에 너무나 공감"한 나머지 "상상 속 주인공"을 "현실 세계의 친구들" 사이에서 발견할 정도로 독서광이었다. 1941년 나치 독일이 소련을 침공했을 때, 소냐는 "정신의 소중한 결실"이 "땅 깊숙이 차가운 곳에 보관"된 도서관 지하 서고에서 일하던 중이었다. 거기서 그녀는 마흔일곱 살의 중년 남성 로베르트를 만난다. 로베르트는 젊었을 때 파리에서 활동했던 유망한 화가였으나, 러시아 혁명 이후 숙청돼 수용소에 갇힌 적이 있는 인물이다. 그는 "고상하고 섬세하며 이 시대의 인물이 아닌 것 같"은 초상화를 그려주면서 소냐에게 청혼한다. 자기 초상화를 받고 감동한 소냐는 엉겁결에 그와 결혼해버린다. 문학과 미술의 꿈속에서 살던 두 사람의 결혼이었다.

가부장제 사회에서 대다수 여성과 마찬가지로, 결혼은 소냐에게 현실을 깨닫는 문턱이 된다. 남편이 예술지상주의자로 '베짱이'였기에 더욱 그랬다. 저쪽에는 '책 속 세계'가 있고, 이쪽에는 '가혹한 현실'이 있다. 결혼하고 아이를 낳은 소냐는 "모든 것이 아주 깊숙한 것까지 완전히 변했다"라는 느낌에 사로잡힌다. "마치 예전의 삶이 그녀에게 등을 돌리고, 그 자리에 그녀가 그토록 사랑하던 책 속 이야기 대신에 상상할 수 없는 혼란의 짐, 가난, 추위, 번갈아 병이 나는 작은 타냐와 로베르트 빅토로비치에 대한 매일매일의 끝없는 걱정이 들어선 것 같았다." 이로써 아름다운 삶을 몽상하던 소녀는 사라지고, 살림 걱정에 머리를 싸매는 어머니가 그 자리에 들어선다.

그러나 가혹한 현실과 힘든 노동은 소냐를 전혀 굴복시키지 못한다. 힘겨운 일들이 거듭되는 와중에도 그녀는 기쁨을 만드는 기계처럼 "숨이 넘어갈 것 같은" 행복의 파편을 하나하나 모아간다. "한낮에 게으른 비가 내리던 날, 다리가 구부러진 거대한 회갈색 새가 텃밭에 내려앉던 날, 딸의 부푼 잇몸에서 처음으로 치아의 울퉁불퉁한 선이 나타난 날"

같은. 이것들은 남들 보기엔 "자잘하고 무의미한 것"이지만 그녀한테는 평생 잊을 수 없는 일상의 흔적들이다. 이런 기쁨이 있는 한, 아무리 가혹한 현실도 책으로 다져진 소냐의 고귀한 내면을 무너뜨릴 수 없다. 언제나 인간은 작디작은 행복만으로도 큰 고통을 이길 수 있다. 이것이 우리 같은 비루한 소시민들, 작은 인간들의 삶이다.

결혼 이후 노련한 주부로 변신한 소냐는 꿈(독서)을 포기하고 집안 생계를 떠맡는다. 고통에 찬 현실을 무한정 인내하면서 모두를 구원하는 '성스러운 어머니'가 된다. 이러한 어머니는 『예브게니 오네긴』의 타티야나 이후, 러시아 문학에서 반복해서 나타난다. 우리는 막심 고리키의 『어머니』에서 그 눈부신 전형을 마주할 수 있다. 울리츠카야는 어머니 소냐를 통해 러시아 문학의 한 전통인 '위대한 어머니상'을 재현한다. 첫 만남에서 로베르트는 그녀를 신들의 어머니인 키벨레로 느낀다. 신석기 시대부터 숭배된 키벨레는 대지모신으로, 죽음과 부활의 여신이다. 죽음의 겨울에 굴복하지 않고, 봄에 푸른 새싹을 내보낸다. 그녀는 눈 속에서도 생명력을 뽐내는 전나무(아티스)를 아들로 두고 있다. 키벨레처럼 소냐 역시 세상의 겨울에 지지 않는다. 고단한 현실에도 그녀는 조금도 불평하지 않은 채 가족을 위해 보금자리를 마련하고, 그들의 잘못을 포용하며 꿈을 북돋운다.

소냐의 열일곱 해 결혼 생활은 다시 크게 둘로 나뉜다. 전반부는 "공장 지하 보일러실 옆 창 없는 방"을 배정받아

신혼살림을 시작한 후 낮에는 공장에 나가고 밤에는 재봉틀을 돌려 돈을 모으는 고생 끝에 모스크바의 목조 저택으로 이사할 때까지다. 제2차 세계대전의 참혹함과 스탈린 소비에트의 공포 정치가 이어지는 시기다. 이 시기에 소냐는 힘든 살림에도 절망하지 않고 남편 로베르트와 딸 타냐를 굳건히 보호해나간다. 바깥의 어둠은 소냐의 희생과 헌신이 비추는 집 안의 등불을 꺼뜨리지 못한다. 소냐의 헌신적 노력에 따라 가족 공간 역시 조금씩 지하에서 지상으로 옮겨간다.

1953년 스탈린 사후에 흐루쇼프가 집권하면서 소비에트에는 일시적으로 '해빙기'가 시작된다. 그때를 기점으로 소냐의 결혼 생활 후반기가 시작된다. 모스크바 교외에 작은 집을 마련한 후, 소냐는 타냐의 친구 야샤를 집으로 받아들인다. 야샤는 어릴 때 고아가 된 불행한 소녀다. 살아남기 위해 그녀는 열두 살 때부터 이미 자기 몸속으로 "끔찍한 물건들"을 받아야만 했다. 자유분방하게 남자를 갈아치우는 딸 타냐가 억압을 떨치고 자유를 만끽하려는 청년들을 상징한다면, 가난과 폭력을 온몸으로 겪으면서 떠도는 야샤는 보금자리를 잃은 채 방황하는 청년들을 상징한다. 타냐와 야샤가 이야기의 전면에 등장하면서 소냐의 운명도 크게 달라진다. 해빙과 동시에 파스테르나크가 『닥터 지바고』를 발표하면서 작품 활동을 재개했듯, 로베르트는 집에 들어온 야샤의 "달걀처럼 흰 얼굴"을 본 후 열정을 되찾는다. 안식할 집을 마련하고 싶은 욕망에 사로잡혀 야샤는 다시 그림을 시작한 로베르트의 모델이 되었다가 결국 그를 유혹해 정부 자리를 차지한다.

남편의 불륜과 배신을 알아차렸으나, 소냐는 분노하거나 절망하지 않는다. 오히려 로베르트의 공방 가득 야샤를 그린 그림이 놓인 것을 보고, 그녀는 남편이 어린 연인에게 영감을 얻어 작품 활동을 시작했다는 사실을 긍정해버린다. "그 사람 옆에 젊고, 예쁘고, 부드럽고, 날씬한 아가씨가 생겼다는 건 정말 공평한 일이야. 예외적이고 비범한 그이에게 걸맞게 말이야. 늘그막에 그이에게 이런 기적이 일어난 것은 잘된 일이야. 이제 그이가 자기한테 가장 중요한 일, 예술로 되돌아갔잖아." 심지어 로베르트가 죽은 후 소냐는 사람들이 수군대는 와중에도 갈 데 없는 야샤를 다시 집 안으로 받아들여 같이 살기까지 한다. 이처럼 소냐는 가족의 잘못과 고통을 전부 떠안고 스스로 용서하고 치유해서 기쁨으로 승화한다. 너무나 고상하고 성스러운 행위여서 그녀의 머리 뒤에는 늘 둥근 후광이 있는 듯 느껴진다. 현실에서 도무지 존재할 수 없을 듯한 인간형이다.

소냐를 성녀로 만든 힘은 어디에서 왔을까. 문학이다. 독서를 통해 그녀의 내면에 자리 잡은 "위대한 러시아 문학의 공간"이다. 그녀 이름이 도스토옙스키의 『죄와 벌』에 나오는 소냐와 같은 건 우연이 아니다. 로베르트의 불륜을 확인한 후 집으로 돌아온 소냐가 제일 먼저 한 일은 결혼 이후 처음으로 푸시킨 작품을 읽으면서, "완벽한 단어로 구현된 고상함이 주는 조용한 행복"을 확인하는 일이었다. 힘들게 마련한 집이 알 수 없는 이유로 철거당하고, 모두가 떠나 버린 상태에서 홀로 작은 아파트로 이사했을 때에도 소냐는 슬픔과 고독 속에서 우연히 이삿짐에서 떨어진 실러를 읽는다. 문학이 있는 한, 인간은 패배하지 않는다는 듯이 말이다. 한마디로, 소냐에게 어떻게 살아야 하는지를 보여주는 건 문학이다. 문학에서 그녀는 불행과 고통으로 가득한 외적 현실을 이겨낼 힘을 얻는다. 어떠한 비참에도 좌절하지 않는 소냐의 삶은 내면에 빛이 있는 인간이 얼마나 강한지를 보여준다. 이것이 울리츠카야의 구원이다.

물론, 울리츠카야가 온정적, 관습적 모성을 온전히 수용하는 것은 아니다. 희생하는 어머니가 순종하는 딸에게 인내를 가르치고, 착한 딸이 자라서 다시 남성을 구원하는 아내가 되는 가부장제 모성 서사는 소냐를 끝으로 더 이상 유지되지 않는다. 소냐의 두 딸 타냐와 야샤는 모성의 대물림을 거부하고, 로베르트의 가르침을 좇아 '에피케이레스, 즉 자유롭게 사고하는 자'로 살아간다. 러시아 문학 연구자 양영란이 분석했듯, 소냐에게 몸은 "남편의 겸손한 숙소이자 통증, 굴욕, 질병을 안고 살아가는" 데 쓰이는 것이나, 타냐에게 섹스는 "유희의 대상"이자 "우정의 확장"이며, 신체의 자유에 대한 자각이고 "주변 세계와 교감하는" 실천이다. 소냐는 타냐와 야샤의 자유분방함을 염려하나, 두 딸은

"자부심 넘치고 독립적인 사람들"로 자라난다. 나중에 타냐는 유엔에 취직해 스위스로 가고, 야샤는 잘생긴 프랑스 부자에게 시집가 파리에서 행복을 누린다.

하지만 위대한 어머니 소냐는 러시아를 떠날 수 없다. 다니러 오라는 두 딸의 재촉을 끝없이 받지만, 소냐의 일은 여전히 러시아에 남아 있다. 딸들에게 가는 대신 그녀는 "스위스제 안경을 걸"친 채, 밤마다 좋아하는 책을 읽으면서 "달콤한 심연, 어두운 가로수길, 봄의 물속으로 뛰어드"는 문학의 모험을 즐긴다. 나이가 지긋한 소냐의 이름은 '소피야 이오시포브나'가 된다. 소피야는 '지혜'라는 뜻이다. 어릴 적에는 문학을 읽었고, 젊었을 때는 문학을 살았으며, 늙어선 문학을 음미하는 삶, 이것이 울리츠카야가 생각하는 지혜로운 삶이 아닐까. 울리츠카야는 소냐의 성스러운 지혜가 타냐와 야샤의 자유로운 기쁨으로 이어지는 이야기를 통해 도스토옙스키의 성스러운 소냐를 계승하면서 동시에 뛰어넘는 새로운 여성상을 우리에게 선보인 셈이다.

뿌리 뽑힌 자의
기억을 찾다

W. G. 제발트Winfried Georg Sebald

『아우스터리츠Austerlitz』(2001)

W. G. 제발트의 『아우스터리츠』는 '기억의 소설'이다. 이 작품에서 제발트는 국가의 공식 기억술에 저항하면서 문학적 기억술을 선보인다. 그는 말한다. "우리는 어디까지나 개별 존재일 뿐, 인간일 수는 없다. 세상이 마치 자신을 텅 비운 것처럼 지워져버린 삶과 함께 모든 것이, 줄곧 얼마나 많은 것이 망각 속에 빠져버렸는지 우리는 거의 붙들 수 없"다. 국가의 기억술이 '나'라는 존재를 지우고 '인간'만 기억한다면, 문학의 기억술은 그 잊히고 삭제된 삶을 언어의 표면에 붙들어둔다.

기억은 우리의 정체성 자체이다. 체험을 기억으로 바꾸어서 한 편의 인생 서사로 만듦으로써 우리는 자아를 이룩한다. 같은 시간, 같은 공간에 있었더라도 사람은 처지에 따라 다른 것을 기억하고, 그로부터 다른 이야기가 생겨난다.

가령, 나치 병사와 유대인의 수용소 기억은 서로 완전히 다르다. 나치 병사들이 평화롭고 안온한 공간에서 일상을 즐기며 지내는 동안, 유대인들은 어둡고 습하고 비좁은 곳에서 추위와 굶주림과 공포에 떨어야 했다. '인간'은 없고, '개인'만 있다. 우리는 모두 다른 존재들이고, 같은 시공간을 살면서도 각자 다른 기억을 이룩한다.

국가의 공식 기억술은 인간(집단)만 말하고 나(개인)는 제거한다. 가령, '홀로코스트가 있었다, 수용소에서 유대인, 집시, 장애인, 정신질환자 등 600만 명이 살해되었다'라고 쓴다. 그러나 이런 문장은 거기서 고통받고 죽어간 한 사람 한 사람을 기억하지 않는다. 공식 역사를 통해 우리는 "누가 정확히 어디에 있었으며, 어떻게 죽었는지"를, "죽어가는 사람들이 부르짖고 신음하는 모습"을 전혀 알 수 없다. 국가의 기억술은 희생자 개인을 배제하고, 그의 개별적 기억을 망각의 늪으로 밀어 넣는다. 공식적 역사는 본디부터 곳곳에 구멍이 난 채 기억상실에 걸려 있다.

『아우스터리츠』에서 제발트는 전혀 다른 형태의 기억술을 제안한다. 번역자에 따르면, 그것은 "구전과 구술에 바탕을 둔 구어적 기억, 공간 이미지와 공간의 궤적을 통한 수사학적 기억, 답사와 탐사와 문헌을 통한 고고학적 기억 등에 바탕을 둔" 기억술이다. 한 사람 한 사람 "파편적으로 흩어져 있으면서 하나의 공간에 모여"드는 다양한 기억을 한꺼번에 기술할 수 있는 이 기억술은 공식 역사에선 불가능하고 오직 문학에서만 가능하다.

소설에 나오는 역사 교사인 앙드레 힐러리는 문학적인 역사를 "지나치게 압축해서 묘사"하는 역사가 아니라 역사의 현장에서 "가장 사소한 것까지 주목"하는 역사, 공연 등을 통해 스스로 "무대에서 이리저리 옮겨 다니는 소도구 역할"을 함으로써 체험하는 역사라고 부른다. 자신의 유대적 뿌리에 괴로워하던 주인공 아우스터리츠는 역사에 대한 이 새로운 정의를 만난 이후에 비로소 자기 이름을 받아들인다. 문학의 기억술은 과거의 일을 현재적 경험으로 바꾸어줌으로써 사람들 마음속에 각인시킨다. 역사가 고통이 있었다고 전한다면, 문학은 고통을 겪게 함으로써 수십 년이 지난 후에도 생생히 새길 수 있도록 이끈다.

그러나 아무리 세세히 잘 기억하려 애써도, "세상이 마치 자신을 텅 비운 것처럼 지워져버린 삶"은 언제나 존재한다. 수용소에 끌려간 유대인 희생자 중 우리가 붙들 수 있는 기억은 너무나 적다. 게다가 수용소 공간을 찾아가 보면서도 아무도 그 공간에 고인 기억의 흔적에 하나하나 주의를 기울이지 않으면 어떤 기억상실을 피하지 못한다. 완전 기억이 없는 한, 인간이 아무리 애써도 결국 "역사가 기억하지 않는 삶"은 존재할 수밖에 없다. 그러므로 역사의 기억엔 완결도, 종결도 존재하지 않는다. 과거의 비극을 더 많이, 더 깊이 체험하려 하는 자는 역사를 무한히 고쳐 쓸 수밖에 없다. 과거를 들여다본다는 것은 곧 자기 기억을 새롭게 형성하는 능동적·적극적 실천이나 다름없다. 기억한다는 것은 과거를 다시 쓰는 일이고, 기억을 뒤바꾸는 실천이다. 제발트가 보기에 이것이 문학의 고유한 일이다. 역사가 멈춘 곳에서 문학이 일어선다.

역사와 문학의 경계를 무너뜨리고 사실과 허구를 뒤섞는 독창적 문체를 창조함으로써 제발트는 '기억 문학'이란 새로운 서사 양식을 개척한다. 『아우스터리츠』는 소설이자 자전이자 르포이자 역사로, 그 어디에도 속하지 않는 동시에 그 모든 것을 포괄한다. 이 작품은 흑백 사진 및 이미지 100여 장, 모아들인 각종 구술과 문헌 등을 통해 작품 내용의 사실성을 강조하는 한편, 아름답고 섬세하고 밀도 높은 묘사를 통해 독자를 기억의 현장에 존재하는 것처럼 이끈다. 이로써 제발트는 국가 기억술이 은폐 또는 삭제한 기억을 망각의 강에서 구출하는 '기억 문학'의 백미를 보여준다.

『아우스터리츠』는 제2차 세계대전 직전인 1938~1939년에 나치 독일의 지배에 떨어진 오스트리아, 체코, 폴란드 등에 살던 유대인 아이들을 영국으로 보내서 구출한 '어린이 수송'이라는 역사적 사건을 배경으로 한다. 프라하 출신의 아우스터리츠는 수송 당시 네 살 반이었다. 소설은 유럽의 여러 장소를 답사 여행 중인 작가 '나'가 예순일곱 살의 나이 든 건축사학자 아우스터리츠를 벨기에 안트베르펜역에서 우연히 만나면서 시작된다. 이후 몇 년 동안 두 사람은 유럽 곳곳에서 마주치면서 건축물을 배경으로 밀도 높은 이야기를 주고받는다. 인간과 공간과 기억의 관계에 관한 이야기였다. 그러던 어느 날, 아우스터리츠는 '나'를 만난 일이 "놀라우면서도 뭔가 피할 수 없는 내적 논리에 의한 것"이라면서, 자신이 감추고 싶어 했던, 그러나 누군가에게 꼭 들려주고 싶었던 내밀하고 고통스러운 인생 이야기를 털어놓는다. 그 이야기가 소설 전체의 줄거리를 이룬다.

소설은 "~라고 아우스터리츠가 말했다"라는 자유 간접 화법을 활용해 아우스터리츠가 자신의 비극적 인생을 생생하게 전하는 형태로 되어 있다. 그러나 제발트는 그 이야기를 직접 전하는 형식 대신, 화자인 '나'가 자신이 들은 이야기의 기억을 다시 글로 써서 독자한테 전하는 형식을 취한다. 이로부터 체험의 이어달리기, 기억의 연쇄반응이 일어난다. '나'는 아우스터리츠의 말을 듣고, 이를 글로 써서 전한다. 그런데 '나'의 글을 읽는 사람은 누구나 이를 기억해 전할 수 있는 또 다른 '나'가 될 수 있다. 섬세하고 정교한 제발트의 문장은 아우스터리츠의 뿌리 찾기 여정을 독자의 체험으로 만들고, 자기 체험이기에 누구나 이를 그대로, 또는 적절히 변형하고 가공해 타인에게 전할 수 있다. 마치 구술문학 또는 구전문학처럼, "~라고 아우스터리츠가 말했다고 '나'가 말했다고 '나'는 말한다"는 식의 연쇄 기억술이 과거를 전하는 화법으로 등장한 것이다. 작가의 위대함이 새로운 화법의 발명에 있다면, 제발트는 기꺼이 그 일을 해낸 셈이다.

수송 기차에 실려 영국에 온 후 아우스터리츠는 웨일스 시골 마을 발라에서 목사 부부에게 입양되어 데이비드 일라이어스란 이름을 얻는다. 낯선 환경에서 이름조차 빼앗긴 채, 아우스터리츠는 "더 이상 집에 있지 않고 아주 멀리 일종의 포로 상태에 있다는 것을 매일 새롭게 깨달아야 하는" 고통에 빠진다. 이러한 소외감은 어린 아우스터리츠를 절망적 폐쇄감과 심각한 불안에 빠뜨린다. 부모에게 버림받았다는 느낌은 그의 마음에서 '자기감정'을 빼앗고, 불행을 견디지 못한 아우스터리츠는 아기 때 기억 전체와 더불어 모어마저 잊어버린다. '나'를 상실한 것이다.

1949년 상급학교 기숙사에 들어가서야 그는 비로소 자크 아우스터리츠라는 자기 본명을 알게 된다. 역사 수업 시간에 그는 아우스터리츠란 이름이 나폴레옹 군대와 러시아·오스트리아 연합군 사이의 전쟁이 있었던 모라비아의 한 지명이라는 사실을 배운다. 그러나 아우스터리츠는 끝내 어린 시절 기억을 되살리지 못한다. 자신이 다른 아이와 다르다는 사실에 소외감을 느끼면서도 억지로 아무렇지도 않은 듯 살아간다. 그러나 과거를 빼앗긴 인간, 뿌리 잃은 인간은 행복할 수 없다. 시간이 흐를수록 아우스터리츠의 박탈감은 점점 커져 결국 억누를 수 없게 된다. "그때 이후로 나 자신이 억눌러왔지만, 이제는 강력하게 몰려오는 쫓겨난 존재와 지워진 존재라는 느낌 앞에서 이성은 속수무책이었어요."

1991년 우연히 리버풀 스트리트 정거장의 낡은 대합실에 들어서는 순간, 아우스터리츠는 강한 기시감을 경험한다. 이 역은 어린이 수송 작전 때 그가 열차에 실려 도착한 곳으로, 양부모를 처음 만났던 장소였다. 그 사실을 알아채자마자 아우스터리츠는 기억을 잃어버린 채 살아온 그동안의 삶이 얼마나 망가져 있었는지를 깨닫는다. "나는 단지 벤치에 앉아 있는 소년을 보았고, 뻣뻣하게 마비된 채 내버려진 상태가 과거의 많은 세월이 흐르는 동안 내 속에 가져온 파괴를, 그리고 한 번도 진짜로 살지 않았거나 그렇지 않으면 이제 처음으로 태어난 것 같은 생각 속에서 어떤 의미에서는 죽기 전날 같은 엄청난 피로감이 몰려오는 것을 알게 되었지요."

이날부터 아우스터리츠는 악몽에 시달리면서, 환각 증세에 빠졌다가, 결국 실신하기에 이른다. 억눌렸던 상처가 한꺼번에 분출하면서 정신적 쇼크를 일으킨 것이다. 그러나 잊힌 기억이 살아나자, "진짜로 살"기 위한 또 다른 실마리가 나타난다. 어느 날 브리티시 박물관 근처의 고서점에서 들려온 라디오 방송에서 두 여성의 증언을 듣고 기억의 또 다른 조각을 찾은 것이다. 한 여성이 "자신을 태운 기차가 이틀 동안 계속된 여행 후 독일 제국을 가로지르고, 기차에서 풍차의 커다란 날개들을 보았던 네덜란드를 거쳐, 대형 연락선 프라그PRAGUE 호를 타고 후크에서부터 북해를 지나 하위치까지 간 것을 이야기"했을 때, 자신 역시 그 경로를 통해 영국에 왔음을 깨달은 것이다. 이로부터 아우스터리츠는 빼앗긴 기억, 무너진 정체성을 복구하는 기나긴 여행에 나선다.

고향 프라하를 비롯한 유럽 곳곳의 역사적 공간을 찾아다니면서 아우스터리츠는 뿌리를 되짚어나간다. 프라하에선 어린 시절 자신이 살았던 집을 찾아내고, 아직 거기에 사는 유모 베라를 만나 행복했던 어린 시절 이야기를 듣는다. 아우스터리츠의 여행은 그로부터 어머니 아가타가 수용되었다가 어디론가 끌려간 유대인 게토 테레진으로 이어진다. 또한 아버지 막시밀리안이 파리로 이주했다가 나치를 피해 도주하던 중 실종됐다는 사실을 알아내기도 한다.

소설은 유럽 곳곳에 남아 있는 흔적을 더듬어가면서, 아우스터리츠가 개인의 기억과 과거의 역사를 복원하는 여정을 다룬다. 아우스터리츠의 기억과 회상은 문단 나눔도 없이 한시도 쉬지 않고 연속해서 이어지는 문장들로 표현된다. 말하고 쓰는 것이 곧 기억하는 것이며, 이야기가 계속되는 한 기억 역시 사라지지 않는다는 듯, 아우스터리츠의 회상과 나의 경험이 교차하는 목소리는 끊어질 듯, 끊어질 듯 이어진다.

인간은 잊었을지라도 장소는 기억한다. 리버풀 스트리트 정거장이 기억을 품고 있다가 아우스터리츠에게 돌려주었듯이, 유럽 여기저기엔 유대인의 비극적 고통이 새겨져 있다. 섬세하고 세밀한 공간 묘사를 통해 제발트는 한 개인의 비극적 가족사가 담긴 기억 공간 자체를 복원한 후, 독자를 그 공간으로 끌고 들어감으로써 홀로코스트라는 역사적 기억 속에 던져 넣는다. 서사를 천천히 밀고 가면서 장소마다 세밀화를 그려가고, 인물 심리를 섬세하게 기록하는 제발트 특유의 문체 덕분에 독자들은 시련의 역사를 인물들과 함께 생생하게 체험한다.

"이제 작업장에 있는 남자들과 여자들은 마치 자면서 일하는 것 같은 모습을 보여주었고, 그들이 바느질할 때 실이 꿰어진 바늘을 높이 당기기까지 한참이 걸렸으며, 눈썹은 매우 무겁게 내려앉았고, 입술은 아주 천천히 움직이며, 그렇게 천천히 카메라를 올려다보았어요. 그들의 걸음걸이는 발이 더 이상 땅에 닿지 않고 부유하는 것처럼 보였지요. 몸체는 분명하지 않았고, 특히 야외의 태양광 속에서 촬영된 장면에는 가장자리가 흐려져서, 사람 손의 윤곽이 세기 전환기 무렵에 파리에서 루이 드라제가 했던 유체 촬영과 전자 복사처럼 보였어요."

베를린의 제국 전쟁 박물관에서 구한 14분 분량의 나치 선전 필름 복사본을 네 배 저속으로 돌려보면서, 한때 배우이자 오페라 가수였던 어머니 얼굴을 찾으려는 장면이다. 우리는 지금 아우스터리츠와 마찬가지로, 같이 천천히 필름을 돌리면서 들여다보는 중이다. 한 컷도 놓치지 않으려는 아우스터리츠의 애절한 마음은 제발트의 정확한 문장을 통해 정신의 몰입과 감정적 공명을 일으키면서 우리를 작품 안으로 빨아들인다. 문장만으로 인간 마음을 움직이는 정교한 그림을 그릴 줄 아는 것, 이것이 제발트 소설의 가장 큰 매력이다.

아우스터리츠라는 이름이 은근히 아우슈비츠를 암시하듯 이 작품은 홀로코스트 소설에 속한다. 그러나 『아우스터리츠』에는 홀로코스트나 아우슈비츠라는 말이 한마디도 나오지 않는다. 제발트는 너무 익숙해져 더 이상 새로운 충격을 주지 못하는 수용소 이야기를 대신해 유대인 게토였던 테레진 거리에서 골동품 상점 진열장을 두 페이지에 걸쳐서 천천히, 끈질기게 묘사한다. 서랍장, 도자기, 양탄자, 책, 장난감 등 이 골동품들은 유대인 가구 4만 세대에서 약탈한 물건의 흔적이다. 이 물건들은 재산 전체를 빼앗긴 채 어디론가 사라져버린 주인의 비극적 부재를 상기시킴으로써 우리를 슬프게 한다.

작품 전체에 파편화된 채 뿌려져 있는 수많은 사진은 느릿하고 섬세한 문장과 어우러지면서, 뿌리를 잃은 채 방황하는 아우스터리츠의 부서진 마음에 우리를 감응시킨다. 부모의 마지막 흔적을 아직 알지 못하므로, 어딘가 그의 손에서 빠져나간 흔적이 분명히 있으리라 믿으므로, 그의 발이 닿지 않은 공간이 아직도 남아 있으므로 아우스터리츠의 여정은 멈추지도, 끝나지도 않는다. 영원히 뿌리 뽑혀 다시는 정착할 길 없는 그의 내면은 묘하게도 자본주의 사회 속에서 소속감을 잃고 정처 없이 떠도는 현대인들의 불행한 의식을 떠올리게 한다. 잊힌 기억을 되찾으려고 영국, 체코, 독일, 프랑스로 떠도는 아우스터리츠의 망가진 마음이 어느 순간, 마음의 안식을 잃고 도시 이곳저곳을 기웃대며 살아가는 우리들의 기분으로 변하는 것이다.

『아우스터리츠』는 읽은 사람이 많지 않은데, 아니 포기하지 않고 끝까지 읽어낼 사람은 극도로 적은데, 전체를 읽은 사람은 반드시 다른 사람한테 권하는 작품에 속한다. 이것은 명작의 조건이다. 아무도 읽지 않았으나 모두가 읽어야 한다고 생각하는 책 말이다. 과연 이 작품은 발표되자마자 미국도서비평가협회상, 브레멘상, 인디펜던트 외국소설상 등을 수상함으로써 독일 국내외에서 높은 평가를 받으면서 화제를 불러일으켰다. 그러나 신이 작가의 영예를 질투한 것일까. 출간 직후, 제발트는 불의의 교통사고로 세상을 떠나고, 작품만 남아 제발트의 대표작이자 '21세기 독일 문학의 고전'이 되었다. 마치 테레진 거리의 골동품처럼.

단어가 더 많은 의미를
품는 세계

델리아 오언스Delia Owens

『가재가 노래하는 곳Where the Crawdads Sing』(2018)

　『가재가 노래하는 곳』은 미국 생태학자 델리아 오언스
가 나이 일흔 살에 처음 발표한 장편소설이다. 1974년 캘리
포니아대학에서 박사학위를 받고 아프리카에 정착한 이후
약 40년 동안, 그녀는 보츠와나, 잠비아에서 하이에나, 코끼
리 등을 연구해온 동물학자로 『칼라하리의 절규』, 『코끼리
의 눈』 같은 생태 에세이를 펴낸 작가였고, 사바나를 개발
해 목축 산업을 육성하려는 현지 정부나 코끼리를 학살해
이득을 취하는 밀렵꾼과 맞서 싸우는 운동가였다.
　『가재가 노래하는 곳』은 미국 남부 습지의 자연 풍광을
생생히 살린 아름다운 문장과 작가의 풍부한 생물학 지식
이 돋보이는 작품으로 단숨에 세계적 화제작이 되었다. 소
설의 배경은 노스캐롤라이나주 남부의 광활한 해안 습지
아우터뱅크스다. 소설 첫머리에 나오는 "물속에서 풀이 자

라고 물이 하늘로 흐르는 곳"이란 표현이 보여주듯, 4,000 제곱킬로미터에 이르는 광활한 늪지 호수, 모래와 자갈 등이 퇴적해 이루어진 긴 방파제 모양의 평행사도로 이루어진 곳이다. 육지에서도, 바다에서도 인간이 접근하기 무척 어려운 곳으로, 수많은 배가 난파해 '대서양의 공동묘지'라고 불린다. 너무나 험악해서 사람 살기 어려운 곳이지만, 이곳에도 사람들이 있다. "세금과 법을 피해 도망친 사람들이 모여 사는 곳"이기 때문이다.

제목 "가재가 노래하는 곳"은 "저 숲속 깊은 곳, 야생동물이 야생동물답게 사는 곳"이란 뜻이다. 차별이나 폭력 같은 인간의 질서가 닿지 않는 곳으로, 이곳에선 오직 '생존 본능'이라는 자연의 순수 법칙에 따라 생사가 정해진다. 소설은 '생존 본능'에 내몰린 한 소녀의 일생을 통해 자연의 질서가 어떻게 움직여 가는지, 겉으로 보기에 질서정연한 인간 사회가 사실 얼마나 폭력적인지를 우리에게 알려준다.

소설은 1969년 소방탑 아래에서 마을 청년 체이스 앤드루스가 시신으로 발견되는 장면에서 시작된다. "습지에 사는 그 여자가 그랬을지도 몰라. 완전히 미친년이잖아. 얼마든지 이런 짓을 할 수 있을 거야……." 마을 사람들은 '늪지 소녀marsh girl'라고 불리는 카야 클라크를 범인으로 지목하고, 체포된 그녀를 둘러싸고 벌어지는 치열한 법정 공방이 큰 줄거리를 이룬다. 작품은 현재 시점으로 진행되는 법정 장면들과 과거 시점으로 회상되는 1952년 이후의 카야의 삶이 교차하는 형태로 되어 있다.

카야의 삶은 비극적이다. 여섯 살 때 어머니가 남편의 폭력을 견디지 못하고 가출한 것을 시작으로, 언니 오빠 넷과 아버지가 차례로 어린 그녀만 숲속에 내버려둔 채 떠나는 까닭이다. 홀로 남겨진 카야는 어린 나이인데도 늪지 오두막에서 홀로 생존할 수밖에 없게 된다. 카야가 숲에서 간신히 살아남아 아우터뱅크스의 자연 생태를 전하는 유명 작가이자 과학자로 성장할 때까지의 이야기가 살인사건 이야기와 함께 소설의 또 다른 축을 이루는 것이다.

『가재가 노래하는 곳』은 이 두 갈래 이야기를 씨줄과 날줄로 삼아 '살인의 진실'과 '인간의 진실'이 어떻게 겹치고 또 어긋나는지를 보여준다. 그 덕분에 이 소설은 생명 진화, 반딧불이 생태, 새 깃털이나 조개의 분류 등 습지 생태에 대한 작가의 풍부한 지식이 아름답고 섬세한 문장에 담긴 자연 생태 소설인 동시에 전쟁 증후군, 가정 폭력, 편견, 인종차별, 왕따, 성폭력, 습지 파괴 등 현대 인간 생태의 다양한 문제를 자연스레 깨달을 수 있는 사회 소설의 성격도 띤다.

한편, 이 소설은 '언어의 힘'을 다루는 예술 소설이기도 하다. "단어가 이렇게 많은 의미를 품을 수 있는지 몰랐어. 문장이 이렇게 충만한 건지 몰랐어." 오빠 조디의 친구이자 첫사랑인 테이트에게 글을 처음 배운 후 카야는 말한다. 그러자 테이트가 말을 잇는다. "아주 좋은 문장이라서 그래. 모든 단어가 그렇게 많은 의미를 품고 있는 건 아니거든."

카야의 치밀한 관찰력에 예민한 표현력을 더하여주고, 습지 소녀 카야를 생태 예술작가 카야로 성장시키는 것은 시와 그림이다. 소설 곳곳에 삽입된 시들은 신비로운 자연의 변화를 섬세하게 감각하고 민감하게 표현하는 카야의 야성을 보여준다.

그 야성의 두 얼굴이 소설의 서사를 끌어가는 근본 동력을 이룬다. 우리는 생태를 흔히 낭만화한다. 카야의 예술적 측면, 즉 자연의 미묘한 움직임을 감지하고, 생명의 미세한 차이를 관찰해 정교하고 아름다운 표현을 빚어내는 역능에만 주로 주목한다. 그러나 자연은 잔혹하기도 하다. 개인의 처지 따위는 전혀 아랑곳하지 않는 생명의 법칙이 지배한다. 버림받은 소녀로서 목숨을 이어가기 위해 끝없이 분투하는 것, 이것이 카야의 또 다른 얼굴이다.

도대체 어린 소녀는 야생의 폭력이 수시로 생존을 위협하는 늪지에서 타인의 도움 없이 어떻게 살아남을 수 있었을까. 교묘하게도, 작가는 소설 첫머리에 습지의 아름다움에 대한 묘사와 더불어 자연의 냉혹함을 알려주는 과학적 진술을 배치함으로써 '생존 본능'이라는 생물학적 역능을 독자에게 일깨운다.

"목숨이 걸린 궁지에 몰리면 사람은 무조건 생존 본능에 의존한다. 생존 본능은 빠르고 공정하다. 온유한 유전자보다 훨씬 강력하게 후세대로 물려 내려가는 생존 본능은 언제나 필승의 패다. 윤리가 아니라 단순한 수학이다. 비둘기들도 자기들끼리 싸울 때는 매나 다름없다."

목숨이 걸리면 어린아이도 순식간에 어른으로 웃자라
게 된다. 카야는 이 생존 본능을 폭력적 아버지한테 처음으
로 배운다. 살아남으려면 어떻게든 아버지한테 도움 되는
일을 해야 함을 알아채는 것이다. 엄마에 이어 형제자매들
이 하나씩 사라져 아버지와 둘만 남았을 때, 카야는 요리도
하고, 청소도 하면서 생존을 위해 분투한다. 그리고 그 대가
로 아버지한테 낚시를 배우고 보트 다루는 법 등을 익힌다.
이처럼 생존 본능이 어린 소녀가 홀로 숲속에서 살아남는
서사의 개연성을 만들어낸다.

가족 없이 자랐기에 카야는 인간다운 삶의 기초를 배울
수 없었다. 친구조차 없었다. 학교는 단 하루 출석했을 뿐
이다. 점심을 준다는 말을 듣고, 학교에 억지로 출석했으나,
"늪지 쓰레기"라고 놀리는 아이들의 조롱과 왕따를 견디지
못하고 탈출했다. 과연, "비둘기들도 자기들끼리 싸울 때는
매나 다름없다." 가족에게도, 친구에게도 친밀함과 다정함
을 배우지 못했기에 카야는 도무지 윤리를 알 수 없었다. 외
로움에 비틀거리는 카야를 붙잡아준 것은 "습지의 땅"이었
다. 촉촉한 습지의 흙 속에서 카야는 "심장의 아픔"을, 그러
니까 외로움을 잊을 수 있었다. 그러자 습지가 "카야의 어머
니"가 되고, 갈매기가 카야의 친구가 되었다. 온종일 생존
을 위해 몸부림치는 카야의 유일한 취미는 습지의 다양한
깃털과 조개를 수집해서 모양대로 분류하는 일이었다.

"수집과 분류"라는 카야의 유일한 인간적 행위가 한 소년의 눈길을 끈다. 카야의 막내 오빠 조디의 친구인 테이트다. 습지 생태에 관심이 많은 테이트는 어느 날 우연히 카야의 수집품을 발견하고, 희귀 깃털로 카야를 유혹해 그녀와 대화를 나누기 시작한다. 글자를 배운 적 없기에 스케치로 생물 생태를 표현하는 카야의 재능을 알아본 테이트는 그림 도구를 선물하고, 문맹인 카야한테 글을 가르친다. 카야는 그에게서 생애 처음 따뜻함을 느낀다. "근처에만 있었는데, 그렇게 가까이 간 것도 아닌데, 엄마와 조디가 떠나고 처음으로 숨 쉴 때 아픔이 느껴지지 않았다. 상처 말고 다른 무언가가 느껴졌다." 첫사랑이 찾아온 것이다.

카야가 생존을 이어갈 수 있도록 도움을 베푼 어른도 있다. 부두에서 보트 연료를 판매하는 점핑과 메이블 부부다. 인종 차별이 아직 법으로 금지되지 않은 1950년대에 미국 남부에서 주유소를 운영하는 이 부부는 극심한 차별을 당하면서도(어쩌면 그렇기에) 가족 없이 외톨이로 사는 카야에 대한 연민의 마음을 저버리지 못한다. 그들은 카야가 밤새 캔 홍합을 사주고, 기름을 내주거나 성냥, 양초, 식량 등을 제공한다. 때로는 헌 옷을 얻어주기도 하고, 씨앗을 뿌려서 텃밭을 가꾸는 법도 알려준다. "점핑의 부두를 찾을 때마다 카야는 훤히 잘 보이는 창가에 자랑스럽게 자기 책이 놓여 있는 모습을 보았다. 아버지가 딸의 책을 자랑하듯이." 점핑 부부가 사실상 카야의 부모 역할을 한 셈이다.

잠시 행복에 취했던 카야에게 다시 시련이 찾아온다. 생물학을 공부하러 대학에 간 테이트가 약속된 4년이 지났는데도 돌아오지 않은 것이다. 실연했다고 생각한 카야는 가족이 떠났을 때보다 더 큰 상실감을 느낀다. "심장을 싹싹 쓸고/ 사랑을 잘 치워두네/ 다시는 쓰고 싶어질 일이 없으리,/ 영원토록." 에밀리 디킨슨의 시 한 편이 카야의 찢어진 마음을 대변한다.

그런데 성숙한 여인이 된 카야가 숲에서 홀로 살아가자 자연의 폭력이 다시 들고 일어선다. 낮이든 밤이든, 마을 남자들이 카야의 몸을 노린다. 위기에 몰린 카야는 다시 '생존 본능'에 사로잡힌다. 습지가 다시 카야의 마음을 이끈다. "암컷들은 원하는 걸 얻어낸다. 처음에는 짝짓기 상대를, 다음에는 끼니를. 그저 신호를 바꾸기만 하면 됐다."

카야는 못 이기는 척, 마을의 쿼터백이자 유지의 아들이며 미남에 바람둥이인 체이스 앤드루스에게 몸을 맡긴다. 폭력에서 벗어나 가정을 꾸리고, 생존을 이어가기 위해서다. 그러나 인간 사회의 법칙은 자연의 법칙과 다르게 작동한다. 체이스는 카야를 농락한 후, 다른 여자와 결혼함으로써 카야를 배신해버린다. 실망하고 분노하는 그녀에게 체이스는 뻔뻔하게 말한다. "우리 사이는 원래 이런 거야. 여태 그것도 몰랐어. 난 결혼한 뒤에도 지금처럼 너를 계속 만나러 올 거야. 넌 내 거야."

그 말대로 체이스는 나중에도 수시로 찾아와 주먹을 휘

두르면서 카야를 강간하려 한다. 그의 눈을 피해 도망치던 카야는 점핑을 찾아가 상의한다. 그러나 어릴 적 학교에서 아이들이 자신을 "늪지 쓰레기"라고 놀렸듯, 그녀는 이미 세상이 어떤지, 인간 사회가 자신한테 얼마나 불리한지를 잘 알고 있다. 카야는 말한다. "유색인 마을 처녀가 체이스 앤드루스가 자기를 습격해서 강간하려 했다고 고발하면 어떻게 되겠어요. 저들은 아무 조치도 취하지 않을 거예요, 아무 것도."

카야와 체이스는 각각 자연과 인간을 상징한다. 체이스는 "습지를 착취 대상"으로만 여긴다. "보트를 타고 낚시를 하고 매립해서 농사를 지을 땅이라고 생각"한다. 그러나 카야는 습지를 어머니, 즉 함께 살아야 할 공생 대상으로 생각한다. 카야는 "습지 생물, 하천, 부들에 대한 마르지 않는 지식"을 갖추었고, "사슴 곁을 지날 때는 소리를 내지 않고 저 속으로 표류한다거나 새 둥지 근처에서 목소리를 낮춰 속삭이는" 등 배려할 줄 안다. 이 관계는 둘 사이에서도 반복된다. 가부장제에 중독된 체이스는 카야를 동등한 인간으로 바라보지 않고, 한낱 소유물로 여기면서 제멋대로 학대하고 침범할 수 있는 대상으로 취급한다. 자연에 대한 인간의 착취는 인간에 대한 인간의 착취, 여성에 대한 남성의 착취와 결코 분리해서 생각할 수 없다. 백인 남성인 체이스는 흑인인 점핑 부부를 착취하고 멸시할 뿐 아니라 백인 여성인 카야도 착취하고 멸시한다. 동시에 백인 남성 중심으로 짜인 인간 생태계는 이런 폭력 문제를 전혀 해결하지 못한다.

때마침 테이트가 마을로 돌아온다. 그러나 이미 남성에게 질린 카야는 테이트를 피해 다닌다. 꾀를 부려 억지로 그녀를 만난 테이트는 카야의 용서를 구하지만, 카야는 아무 대답도 하지 않은 채 생각한다. '왜 상처받은 사람들이, 아직도 피 흘리는 사람들이, 용서의 부담까지 짊어져야 하는 걸까?' 테이트는 그동안 카야가 수집한 여러 자료를 정리해 출판사에 보내고, 출판사는 카야와 계약을 맺은 후 『동부 연안의 바닷조개』라는 책으로 출판한다. 이름이 알려지면서 카야는 더 이상 "끼니를 때우기 위해 진흙을 파헤칠 필요도 없"고, "날마다 그리츠만 먹고살지 않아도" 되었다. 숲속 오두막에까지 수도, 보일러, 욕조, 개수대, 냉장고를 놓았고, 38만 평에 달하는 땅의 소유권도 물려받았다. 안정된 삶이 찾아온 것이다.

그러나 카야를 노리는 체이스의 폭력은 끊이지 않는다. 카야는 도망치다가 잡혀서 체이스에게 폭행당한다. 그제야 비로소 카야는 자신을 버리고 떠났다가 정신병원에서 쓸쓸히 삶을 마감한 엄마를 이해한다. "이제 알겠어. 이제야 엄마가 왜 떠나서 다시는 돌아오지 못했는지. 몰라서 미안해. 도와주지 못해서 미안해. 나는 그렇게 살지 않을 거야. 언제 어디에서 주먹이 날아올까 걱정하면서 살지 않을 거야." 카야에게 인간 사회의 경험은 폭력과 차별과 버림받음으로 점철된다. 카야는 아무도 미워하지 않았으나, 사람들은 카야를 미워하고, 놀려대고, 떠나가고, 괴롭히고, 습격했다. 습지 생물들이 서로 균형과 조화를 이루면서 공존하듯, 카야 역시 사람들과 어울리기를 한없이 갈망했으나, 결국 그녀는 사람들에게 버림받고, '가재가 노래하는 곳'에서 '사람들 없이 사는 법'을 배울 수밖에 없었다.

궁지에 몰린 카야에게 언제나처럼 습지가 해결책을 제시한다. 카야는 곤충의 생태에서 어떻게 해야 할지를 깨닫는다. "암컷 반딧불이는 허위 신호를 보내 낯선 수컷을 유혹해 잡아먹는다. 암컷 사마귀는 짝짓기 상대를 잡아먹는다. 카야는 암컷 곤충들은 연인을 다루는 법을 잘 안다는 생각이 들었다."

습지 버섯에 관한 책을 펴내기 위해 카야는 편집자를 만나러 버스를 타고 그린빌로 떠났다가 돌아온다. 그런데 그 이틀 사이에 체이스가 소방탑 아래에서 시체로 발견된다. 여기서 따로 진행되던 두 이야기가 하나로 합쳐진다. 그리고 카야의 유죄와 무죄를 다투는 법정 심문이 시작된다. 변호사 톰 밀턴의 법정 최후 변론이 아마도 작가가 우리 모두에게 정말로 전하고 싶었던 바일 것이다.

우리가 마시 걸, 반늑대, 유인원과 인간 사이의 잃어버린 사슬이라 불렀던 그녀는 버림받은 아이였습니다. 유기되어 혼자 늪에서 배고픔과 추위와 싸우며 살아남은 어린 소녀를 우리는 돕지 않았습니다. 우리는 늪지 쓰레기라는 딱지를 붙이고 돕기를 거부했습니다. 우리와 다르다고 생각했기 때문입니다. 우리와 다르기에 캐서린 클라크를 소외시켰던 건가요? 아니면 우리가 소외시켰기에 그녀가 우리와 달라진 건가요?

카야는 평생 인간 없이 살았다. 망망한 바다와 어두운 숲을 바라보면서, 새로 발견한 깃털이나 완성한 수채화를 보여줄 이 없는 삶을 살았다. 곤충의 속삭임을 듣고 갈매기에게 시를 읊어주면서 살 수밖에 없었다. 두려움보다 외로움을 먼저 배우고, 생존을 위해서만 몸부림치는 이 삶은 카야가 바란 삶이 아니었다. 카야는 친구를 바랐으나 또래는 그녀를 외면하고 오히려 공격했다. 카야는 사랑을 갈망했으나, 사람들은 그녀를 차별하고 탄압하고 폭행했다. 그나마 점핑 부부와 테이트가 작은 인정을 베풀지 않았다면, 그녀는 생존하지 못했을 것이고, 시와 그림과 과학에 재능을 발휘할 수 없었을 것이다. '사람 사이' 없이 인류는 인간이 되지 못한다. 무죄로 풀려났으나 카야는 끝내 '사람 사이'를 알지 못했고, 테이트와 함께 습지에서 살면서 예순여섯 살에 채집 여행을 떠났다 죽을 때까지 단 한 차례도 마을로 나오지 않았다.

카야를 참나무 아래에 묻어준 테이트는 부엌 바닥의 지하실에서 우연히 수백 장에 달하는 어맨다 해밀턴의 시를 발견한다. 지역의 유명한 자연주의 시인 해밀턴이 바로 카야의 또 다른 자아였다. 습지에서 은둔해 살았으나 카야는 인간에게 말 건네기를 포기하지 않았다. 끝까지 사람들에게 손 내밀면서 다가가려 했다. 그러나 사람들은 이를 외면했고, 카야는 "땅과 물의 생명체"로서만 살다가, 생존과 외로움에 몸부림치다가 끝내 스러졌다.

체이스를 죽인 범인도 카야였다. 생존과 번식을 위해 수컷을 잡아먹는 암컷 사마귀처럼 카야는 오랫동안 관찰해 알았던 이안류 현상의 도움을 받아 체이스를 살해했다. 카야의 유품에서 나온 조개 목걸이가 그 증거였다. 테이트는 목걸이를 늪지에 던짐으로써 카야의 죄를 영원한 침묵 속에 묻어버린다.

인간의 뇌는 세 부분으로 나누어진다. 뇌의 가장 깊은 곳에 있는 뇌줄기, 즉 '파충류의 뇌'는 호흡이나 심장 박동 같은 생존과 관련한 반응을 제어한다. 이 뇌는 오직 생존 본능에 따라 작동한다. 변연계라 불리는 두 번째 뇌, 즉 '포유류의 뇌'는 타자에 공감하고 협력을 일으키는 역할을 한다. 변연계 덕분에 우리는 타자를 연민하고 흉내 내며 이타적으로 행동할 수 있다. 세 번째 뇌는 신피질, 즉 '인류의 뇌'라고 불린다. 약 2만 년 전에 출현한 신피질 때문에 인간은 보이지 않는 것을 추론하고 자기 존재의 의미를 추구할 줄 알게 되었다. 눈앞의 쾌락이나 만족을 넘어서 정의, 자유, 평등, 사랑 등을 추구하는 삶이 가능해진 것이다.

그러나 인간은 타고난 친화력을 자기가 '동족'으로 여기는 사람들을 향해서만 작동시킨다. 남성이 여성을 동족으로 여기지 않기에 가부장제가 작동하고, 강한 집단이 약한 집단을 동족으로 생각지 않기에 차별과 착취와 학살이 일어나며, 인간이 자연을 공생체로 인정하지 않기에 끝없이 자연을 파괴한다.

모든 작용은 반작용을 불러온다. 인간이 자연을 파괴하면, 착취된 자연은 인간에게 기후 변화 등 재앙을 되먹임한다. 강자가 약자를 착취하면, 약자들은 단결해서 저항과 분란을 일으킨다. 남성이 여성을 동등하게 대하지 않으면, 저출생 같은 재앙이 일상화된다. 사람 사이를 느끼지 못한 카야는 끝내 '가재가 노래하는 곳'을 벗어날 수 없었고, 세 번째 뇌를 작동시키지 못한 채 곤충에게 배운 대로 '생존 본능'을 좇아서 살 수밖에 없었다. 그러나 그녀에겐 누구보다 풍부한 감수성이 있었다. 그녀가 진짜 갈망한 것은 세 번째 뇌로 살아가는 세계, 즉 "단어가 많은 의미를 품는" 시의 세계였다. 겉으로는 세 번째 뇌로 살아가는 듯하지만, 실제로는 두 번째 뇌조차 제대로 작동시키지 못하는 무능한 현대 사회는 카야의 언어를 알아들을 수 없었다. 그렇다면 남성의 폭력과 사회의 차별에 대한 카야의 몸부림, "타인과의 연결"을 갈망했으나 허공에 헛되이 울려 퍼진 시는 근본적으로 누구의 잘못인가. 작품은 우리에게 이러한 질문을 남긴다.

지혜는 고통의
형식을 띤다

치마만다 응고지 아디치에Chimamanda Ngozi Adichie

『절반의 태양Half of a Yellow Sun』(2006)

나이지리아 소설가 치마만다 응고지 아디치에는 우리 나라에서 소설가보다 페미니스트로 이름 높다. 『우리는 모두 페미니스트가 되어야 합니다』가 국내에서 초베스트셀러에 오르면서 '페미니즘 리부트'에 이바지한 기억이 압도적인 까닭이다. 그러나 작가는 우선 작품으로 평가돼야 하고, 독자는 작품을 통해서만 작가의 목소리에 더 잘 접근할 수 있다고 믿는다.

1977년 나이지리아에서 태어난 아디치에는 현대 아프리카 문학을 대표하는 청년 작가이다. 선배인 치누아 아체베와 마찬가지로, 그녀는 이보족 출신이다. 이보족은 나이지리아 현대사의 최대 비극인 비아프라 전쟁의 와중에 무참히 학살당하고 굶주려서 죽어간 소수 종족이다. 아체베 문학의 영향을 크게 받은 데다 어린 시절 아체베가 살던 집에서 자란 인연도 있어서 아디치에는 흔히 '아체베의 딸'로 불리곤 한다.

『절반의 태양』은 아디치에의 대표작으로, 『뉴욕타임스』 선정 '100대 영문소설'과 『가디언』 선정 '21세기 가장 뛰어난 책 100'에 오른 현대의 고전이다. 이 작품의 시간적 배경은 나이지리아가 영국 식민지에서 독립한 직후인 1960년부터 세 해에 걸친 비아프라 내전이 끝난 1970년까지다. 작품의 주요 인물은 올란나와 카이네네 두 쌍둥이 자매다. 아디치에는 두 자매의 사랑과 인생을 통해 영국 제국주의의 유산이 독립 이후에도 어떻게 나이지리아인들의 목줄을 움켜쥔 악령으로 계속 남아 있는지를 선명히 보여준다. 이 작품이 탈식민 문학의 걸작으로 불리는 이유이다.

1966년 나이지리아의 다수 부족인 하우사족이 이보족을 학살하는 사건이 일어난다. 이 사건을 계기로, 1967년 이보족이 독립해 비아프라 공화국을 수립한다. 그 직후에 하우사족이 비아프라를 무너뜨리려 전생을 일으킨다. 비아프라 전쟁이라고 불리는 이 참혹한 내전은 무려 3년 동안 이어지면서 수많은 사람을 죽음으로 몰아넣는다. 전쟁의 근본적 원인은 두 부족의 갈등에 있지 않다.

서구 제국주의자들이 임의로 국경선을 그은 후 한 국민이 되기를 강제했을 뿐, 하우사족과 이보족은 종교도, 문화도, 역사도 달랐다. 한마디로, 한 나라로 묶이기 힘든 사이였다. 나이지리아 북부의 하우사족은 다수 종족으로 이슬람교도에 권위주의 문화에 익숙했고, 서남부에 사는 이보족은 소수 종족으로 기독교도에 공화주의적 협력 문화를 선호했다. 나이지리아는 이 주요한 두 종족뿐만 아니라 요루바족, 이자우족, 카누리족, 티브족 등 250개 부족이 어느 날 갑자기 하나가 된 나라였다. 따라서 지난한 노력 없이는 본래 사회 통합을 기대하기 힘들었다.

그러나 식민 통치 기간 내내 영국은 부족 간 차별을 통해 증오와 반목을 부추기는 분리 통치 기술을 구사했다. 나이지리아 사람들이 하나로 합치지 못하게 방해한 것이다. 영국의 교활한 책략에 휘말려 든 이보족과 하우사족은 가난과 고통의 원인을 제공한 영국인보다 서로를 더 증오하는 데까지 이르렀다. 게다가 독립 과정도 문제였다. 어느 날 불쑥 선물로 주어졌기 때문이다. 서아프리카에서 가나가 격렬한 투쟁 끝에 독립하자, 깜짝 놀란 영국은 나이지리아를 독립시켰다. 그러나 그들은 독립 이후에도 이권을 보장받기 위해 부유한 데다 공화적 전통이 강한 이보족이 아니라 부족장 중심으로 운영돼 밀실 협상이 쉬운 하우사족에게 권력을 넘겼다. 그 탓에 독립 직후 나이지리아는 오랜 식민 유산을 청산하고 부족 화합에 나서지 못했다. 하우사족 통치자들은 부패를 일삼으면서 부족 갈등을 부추기고, 이보족 등 소수 부족에 대한 테러를 묵인함으로써 국가 분열을 조장했다.

결과가 비아프라 내전이었다. 이보족 입장에서 비아프

라 내전은 희망으로 시작되었다. 그러나 이 전쟁은 "나이지리아 현대사에서 가장 폭력적 사건"으로, 월레 소잉카의 말처럼 "우리의 양심과 집단 기억을 오랫동안 괴롭힌" 사건으로 종결되었다. 3년간 이어진 내전에서 수십만 명이 전사하고, 지역 봉쇄에 따른 식량 및 의약품 부족으로 이보족 민간인 약 200만 명이 사망했다. 대부분 기아를 못 견딘 어린 아이들이었다. 남자들은 강제로 징집되고, 여자들은 성폭행에 시달렸으며, 재산은 무차별 약탈당했다.

영국은 나이지리아 정부에 이보족 봉쇄를 위한 무기를 제공했다. 이에 항의해서 비틀스의 존 레넌은 영국 왕실의 기사 작위를 반납했다. 아이들이 굶어 죽고 병들어 죽는데도 적십자사 등 국제구호단체들은 영국 눈치를 봤다. 이를 견디지 못한 양심적 의사들이 따로 모여 '국경 없는 의사회'를 결성했다. 학살을 주도했던 나이지리아 정부는 비아프라 전쟁을 영원히 망각 속에 묻으려고 했다. 그러나 역사의 기록은 삭제할 수 있고, 언론의 목소리는 금지할 수 있으나, 문학의 언어를 막을 수는 없었다. 비극을 직접 겪지는 않았으나, 아디치에는 치누아 아체베, 크리스토퍼 오키그보 등의 뒤를 이어서 『절반의 태양』에서 나이지리아 현대사의 가장 어두운 상처를 생생히 들추어낸다.

이 작품의 원제는 'Half of a Yellow Sun'이다. 노란 태양은 비아프라 국기에 새겨진 상징이다. 따라서 이 제목은 찬란하게 떠오르던 황금빛 희망이 반쯤 떠오르다가 멈추고

만 비극을 암시한다. 나머지 절반은 도대체 언제 떠오를까. 가장 환한 희망이 가장 어두운 절망이 된 비아프라 이후에 인간은 무엇인가. 지옥을 천국으로 바꾸어줄 희망의 발전기는 어디에 있는가. 이 작품에서 아디치에가 독자들에게 건네는 질문들이다.

작가 스스로가 밝혔듯이, 작품의 겉 이야기는 올란나와 카이네네 두 자매의 사랑을 둘러싼 멜로드라마 형태로 진행된다. 자매는 나이지리아 독립 직후의 희망과 혼란의 시기에도, 비아프라 전쟁의 잔학한 비극이 일어나는 와중에도 사랑을 멈추지 않는다. 무참히 진행되는 비극적 현실에서 사랑만이 자아를 유지하고 자기를 지키는 유일한 방법이라는 듯, 이들은 각자의 연인인 오데니그보, 리처드와 사랑하고 배신하고 헤어지고 다투고 화해하는 일을 거듭한다.

올란나는 영국 유학파로 이보족 엘리트 여성이다. 정략결혼을 바라는 아버지의 제안을 뿌리친 채 그녀는 은수카에 있는 나이지리아 국립대학 강사로 일하면서 같은 대학 수학과 교수인 오데니그보와 사랑에 빠진다. 그러나 오데니그보의 어머니가 등장해 그녀를 '마녀'라고 부르면서 두 사람 사이를 방해 놓기 시작한다. 어머니를 설득하기는커녕 오데니그보는 무지한 시골 사람인 그녀를 많이 배운 올란나가 이해하라는 말만 거듭한다. 그러나 시어머니는 한술 더 떠서 고향 마을 처녀인 아말라를 집으로 데려온 후, 야자술을 먹여 정신을 잃은 오데니그보와 강제로 동침시킨다.

"당신이 아말라한테 손을 댔구나." 올란나가 말했다. 질문이 아니었다. 그러나 대답을 듣고 싶었다. 그렇지 않다고 대답하길, 어떻게 그렇게 생각할 수 있느냐며 화를 내길 바랐다. 하지만 그는 아무 말도 하지 않았다. 안락의자에 앉은 채 그녀를 물끄러미 바라볼 뿐이었다.

아말라가 임신한 사실을 안 올란나는 낙담한다. 오데니그보 곁을 떠나 그녀는 나이지리아 북부 카노에 있는 이페카 외숙모를 찾아간다. 올란나는 오데니그보와 헤어질 생각이지만, 이페카는 은수카로 돌아가라고 올란나를 설득한다. 그녀의 집과 직장이 거기에 있다고 말하면서 남자가 그녀 인생을 바꾸게 내버려두지 말라고 권한다.

자기 삶을 남자한테 맡기는 일은 절대 없어야 해. 무슨 말인지 알겠어? 네 삶은 너 자신, 오직 너 자신만의 것이야. 토요일에 돌아가. 네가 가져갈 수 있도록 빨리 아바 차를 만들어줄 테니까.

은수카로 돌아간 올란나는 오데니그보와 헤어진 후 스스로 인생을 꾸려가야 했다. 그러나 상실감을 이기지 못한 올란나는 술에 취해서 사고를 저지른다. 동생 카이네네의 연인 리처드를 유혹해 불륜을 저지른 것이다. 가뜩이나 사이가 안 좋았던 동생과 영원히 화해 못 할 관계가 된 것은 불문가지다. 올란나는 이 일을 오데니그보에게 알린다. 그러나 그는 이별을 택하지 않고 올란나와 재결합한 후 아말라가 낳은 아이를 입양해 함께 기르자고 말한다. 말 그대로 삼류 막장 드라마다. 4부 37장으로 이루어진 전체 작품에서 올란나의 사랑 이야기가 차지하는 분량이 가장 많다.

영국인 작가 리처드 처칠이 이 작품의 또 다른 화자다. 이보족이 만드는 "멋진 밧줄 무늬 그릇"의 매력에 빠진 리처드는 이에 관한 책을 쓰려고 나이지리아에 와서 카이네네의 연인이 되었다. 리처드는 양심적 영국인을 대변한다. 1966년 북부에서 이보족 학살이 일어난 직후, 그는 신문에 학살의 진정한 원인을 알리는 기고문을 보낸다. 이보족 학살은 "고대부터 계속된 원한의 산물"이 아니라 "영국 총독 정부가 나이지리아라는 커다란 나라를 손쉽게 통치하기 위해 부족들을 이간질하여 서로 하나로 뭉치는 대신 서로 싸우게 하는 정책을 실시한 결과"라는 것이다. 그러나 신문사의 답장은 실망스럽다. 편집자는 그의 글이 "너무나 침착하고 현학적"이라면서 엉뚱하게 "인간적 측면에 초점을 맞추라"라고 주문한다. "예를 들어 대학살이 일어난 당시에 그곳 사람들이 주문을 중얼거리지는 않았는지, 콩고에서처럼 시신 일부를 먹은 사례는 없는지, 그곳 사람들의 속마음을 진정으로 이해할 방법은 없는지 등"이다.

제국주의 언론의 이러한 태도는 전쟁 이후에도 지속된다. 수십만의 이보족이 죽어갔는데도 그들이 정작 관심을 쏘는 쪽은 우발적으로 죽어간 이탈리아인 단 한 사람뿐이다. 자신이 체험한 진실을 전할 수 없다는 데 리처드는 절망한다. 그는 신문 기고 대신 비아프라 전쟁의 진상을 알리기 위해 '우리가 죽을 때 세상은 침묵했다'는 제목으로 사실을 기록해나간다.

그러나 그에게도 한계가 있다. "검은 대륙의 현대판 탐험가이자 외톨이"일 뿐인 그를 이끄는 강렬한 동기는 진실 그 자체가 아니다. 그가 마음 쓰는 지점은 오직 카이네네 마음에 드는 것뿐이다. 하지만 그 제목을 들은 카이네네는 '우리'라는 말에 눈썹을 치켜뜨면서 의구심을 제기한다. 리처드는 결코 '우리'에 포함될 수 없다. 그 때문에 시간이 흐르면서 리처드는 자신이 이 글의 주인이 될 수 없다는 사실을 점차 느껴간다.

그러나 카이네네를 향한 그의 연정과 휴머니즘적 태도는 인종적 편견의 한계에도 의미가 없지 않다. 수용소 식량이 고갈되자 카이네네는 먹을 것을 찾으려고 비아프라를 떠나 나이지리아 땅으로 들어갔다가 소식이 끊긴다. 이후, 그녀를 찾아서 미친 듯이 헤매는 리처드의 모습은 애잔한 감동을 준다. 이 역시 이 작품을 멜로드라마로 만드는 강렬한 요소이다.

리처드에게는 마음을 특별히 강하게 먹어야 할 이유가 없었다. 카이네네는 실종된 게 아니었다. 나중에 돌아오려고 지금은 혼자서 시간을 보내는 것뿐이었다. ……그 순간 리처드는 자신이 카이네네를 다시는 만날 수 없을 것이라고 예감했다. 남은 평생이 촛불을 켠 어두운 방 같은 것이며, 자신은 어두운 곳에 숨어 희미한 빛 아래에서 세상을 바라보며 살아가리라는 것을 깨달았다.

작품의 세 번째 화자는 으그우다. 으그우는 오데니그보 집안에서 일꾼으로 일하던 열세 살 소년이다. 그는 학살의 혼란과 내전의 고통을 온몸으로 겪으면서 한 사람의 성숙한 주체로 변화한다. 그 변화를 이끄는 것은 오데니그보다. 진보적 지식인인 오데니그보의 거실에선 밤마다 지식인들이 모여 토론한다. 그 모임에서 으그우는 세상 보는 눈을 깨우친다. 또 오데니그보의 배려로 글을 배운 후, 서재의 책들을 하나둘 읽으면서 지식을 쌓아간다.

어느 날 으그우는 사랑하는 소녀를 배웅하러 갔다가 비아프라 군대에 강제 징집된다. 전쟁의 험악함 속에서 그는 성폭행에 가담하는 등 비인간적인 일을 저지르기도 하고, 숱하게 사선을 넘나들면서 공포에 시달리기도 한다. 큰 상처를 입고 군대를 나온 으그우는 떠돌다 난민 수용소에 이르러 오데니그보 가족을 다시 만난다. 전쟁 후유증으로 악몽에 시달리면서 으그우는 자신이 보고 들은 것을 하나씩 기록하기 시작한다.

아이들의 삶을, 그리고 하늘에서 폭격기가 날아올 때 난민 수용소 엄마들의 눈을 흐리는 공포를 종이에 제대로 묘사할 수 없다는 사실을 절실하게 깨달았다. 굶주린 사람들을 포격하는 너무나 잔인한 상황을 절대로 제대로 묘사할 수 없을 것 같았다. 하지만 그는 노력했다. 글을 쓰는 만큼 악몽도 줄어들었다.

고통은 돌이키는 행위를 거쳐야 깊은 지혜로 변한다. 상처는 정직한 응시를 통해서만 반짝이는 진주로 바뀐다. 글쓰기를 통해 으그우는 자기 상처를 치유하는 동시에, 리처드로부터 역사의 기록자 자리를 빼앗는다. 과거에 으그우는 영국 문화를 선호하고 영어를 할 줄 아는 자신에게 자부를 느끼는 존재였다. 대다수 나이지리아 지식인들도 그랬을 테다. 그러나 전쟁을 겪으면서 으그우는 미망에서 깨어나서 타인의 눈으로 세상을 바라보는 것이 아니라 자기 눈으로 세계의 진실을 기록할 힘을 얻는다. 성찰된 고통은 인간을 성숙하게 만든다.

작품 중간중간에 들어가 있는 '우리가 죽을 때 세상은 침묵했다'라는 여덟 편의 짤막한 기록들은 비아프라 전쟁의 참혹함을 고발하고 전 세계에 그 실상을 알리는 역할을 한다. 이 기록은 비아프라에서 일어난 비극의 뿌리가 영국 식민주의의 분리 통치 정책에 있음을 선연히 고발하고, 독립 이후 나이지리아 지배 권력의 부패와 무능, 전쟁 도중 국제

사회가 보여준 외면, 그리고 굶주려 죽어가는 아이들을 형상화한 「우리가 죽을 때 그대는 침묵했나요?」라는 시 한 편으로 이루어져 있다.

　　머리에 딱지가 앉은 아이들/ 예순여덟 명 사진을 그대는 보았나요?/ 조그만 머리마다 앉았다가 썩은 낙엽처럼/ 바닥으로 떨어지는 부스럼을?// 두 팔은 이쑤시개 같고 배는 축구공 같으며/ 살이 없어 피부가 늘어지는 아이들을 상상해보세요./ 단백질 부족증이랍니다…… 어려운 단어,/ 너무나 역겨운 단어, 죄악.// 상상력을 동원할 필요도 없어요. 광택이 흐르는/ 당신이 든 『라이프』 잡지에 사진이 가득하니까요./ 그대는 보았나요? 잠시 미안한 마음이 들었나요?/ 그리고 돌아서서 그대의 연인이나 아내를 껴안았나요?// 아이들 피부는 황갈색 연약한 찻잎으로 변해서/ 거미줄 같은 정맥 혈관과 부서지기 쉬운 뼈다귀를 드러낸답니다./ 벌거벗은 아이들이 웃어요, 사진사가 사진을 찍고/ 혼자 떠나지 않기라도 할 것처럼.

이 기록들은 제국주의가 왜곡한 역사와 이에 편승한 지배자들의 탐욕과 속물근성이 민중의 가슴에 남긴 깊은 상처를 고발한다. 그리고 그 상처를 치유하는 과정과 진실을 밝혀내고 정의를 회복하려는 열망이 하나로 이어져 있음을 드러낸다. 작품의 마지막에 우리는 이 기록의 주체가 으그우란 사실을 알게 된다. 나이지리아를 짊어진 진정한 주인은 고통의 역사를 자기 몸으로 겪은 으그우 같은 민중들이며, 기억하는 자, 즉 기록을 통해서 상처를 정직하게 드러내고 성찰을 통해 지혜를 얻어가는 자임을 보여주는 것이다.

으그우는 마지막으로 "나의 스승, 우리 주인어른에게 바칩니다"라는 헌사를 적었다.

가까운 시기의 역사는 실상을 제대로 전하기 힘들다. 벌어진 사건을 총체적으로 바라볼 만큼 거리가 충분하지 않기 때문이다. 글로써 현재의 역사를 다루고 현재에 영향을 끼치려는 소설의 시도는 처음부터 계속되었으나 늘 성공한 것은 아니었다. 아디치에 자신이 비아프라 전쟁에서 곧바로 이어지는 역사의 그늘에서 성장했기에 소설을 써서 "자신을 정의하는 역사를 소유"하는 일은 만만치 않은 과제였다.

『소년이 온다』에서 한강이 다중 화자를 통해 광주 학살의 진실에 간신히 접근했듯이, 아디치에 역시 비아프라 전쟁에 접근하는 과정에서 단 하나의 시점만 택할 수 없었다. 시간 흐름을 뒤트는 비선형적 서사와 공간을 넘나드는 다층성을 통해서만 비로소 영국의 비열한 식민 통치에서 비아프라 전쟁까지 이어지는 역사의 진실을 나이지리아 사람들의 삶에서 제대로 구현할 수 있었다. 후기에서 아디치에는 이를 "누적된 감정의 힘"이라고 말한다. 문학이란 역사 그 자체가 아니라 "역사의 영혼"을 담는 일이므로 감정의 진실을 전하는 방법을 찾아낸 것이다.

이러한 복합 시선의 장점은 전쟁을 접하는 다양한 시선을 확보하는 데 있다. 올란나의 시선은 여성이 체험하는 역사와 남성이 바라보는 역사의 차이를 드러낸다. 오데니그보에게 비아프라 독립에 따른 고통은 '자유로운 비아프라' '위대한 나라로 발전할 비아프라'를 위한 시련이고, "매일 반짝거리는 눈"으로 희망을 이룩하는 가슴 벅찬 일이지만, 올란나가 겪는 비아프라 독립은 "소금값이 일주일에 두 배씩 오르고, 작은 닭고기 조각도 비싸며, 쌀을 커다란 부대에 넣고 파는 사람은 아무도 없"는, 그래서 "아이를 두 팔로 껴안고 미안하다고 말하고 싶을 때가 많"은 일이었다. 이 차이 때문에 섹스는 두 사람을 하나로 만들지 못한다. "그날 밤 오데니그보가 허리를 아주 빠르게 움직일 때 올란나는 침묵했다. 그와 분리된 것 같은 느낌은 그때가 처음이었다."

이렇게 각자 달랐던 감정적 진실을 하나로 모아 화해시키는 것이 고난에 찬 수용소 생활이다. 시도 때도 없이 이어지는 잔인한 공습과 나이지리아 군대의 비아프라 국경 폐쇄로 인한 굶주림은 이들을 하나로 만든다. 지인들의 끔찍한 죽음을 눈앞에서 목격하거나 전해 들으면서 함께 공포와 절망을 느끼고, 식량 부족 등 부족한 물자로 인한 고통을 이기기 위해 어쩔 수 없이 서로 협력하면서 이들은 모든 불화를 잊고 화해와 용서에 이른다. 사랑했던 외숙부 가족이 처참하게 살해당하는 것을 지켜본 올란나와 눈앞에서 하인의 목이 잘려 나가는 모습을 목격한 카이네네는 한순간 멜로드라마적 감수성을 뛰어넘는 진실과 마주친다. 제국주의 영국이 뿌린 분열의 씨앗이 가져온 압도적 폭력에 맞서 서로를 계속 증오하기보다 서로를 어떻게든 이해하면서 함께 화합해서 생존할 길을 찾아내는 것이 더 중요하다는 것이다.

"고통은 나를 죽이지 않아, 나를 지혜롭게 하지." 지혜는 언제나 고통의 형식을 띠고 있다. 그러나 고통을 돌이켜 화해의 길을 찾아내지 못한다면, 고통은 결국 더 강한 고통을 불러들인다. 신은 자비로워 인간이 지혜를 얻을 때까지 내버려두지 않기 때문이다. 두 사람의 화해와 용서가 나이지리아 부족들 전체의 화해와 용서를 뜻하는 것임은 말할 것도 없다.

따라서 이 작품을 통해 작가가 전하려는 것은 전쟁의 참혹한 실상만은 아니다. "아그파 아조카", 즉 "전쟁은 아주 추악하다"라는 감정적 진실과 "살아남았다는 사실"이 일러주는 생명의 소중함이다. 이보족이 겪은 끔찍한 역사적 비극을 환기하는 동시에 이 작품은 용서하지 못할 것도 없고, 화해하지 못할 것도 없음을 우리에게 알려준다.

우리는 다시 태어나. 우리 종족은 우리가 환생한다고 믿어. 그렇지 않아? 으와 음, 으와오조. 다음 생에 태어날 때도 난 카이네네랑 쌍둥이 자매로 태어날 거야.

믿음이 있는 한, "해가 뜨기를 거부한다면, 우리가 뜨게
하리라"라는 희망이 있는 한, 죽음이 죽이지 못할 것이 세
상에는 분명히 있다.

작은 인간의 속삭임을 모아
우주적 합창곡을 완성하다

스베틀라나 알렉시예비치ᶜветлана Алексиевич

『전쟁은 여자의 얼굴을 하지 않았다у войны не женское лицо』(1983)

2015년 벨라루스의 작가 스베틀라나 알렉시예비치가 노벨문학상 수상자로 선정됐다. 사람들은 큰 충격을 받았다. 사람들이 문학의 영역에 속한다고 생각하는 시나 소설이나 희곡을 스베틀라나는 거의 쓰지 않았기 때문이다.

체르노빌 원전 참사를 다룬 『체르노빌의 목소리』, 제2차 세계대전에 참전했으나 소비에트 사회에서 영웅은커녕 괴물로 취급당한 여성들의 삶을 다룬 『전쟁은 여자의 얼굴을 하지 않았다』, 아프가니스탄 전쟁에 참전했다가 돌아온 소년병들 이야기를 다룬 『아연 소년들』, 소비에트 붕괴 이후 물질이 지배하는 세계에서 정신적 혼란에 빠져 방황하는 인민들의 삶을 다룬 『붉은 인간의 최후』 등 그녀의 주요 작품은 모두 분류상으로는 사람들 증언을 모아놓은 르포르타주 인터뷰 형태를 띤다. 노벨상 위원회는 스베틀라나의 작품이 "우리 시대의 고통과 용기를 다루었다"라고 선정 이유를 밝혔으나, 종래 장르 구분에 익숙한 사람들은 좀처럼 이것을 문학으로 받아들이지 못했다. 스베틀라나의 작품은 문학과 비문학 사이의 문턱을 파괴하면서, 우리에게 무엇이 문학인지에 관한 깊은 질문을 던진다.

스베틀라나는 1948년 우크라이나에서 태어났다. 벨라루스인 아버지와 우크라이나인 어머니를 둔 그녀는 벨라루스 국립대에서 언론학을 전공한 후, 평생 기자로 활동하면서 다양한 글을 써왔다. 그녀는 벨라루스의 고유한 이야기 양식인 '서사 코러스'라는 전통을 되살려 작품을 쓴다. '서사 코러스'는 '대화 소설'과 비슷한 장르로, 어떤 사건을 등장인물 자신의 목소리로 기록하는 형태다.

1970년대 벨라루스에서는 작가 알레시 아다모비치의 주도 아래 '서사 코러스'를 이용해 근대 소설의 한계를 넘어서려 했던 집단소설, 소설 오라토리오, 소설-증언 등 새로운 양식 실험이 유행했다. 스베틀라나는 이 운동에 적극적으로 참여했고, 이를 발전시킨 '목소리 소설'이란 형식을 만들어냈다. 그녀는 이 독특한 이야기 형식을 소비에트 체제가 애써 은폐하려 했던 사람들의 진실을 드러내는 데 적극적으로 활용했다.

스베틀라나의 작품들은 한결같다. 모두 전쟁이나 재난 같은 인간의 탐욕이 빚어낸 역사의 소용돌이 속에서 큰 고통을 당했으면서도 권력의 억압 탓에 제대로 목소리를 낼 수 없었던 약자들의 목소리를 복원한다. 소비에트 현대사가 겪었던 거대한 역사적 사건을 '소비에트 공산당의 지도'에 맞추어 구성하거나 작가 자신이 생각하는 진실의 서사를 따라 기승전결을 갖추어 극화하는 대신에 인물들 목소리를 하나하나 기록해서 집적하는 점묘화 형식을 취한다. 이 때문에 그녀의 작품엔 줄거리가 없다.

스베틀라나는 작가보다는 기자에 가까운 형태로 일한다. 그녀는 제2차 세계대전, 아프가니스탄 전쟁, 체르노빌 원전 참사 등 역사적 사건에 우발적으로 휩쓸렸던 시민들 수천 명의 증언을 일일이 듣고 하나하나 채록한 다음, 이들의 목소리가 독자들에게 감정적인 공명을 일으킬 수 있도록 정밀하게 배치한다. 스베틀라나는 말한다. "나는 전쟁의 역사가 아니라 감정의 역사를 쓴다. 나는 사람의 마음을 살피는 역사가다." 감정의 역사, 즉 한 사태에 휘말린 사람들의 심정적 진실을 기록하는 이야기를 문학이라고 부르지 않으면 무엇이라 하겠는가. 스베틀라나는 문학을 통해서 소비에트 공식 기록이 억압해왔던 진실을 우리 앞에 드러낸다.

스베틀라나는 어떤 사건에 두 가지 진실이 있다고 말한다. 하나는 "의식 저 밑으로 쫓아버린 사실 그대로의 진실"이고, 다른 하나는 "신문 냄새가 폴폴 나는 공통의 진실"이다. 공식적 역사에서 "첫 번째 진실은 두 번째 진실의 맹렬한 공격 앞에 맥없이 무릎을 꿇었다." 그러나 문학 속에선 두 번째 진실이, 그러니까 "평범하고 인간적인" 진실이 선연히 얼굴을 드러낸다. "나는 우리가 부엌에서 함께 차를 끓여 마시던 그 기억을 지울 수가 없다. 우리가 함께 눈물 흘렸던 그 기억을."

약자의 눈물 어린 진실이 언제나 역사의 진짜 얼굴이고, 언어를 문학으로 만드는 중대 요건이라고 믿는다. 스베틀라나의 출세작 『전쟁은 여자의 얼굴을 하지 않았다』는 이야기 소설을 통해 강자의 기록에 맞서 약자의 목소리를 전하려는 작가의 분투를 잘 드러낸다. 더듬더듬 이어지는 그 목소리는 이렇게 전쟁과 전쟁 이후의 고통을 표현한다. "한밤중에 잠에서 깨곤 해……. 누군가 옆에서……. 울고 있는 것 같아서……. 나는 여전히 전쟁터에 있어……."

『전쟁은 여자의 얼굴을 하지 않았다』에서 스베틀라나는 무려 40년 동안이나 발화되지 못했던 '침묵의 언어'에 주목한다. 작품의 처음부터 끝까지 이어지는 수많은 줄임표가 어쩌면 작가가 이 작품에서 전하려 했던 진짜 목소리일지도 모른다. 망설이고 지체되고 방해받고 더듬대면서 느리고 천천히 흘러나오는 언어는 사이사이에 모습을 드러낸 침묵의 표지 속에 더 많은 진실을 담아낸다.

회한, 슬픔, 통증, 분노 등 온갖 정서가 줄임표에 응축된 채 갇혀 있고, 증언자를 좇아 입으로 소리 내어 읽으면서 그 자리에서 함께 멈출 때마다 독자의 가슴속에 거대한 폭풍을 일으킨다. 말한 것보다 말하지 않은 사연이 많은 듯 단어와 단어 사이, 문장과 문장 사이가 너무나 넓게만 느껴진다. 그 간격은 우리가 화자의 그 고통에 끝내 닿을 수 없는 인간적인 한계에 좌절하게 하는 한편, 끝내 가닿아 공명하고 싶은 열망도 함께 일으킨다. 깊은 슬픔은 언어화하기 힘들고, 그러기에 고통의 언어적 형식인 문학이 필요하다. 스베틀라나는 말한다.

고통은 남루하고 힘겨운 우리네 삶에 의미와 가치를 부여한다. 아픔, 그건 우리에게 하나의 예술이다. 우리 여자들이 바로 이 아픔과 고통의 길을 향해 용감하고 당당하게 나아갔음을 나는 밝혀야 한다.

침묵과 고통의 주체는 여성이다. 역사history는 언제나 '그의 이야기'다. 그중에서도 전쟁은 철저하게 남자들 영역에 속한다. 수없이 반복된 전쟁의 서사 속에는 거의 남성의 목소리만 들려온다. '생명의 존재'인 여성은 '죽임과 죽음의 난장'인 전쟁터에 존재할 수 없었다. 그건 언뜻 있을 수 없는 모순, 불가능한 이야기처럼 느껴진다.

그러나 제2차 세계대전에 참전했던 소비에트 여성의 숫자는 100만 명이 훌쩍 넘는다. 그들은 삶과 죽음이 무자비하게 교차하는 전쟁터에 끌려가서 남성들과 함께 잔인한 전쟁을 치렀다. 그러나 그들의 목소리는 공식적 전쟁 기록에서 감쪽같이 사라졌다. 남자들은 자신들의 전쟁에 여자들을 동원한 다음 망각의 지층 속에 감쪽같이 묻어버렸다.

남자들이 서로를 찔러 죽이고, 숨통을 끊어놓고, 뼈를 부러뜨렸어. 총검으로 입이고 눈이고 닥치는 대로 찔렀지……. 심장을 찌르고 배를 찌르고……. 그런데 그걸…… 어떻게 말로 설명해? 나는 못 해……. 표현을 못 하겠어……. 한마디로, 여자들은 그런 남자들을 몰라. 집에서는 그런 모습을 볼 수 없으니까.

이 작품에서 스베틀라나는 전쟁의 화자를 바꾼다. 500명이 넘는 여성의 증언을 통해 남성의 역사에 끼어든다. 그것은 일차적으로 총 들고 직접 전투에 참여했던 여성들의 역사를 복원하는 일이다. 그러나 실제로 그 증언들은 여성의 목소리를 통해 전쟁의 진짜 모습을 재구성하는 일이며, 남성들 목소리로만 이루어진 지루하고 단성적인 역사를 교란해서 전쟁의 다층적·다성적 진실을 드러내는 일이다. 따라서 스베틀라나의 작품은 완전히 다른 역사를 우리에게 보여준다.

여성들은 작은 구덩이에서 죄수들 다리들을 절단하고 전시하는 독일인들에 대해 말한다. 어린아이가 울어서 마을 전체가 발각되지 않도록 아이를 물에 빠트려 살해하는 어머니에 대해 말한다. 동시에 이들은 여성들이 어떻게 옥수수를 이용해 머리카락 손질을 하는지에 대해 말한다. 이 여성들이 고향에 돌아갔을 때 남성 군인의 위안부 역할을 한 것처럼 오해되고 배척되는 모습을 그린다. 남성들은 영웅이었으나 여성들은 전쟁 메달조차 스스로 거부한다(스웨덴 한림원의 노벨문학상 선정 이유 중에서).

화자를 바꾸자 전쟁의 진실도 달라진다. 피비린내 나는 전쟁터에는 영웅도 없고, 대의도 없었다. 잔인함과 참혹함이 있었고, 참혹한 고통과 가슴이 미어지는 연민이 존재했을 뿐이다.

폭격은 밤에야 끝이 났어. 그리고 다음 날 아침에 눈이 내렸지. 우리 병사들 주검 위로 하얗게…… 많은 시신들이 팔을 위로 뻗고 있었어……. 하늘을 향해…… 행복이 뭐냐고 한번 물어봐 주겠어? 행복…… 그건 죽은 사람들 사이에서 기적처럼 산 사람을 발견하는 일이야…….

스베틀라나가 수집한 여성의 목소리는 남성의 손으로 쓰인 소비에트 공식 역사의 비장함과는 사뭇 다른 사실과 정서를 담아낸다. 권력의 언어로 분칠하지 않은 사실 그대로, 하나의 지배 서사로 엮이지 않도록 극히 조심하면서 한없이 증언을 늘어놓는 스베틀라나의 화법은 시간의 예술인 소설을 공간의 목소리인 음악으로 만든다. 목소리와 목소리를 이어 붙여서 이야기의 흐름을 만드는 게 아니라 목소리와 목소리를 쌓아서 하나의 합창이 되도록 한다.

참전 여성들의 목소리는 증언으로서 각자 고유한 음색과 높이와 사연을 담고 있지만, 반복해서 듣다 보면, 어느새 우리 가슴속에 어떤 화음이 일어나 긴 반향을 남긴다. 숲속의 새들이 따로따로 우짖어도 어느 순간 저절로 화음을 만들듯이, 전혀 극화되지 않았어도 여성 병사들의 이야기는 하나의 음악처럼 전쟁의 진실을 드러낸다. 새들의 울음이 우리 마음에 각기 다른 정서를 일으키는 것처럼, 스베틀라나는 독자들을 완전한 자유 속에 풀어놓는다. 감정적 진실이 담긴 목소리 합창을 들으면서 무엇을 떠올리느냐는 전적으로 독자들의 몫이다.

그러나 작품에 나오는 여성들의 목소리는 웅장한 합창이기보다 속삭이는 허밍과 비슷하다. 남성의 일인 전쟁에 여성을 끌어들였다는 데 수치라도 느꼈는지, 이들의 목소리는 전쟁 후에 철저히 삭제되고 억압되고 은폐된다. 돌아온 참전 여성들은 집에서, 마을에서 '괴물'처럼 취급된다. 가부장제 소비에트 사회에서 손에 피를 묻힌 여성들은 더 이상 여성일 수 없었고, 함께 어울려 살아가지 못할 끔찍한 이방인으로 여겨졌다. 심지어 가족마저 그들을 버린다.

이른 아침에 엄마가 나를 깨우더라고. '딸아, 네 짐은 내가 싸놨다. 집에서 나가 주렴……. 제발 떠나……. 너한텐 아직 어린 여동생이 둘이나 있잖아. 네 동생들을 누가 며느리로 데려가겠니? 네가 4년이나 전쟁터에서 남자들이랑 있었던 걸 온 마을이 다 아는데……. 내 영혼을 위로할 생각은 마. 그냥 다른 사람들처럼 내가 받은 포상에 대해서만 써…….

참전 여성들은 오랫동안 위로받지 못한 채 침묵을 강요 당했다. 그녀들은 사회적으로 배제당하고, 악몽을 꾸면서 견뎌왔다. "우리는 너무 오랫동안 침묵하고 살았어. 40년이나 아무 말도 못 하고 살았어……." 아무도 그들의 고통에 귀 기울이지 않았다. 일찍이 소포클레스가 『안티고네』에서 보여준 것처럼, 이 작품에서 스베틀라나는 가부장제의 법에 대항해서 여성의 목소리로 이야기를 건넨다. 크레온이 안티고네를 산 채로 무덤에 묻었듯이, 소비에트 당국은 참전 여성들을 애국적으로 찬양하기는커녕 그들의 고통과 고뇌만 부각했다는 이유로 이 작품이 출판되지 못하게 방해했다.

벌써 2년째 계속되는 출판사의 거절. 이 일에 대해 잡지들은 입을 닫는다. 답신은 매번 똑같다. 전쟁이 너무 무섭게 묘사되었다는 것. 끔찍한 내용이 너무 많다는 것. 지나치게 사실적이라는 것. 선도적이고 지도적인 공산당의 역할이 없다는 것. 한마디로, 제대로 된 전쟁이 아니라는 얘기다. 도대체 어떤 게 제대로 된 전쟁이란 말인가? 장군들이나 현명한 총사령관이 등장하는 전쟁? 피나 더러운 이가 나오지 않는 전쟁? 영웅들이나 영웅적인 공훈을 이야기하는 전쟁?

목소리가 없는 이들에게 목소리를 돌려주는 것이 문학의 역할이다. 침묵을 강요하는 정치적·사회적·문화적 압력에 대한 저항 없이 문학은 절대 훌륭할 수 없다. 이성복 시인의 표현을 빌리면, 문학은 "입이 없는 것들"에게 입술을 대여함으로써 비로소 존재한다. 문학은 언어로 이룩한 또 다른 정부를 구성한다. 이 정부는 국가와 달리 가난한 자, 여성, 이방인, 장애인, 성적 소수자 등 사회적 약자를 대변한다.

『전쟁은 여자의 얼굴을 하지 않았다』에서 스베틀라나는 오랫동안 고통의 표현을 억압당해왔던 참전 여성들의 목소리를 집적함으로써 강자들의 정부에 맞서는 약자들의 정부를 수립했다. 스베틀라나는 말한다. "맞아요. 나는 위대한 사상 같은 건 좋아하지 않아요. 나는 평범한, 작은 인간을 사랑하니까요."

이런 의미에서, 스베틀라나는 푸시킨의 '작은 인간'을 계승한다. '작은 인간'은 '큰 인간'인 표트르 대제의 영광을 위해 무참히 희생당한 소시민들을 말한다. 거대 서사의 주인공인 표트르 대제는 볼가강의 습지에 세상에서 가장 아름다운 도시인 페테르부르크를 건설한다. 위대한 조국 건설의 와중에 수없이 많은 이들이 목숨을 잃었으나, 러시아의 역사는 표트르의 위업을 기억할 뿐 이들의 비극적 희생을 아랑곳하지 않는다.

「청동 기마상」에서 작은 인간들의 상실과 고통에 주목함으로써 푸시킨은 이들이 '작더라도 역시 인간'이고, 각자의 꿈과 열망이 있는 존재임을 보여준다. 이 시에서 홍수로 모든 걸 잃은 하급 관리 예브게니는 표트르 대제의 거대한 청동 기마상을 올려다보면서 '두고 보자'라고 속삭인다. 고골, 체호프, 도스토옙스키 등으로 이어지는 위대한 문학 전통이 여기에서 시작되었다. 이 속삭임을 무시한 러시아 제국은 1919년 볼셰비키 혁명으로 무너졌다.

그러나 남성들 이야기인 역사는 반복된다. 혁명의 결과로 탄생한 소비에트는 새로운 표트르 대제인 스탈린의 영웅적 투쟁만 기억하고, 작은 인간의 목소리는 철저히 억압하고 탄압했다. 『전쟁은 여자의 얼굴을 하지 않았다』에서 스베틀라나가 '두고 보자'라는 속삭임을 기록한 지 몇 년 후 소비에트 제국은 순식간에 무너졌다. 문학의 목소리에 귀 기울이지 않는 권력은 허깨비나 다름없다.

텍스트, 텍스트. 사방이 텍스트다. 도시의 아파트들에서, 시골의 농가들에서, 거리에서, 기차 안에서. 나는 듣는다. 나는 점점 커다란 귀가 된다. 다른 사람들의 이야기를 하나도 빼놓지 않고 모두 담으려는 커다란 귀. 나는 목소리를 읽는다.

인간이 커다란 귀가 될 때 들리는 속삭임들을 모아서 스베틀라나는 우주적 합창곡을 작곡한다. '목소리 소설'은 부단한 노력을 통해 자국의 문학 전통을 현대적으로 재정립하려는 치열한 자기 성찰과 권력의 횡포에 맞서 인간의 가치를 수호하고 확장하려는 결연한 의식이 하나로 합쳐져 만들어진 건축물이다. 스베틀라나는 말한다. "고통은 단순히 기억이 아니라 미래를 위해서 기록되어야 한다." 고통을 기억하는 자만이 겸손히 미래를 대할 수 있다. 고통을 이해하는 이만이 더는 타자의 고통을 살피면서 살아갈 수 있다. 그리고 그런 이들만이 미래를 단단한 기틀 위에 세울 수 있다. 작은 인간들의 고통을 외면하는 큰 권력은 반드시 패망한다.

유리의 도시에서
유령처럼 살아가다

폴 오스터 Paul Auster

『뉴욕 3부작 The New York Trilogy』(1985)

폴 오스터는 1990년대 미국 포스트모던 문학을 대표하는 작가의 한 사람이다. 처음에 오스터는 스테판 말라르메, 주제페 주베르 등의 번역자로 독자들에게 이름을 알렸다. 그러다 1985년 『뉴욕 3부작』의 첫 번째 작품 「유리의 도시」를 발표하면서 세계적으로 주목받기 시작했다. 뉴욕을 배경 삼아 우연의 일치, 언어의 불확실성에 관한 탐구, 추리를 넘는 추리 등 실험적 서사 장치를 통해 현대인의 정체성 불안을 탐색한 이 작품은 연이어 발표한 「유령들」, 「잠겨 있는 방」과 함께 '뉴욕 3부작'으로 묶이면서 단숨에 '포스트모던 문학'을 대표하는 작품으로 떠올랐다.

뉴욕 3부작은 모두 추리 소설 형식을 띠고 있다. 「유리의 도시」는 추리 작가인 대니얼 퀸이 폴 오스터란 이름의 탐정으로 변신해 의문의 인물인 피터 스틸먼을 미행하는 이야기다. 「유령들」은 사립 탐정인 블루가 화이트의 의뢰를 받아 블랙을 감시하고 그 행적을 보고하는 이야기다. 마지막 「잠겨 있는 방」은 화자인 '나'가 뛰어난 문학 작품을 남긴 채 실종된 친구 팬쇼의 흔적을 추적하는 이야기다.

물론 세 작품 모두 진짜 추리 소설은 아니다. 사건 해결을 위해서 노력하는 추리 기법을 사용하지만, 세 작품 모두 의문을 해소하고 추적하는 인물의 진실을 밝히는 데는 큰 관심이 없다. 사건이 진행될수록 이야기는 오히려 미궁을 향해 질주한다. 게다가 수시로 우발적 사건들이 일어나서 이야기 진행을 방해하곤 한다. 「잠겨 있는 방」에서 '나'는 말한다. "각각의 삶은 우발적 사실들의 집합, 즉 스스로의 목적 결핍만을 드러내는 우연적 교차, 요행, 불규칙한 사건의 기록에 불과하다."

결국 작품 속 탐정들이 실제로 추적하는 것은 목적을 잃어버리고, 의미를 빼앗긴 채 쳇바퀴만 돌리는 현대적 삶의 양태 자체다. 더욱이 세 작품 모두 탐정이 사건을 해결하기는커녕 탐정 자체가 실종되는 기이한 결말로 끝난다. 가령, 「유리의 도시」에서 퀸은 스틸먼을 미행하거나 우연을 가장해 그와 대화를 나눈다. 그러나 그러한 대화가 비밀의 해결로 이어지지 않는다. 그렇기는커녕 오히려 퀸은 스틸먼이 제기하는 존재론적·형이상학적 질문, 언어의 한계에 대한 의문에 포획당해 스스로 해결 못 할 질문 속으로 빠져든다. 도돌이표처럼 이 질문을 곱씹는 사이, 스틸먼은 브루클린

다리에서 투신하고, 사건을 의뢰한 스틸먼 2세 부부도 사라진다. 그리고 마지막엔 주인공 퀸마저 실종된다. 작가는 마치 우리 삶에는 탐정의 시선, 즉 합리적 추리로는 해독할 수 없는 암호가 있고, 집요한 추적에도 끝내 정체를 알 수 없는 신비한 미궁이 존재함을 증명하려고 애쓰는 듯하다.

그러나 난해한 작품성에도 오스터의 작품은 전 세계에서 널리 읽힌다. 모호한 주제를 미처 떠올리지 못할 정도로 매력적인 이야기 솜씨 덕분이다. 한 평론가의 말처럼, 오스터는 마크 트웨인, 허먼 멜빌, 어니스트 헤밍웨이의 이야기 솜씨, 에드거 앨런 포의 섬뜩한 추리, 호르헤 루이스 보르헤스의 마술적 리얼리즘 등을 짜깁기한 듯한 독특하고 개성적인 작품 세계를 선보인다. 그의 작품은 모호하나 합리적이고, 지적이나 몽환적이며, 섬뜩하나 일상적이다. 흥미진진한 이야기 솜씨에 빠져들어 작가가 제시하는 이정표만 믿고 따라갔다가 어느 순간 길을 잃고 낯선 골목에 도착한 듯한 기분을 독자에게 부여한다. "우연만큼 현실적인 일도 없는 세계"에서는 이런 게 당연한 일일 수 있다.

따라서 오스터의 작품을 읽을 때는 즐거우나, 읽고 나면 '이게 뭐지?' 하는 의문이 떠오른다. 『굶기의 예술』에서 작가 자신도 '뉴욕 3부작'을 "언제나 해답을 제시하는 전통적 추리 소설로 읽지 말고, 무언가를 찾기 위해 '질문하는' 작품으로 읽어줄 것"을 요청한다. 질문의 주체는 작가 자신이면서 독자이기도 하다. 범인이 밝혀지는 대신 엉뚱하게 탐정이 실종되는 사태를 맞이해 독자 스스로 질문을 던지고 나름의 답을 얻어야 한다는 뜻이다. 어떤 의미에서 오스터의 작품 속 세계는 우리 인생과 닮았다. 정답은 아무도 알 수 없는데, 무한히 질문만 계속되기 때문이다. 독자의 정신적 각성, 즉 독자를 이해의 편안한 잠에 빠져들게 하는 대신 불면의 탐구에 빠뜨리는 충격이 아마도 오스터가 작품에서 노리는 미학적인 효과이고, 우리가 그의 작품에서 느끼는 매력의 정체일 것이다.

작품들의 배경인 뉴욕은 현대 대도시의 상징이다. 뉴욕에서 사람들은 자기 고유의 정체성을 상실한 채 어디로, 어떻게 가야 하는지를 알지 못한 채 부호처럼 부유한다. 「유리의 도시」에서 화자는 말한다. "뉴욕은 무진장한 공간, 끝없이 걸을 수 있는 미궁이었다. 아무리 멀리까지 걸어도, 근처에 있는 구역과 거리들을 아무리 잘 알게 되어도, 그 도시는 언제나 그에게 길을 잃고 있다는 느낌을 안겨주었다." 아무리 오래 살아도 절대 친숙해질 수 없는 도시, 인간과 공간이 서로를 소외시키는 도시, 그곳이 뉴욕이다. 이는 자본주의 아래에서 모든 대도시가 똑같다.

독일 사상가 게오르크 지멜의 말처럼, 대도시 인간의 삶은 "마치 강물에 휩쓸리듯 저절로 떠밀려가는" 극한의 유동성으로 표시된다. "뉴욕에서는 운동이 본질이다." 근대 도시에서는 세계의 변화 속도가 인간의 적응 속도를 현격히 추월한다. 이런 곳에서는 대대로 물려 내려온 지도를 들고 정해진 경로에 따라 길을 가는 여행자는 존재할 수 없다. 누구도 따라잡지 못할 정도로 빠른 속도는 한 사람이 몸담았던 장소 전체를 파괴하고, 낡은 자아를 지키려는 인간은 낙오자 되어 그 장소와 함께 흔적 없이 스러진다. 따라서 뉴욕에선 누구나 자기 이름을 버리고 유령이 될 수밖에 없다. 「유령들」 첫머리에서 화자는 말한다.

먼저 블루가 있다. 다음에 화이트가, 그리고 블랙이 있다. 그리고 시작하기 전에 브라운이 있다. 브라운이 블루를 훈련시키고 요령을 가르쳤는데, 브라운이 나이가 들자 블루가 그 일을 맡았다. 이렇게 해서 얘기가 시작된 것이다. 장소는 뉴욕, 시간은 현재이며, 시간과 장소는 변함없을 것이다. 블루는 매일 같이 사무실로 나가 책상에 앉아서 무슨 일인가 일어나기를 기다린다.

블루, 화이트, 블랙, 브라운 등 단지 색깔로 표시되는 이름은 고유한 이름을 상실한 현대인의 정체성을 상징한다. 뉴욕은 하나의 기계이고, 인간은 그 부품과 같다. 도시는 끝없이 업그레이드되고, 그 속에 사는 인간들은 모두 정해진 자리에서 특정한 기능을 수행하다가 낡거나 늙거나 병들어 쓸모를 잃으면 자리를 물려주고 소멸한다. 인간은 모두 개성을 빼앗긴 채, 언제든 갈아 낄 수 있는 부속으로 전락한다.

부호들 사이에는 인간적 교감이 있을 수 없으므로, 작

품 속 화자들은 모두 완전히 고립돼 있다. 이는 『뉴욕 3부작』뿐만 아니라 모든 오스터 작품의 전반적 특징이기도 하다. 「유리의 도시」의 화자 대니얼 퀸은 가족도 없이 외부와 단절된 골방에서 홀로 작품을 쓰는 소설가다. 「유령들」의 화자 블루는 애인과도 연락을 끊은 채 아파트에서 홀로 블랙을 감시하며 보고서를 작성한다. 「잠겨 있는 방」의 화자 '나' 역시 제목에 암시된 것처럼 고립된 삶을 살아간다. 이들은 모두 타자와 교감을 잃은 채 고독하게 존재하는 현대인의 상징적 초상이다.

이런 인물들에겐 시간도, 장소도 아무 의미가 없다. 뉴욕은 '유리의 도시'이다. 시간의 망치가 언제든 손쉽게 깨뜨릴 수 있는 형태로 존재한다. 인간의 기억은 대부분 장소와 굳게 결합해 있다. 완전히 잊어버린 듯하지만, 우연히 그 장소에 가는 등 계기가 있으면 갑자기 기억이 떠오르는 것이다. 반대로 장소가 사라지면 기억도 영원히 스러진다. 함께 어울리던 마을이 파헤쳐지고 모여서 축제를 즐기던 시장이 파괴된 후 그곳에 아파트와 마천루가 들어설 때마다, 장소에 묶어둔 추억과 기억은 한순간 증발하고 순식간에 희미해진다. 뉴욕을 지배하는 가속적 변화는 이 도시의 모든 역사성을 파괴한다. 오스터는 이를 '유리'라고 부른다. 뉴욕에서는 "모든 장소가 똑같"이 "익명의 장소"나 마찬가지로 바뀌고, 이로써 과거는 지워지고 오직 현재만 유의미해진다. 모두가 새롭게 등장하는 유행을 찬양하면서 '신상'의 노예가 되어 지금 여기 이 순간의 춤을 추는 것이다.

　『뉴욕 3부작』을 이루는 세 작품의 인물과 사건은 각각 다르다. 그러나 서로 반사하는 거울로 느껴질 만큼 그 분위기와 구조가 유사하다. 동시에 이 이야기들은 서울이나 부산에서 일어났다고 해도 전혀 어색하지 않다. 독특한 과거가 없으면 고유한 인간도, 고유한 사건도 존재할 수 없기 때문이다. 대니얼 퀸은 "계속 존재하고 있었지만, 자신을 제외한 모든 사람에게 더 이상 존재하지 않는" 사람이라고 스스로 말한다. 그는 익명으로만 존재한다. 추리 소설을 쓰지만, 필명을 사용한다. "모든 계약은 우편으로 처리"하고, 책에는 "작가 사진도 약력도 표기"하지 않고, "작가 인명록에도 이름이 없고, 인터뷰도 하지 않는다." 이렇게 그의 존재를 아는 사람이 하나도 없는데, 놀랍게도 책은 나오고 독자들은 읽는다. 실제로 그는 문학 시장에서 작동하는 작가라는 부품에 불과하다. 사실 거대 도시 뉴욕에서 대니얼 퀸이든, 윌리엄 윌슨이든, 블루든, 화이트든, 블랙이든 무슨 상관이란 말인가.

　「유령들」의 블루와 화이트, 화이트와 블랙, 블랙과 블루는 언제든 자리를 바꿀 수 있다. 「유리의 도시」에서 대니얼 퀸과 폴 오스터는 서로 혼동되고, 결국 그들이 함께(?) 추적하는 피터 스틸먼의 기호를 물려받는다. 「잠겨 있는 방」에서 나는 친구 팬쇼의 흔적을 더듬어가면서 점차 그로 변해간다. 추적하는 자가 추적당하는 자가 되고, 감시하는 자가 감시받는 자가 된다. 이렇게 다른 인물들이 서로 언제든지 교환될 수 있다는 사실이야말로 현대 도시의 특징이다. 뉴욕에서 우리는 아무것도 아니다.

이미 밝혔듯, 폴 오스터의 소설에서 탐정은 자신이 감시하고 관찰하며 추적하던 인물의 정체를 밝혀내기는커녕 어느 순간 함께 실종자로 변해버린다. 그런데 실종된 탐정의 행방에 의문을 품고, 그 뒤를 추적해보고 싶다는 충동에 사로잡히는 순간, 독자는 블루의 자리를 물려받은 핑크가 되어 같은 미로 속에 빠져든다. 부호의 삶을 살아가는 '뉴욕'의 삶에 의문을 품고 그 실체를 추적하는 자는 누구나 실종, 즉 그 질서에서 실종/해방된다.

해방의 기대를 불러일으키고, 탈출의 계기를 제공하는 건 '글쓰기'다. 세 작품 모두 "추적하는 눈"과 "기록하는 손", 그리고 그 앞에 놓인 "붉은 공책"이 모티프로 제공된다. 화자는 모두 누군가를 추적하고, 흔적을 관찰하며, 그 결과를 꼼꼼히 공책에 기록한다. 오스터는 "작가와 탐정이 서로 교체 가능한 존재"라고 말한다.

작가가 이야기와 사건을 통해 세계의 의미를 드러내듯, 탐정은 "사물과 사건으로 에워싸인 늪을 지나면서 바라보고 귀를 기울이며, 이 모든 것을 하나로 조합하여 의미를 띠게 만드는 사상의 탐색자"이다. 퀸이 폴 오스터라는 이름으로 추적하는 의문의 사나이 피터 스틸먼은 더 이상 "세계의 급소"를 가리키지 못하는 망가진 언어, "신으로부터 단절" 되어 "임의적 기호의 집합체"로 바뀌어버린 언어를 수선하

려 한다. 그와 마찬가지로 글쓰기는 사람들에게 잊힌 자아
를 환기할 계기를 제공할 뿐만 아니라, 세계의 진정한 의미
를 찾고 싶어 하는 마음을 일으킨다.

처음에 타인의 관찰로 시작된 그 기록은 사건의 진행과
함께 서서히 자신과 세계에 대한 기록으로 변해간다. 블루의
말처럼, "길 건너에 있는 블루를 염탐하는 일은 마치 거울을
보는 것 같은 느낌"을 준다. "그저 남을 지켜보는 것뿐만 아
니라 자기 자신을 지켜보는 일도 된다는 사실을 깨달은 것이
다." 현재만 존재하는 뉴욕의 속도에 포섭된 후, 블루한테는
한순간도 자신을 돌아볼 때가 없었다. 블루는 말한다.

그는 지금껏 한 번도 자신의 내면을 이렇게 오래도록 생
각해본 적이 없었다. 물론 내면이라는 것이 마음속에 있다
는 사실은 언제나 알았지만, 지금까지는 그저 미지로, 자신
조차 아직 탐험해본 적이 없는, 알 수 없는 부분으로 남아
있었던 것이다. 자신이 기억할 수 있는 한 그는 생각의 표면
만을 따라 활동해왔다.

생각의 표면을 좇아서 살아가는 일을 멈추고, "아무 일
도 하지 않는 것이나 마찬가지 상태"에서 내면을 돌보기 시
작하자, "전에는 미처 관심을 두지 않았던 일들"이 하나씩
차례로 눈에 들어온다. "매일 같이 방을 지나가는 빛살의
움직임"이나 "자신의 심장 고동, 숨소리, 눈의 깜박임" 등이

다. 그리고 시간이 흐르자 "이런 표현들이 차츰차츰 뭔가 의미를 띠어가는 듯"한 느낌이 든다. 글을 쓰면서 블루는 블랙의 관찰자 위치를 벗어나서 점차 자기 자신의 비밀을 탐색하는 탐정으로 변해가고, 블랙의 관찰 기록은 서서히 블루 자신에 관한 고백록이 되어 간다. 이런 전도는 「잠겨 있는 방」에서 팬쇼가 남긴 작품과 기록을 읽으면서 그의 흔적을 더듬어가는 '나'에게도 일어난다.

　글쓰기와 함께 삶의 속도가 느려지고 내면의 탐구가 시작되면서 거리 자체도 달리 보이기 시작한다. 블루가 머무르는 아파트가 위치한 "브루클린 하이츠의 오렌지 거리"는 "1855년 월트 휘트먼이 『풀잎』 초판본을 손수 조판했으며, 헨리 워드 비처는 자신의 빨간 벽돌 교회 연단에서 노예제를 공격"한 역사적 기억을 품고 있음이 밝혀진다. 『월든』에 관해 한 번도 들은 바가 없었던 블루는 우연히 그 책을 손에 들었다가 블랙이 읽는 책임을 알고 호기심에 차서 따라 읽기 시작한다.

　더 나아가 블랙의 뒤를 쫓아 뉴욕 거리 곳곳을 탐색하는 과정은 블루에게 그 거리에 얽힌 어린 시절의 기억을 되살려준다. 브루클린 다리를 건너는 순간, 아버지 손을 잡고 그 다리를 건넜던 추억이 떠오르고, 이어서 존 뢰블링의 브루클린 다리 건설 사건, 어린 시절 이웃에 살았던 경찰 이야기, 잡지에서 읽은 소설보다 더 이상한 이야기 등이 머릿속에 차례로 펼쳐진다. 누군가의 흔적을 쫓는 것은 기억을 더듬는 일이나 마찬가지다. 이를 통해 '유리의 도시' 뉴욕 거리 곳곳은 역사가 있는 유서 깊은 장소들로 탈바꿈하고, 블루는 고유한 기억을 품은 주체로 되살아난다. 타자에 대한 관찰과 기록이 자신에 대한 탐색을 낳고, 다시 도시 전체에 대한 탐구로 번져가는 이 구조가 결국 모호하고 난해한 '뉴욕 3부작'의 핵심에 놓인 미학적 실천인 셈이다.

그런데 이러한 실천은 성공했을까? 아니다. 인물들은 "그 어떤 단서나 실마리나 방법으로도" 세계의 의미를 되살리는 데 성공하지 못한 채, 그리고 더 이상 세계 안에 존재하지도 못한 채 "도시의 담벼락 속으로 녹아든 것처럼" 사라진다. 뉴욕의 질서가 부여한 부속품 역할을 상실한 채 자기 자아를 되살린 인물들을 어딘가로 알 수 없는 곳으로 옮김으로써, 오스터는 독자에게 은근히 '탐정 되기'를 강요한다. 화자의 자리를 이어받아 실종된 이들을 추적하는 또 다른 탐정이 되어보라고 유혹하는 것이다.

블루는 자신이 쫓는 블랙이 "하나의 여백"이자 "텅 빈 구석"이며 "이야기를 만들어 메울 수 있는 구멍"이라고 말한다. 『뉴욕 3부작』은 이 구멍에서 흘러나온 세 가지 이야기를 기록한 작품이다. 그런데 작품의 마지막이 닫히지 않고 열려 있기에, 이 작품 자체가 하나의 여백이자 구멍이 된다. 과연 독자 중 누가 유령으로 살기를 멈추고, 그 구멍을 들여다볼 것인가? 오스터는 이 질문을 은근히 내비치면서 우리를 유혹한다.

인종주의를 넘어서
지구 행성적 휴머니즘으로

제이디 스미스Jadie Smith

『하얀 이빨White Teeth』(2000)

제이디 스미스의 『하얀 이빨』은 다민족·다인종·다문화 사회를 살아가는 이주민 가족의 이야기를 다룬 디아스포라 소설이다. 작품 배경은 1990년대 런던 북쪽의 퇴락한 동네인 윌레스던그린이다. 자메이카 이민자 출신의 어머니와 영국인 아버지를 둔 스미스는, 소설에 나오는 아이리 존스와 마찬가지로, 이곳에서 태어나 자랐다. 윌레스던그린은 인도·파키스탄·방글라데시에서 온 이주민들과 이주 노동자들이 많이 사는 곳이다. 간신히 빈민가를 면한 이 동네는 이주민들의 다문화적 생활양식과 삶의 애환을 잘 보여주는 공간이다.

작품은 1974년부터 1999년까지 25년에 걸쳐 윌레스던그린에 거주하는 세 가족의 삶을 사실적으로 그려낸다. 출간 이후, 작품은 영국 사회에 "다문화적 희망과 긍정의 상

징"을 제시했다는 평가와 함께 '타임 선정 100대 영문 소설'
에 포함되는 영예를 누린다. 제이디 스미스는 '포스트모던
찰스 디킨스'로 칭송받으면서 『가디언』 신인상, 휘트브레드
신인상, 영연방 신인 작가상 등을 받고 단숨에 '디아스포라
문학'의 기수로 떠오른다.

작품은 백인, 유색인, 여호와의 증인, 이슬람 근본주의
자, 레즈비언, 동물보호주의자 등 인종, 성, 종교, 신념, 문화
가 다른 수많은 인물이 한동네에서 어울려 살면서 일어나
는 에피소드들을 다룬다. 수다에 가까운 활달한 이야기 솜
씨와 유머 넘치는 문체로 작가는 각각 하나의 세계를 상징
하는 개성 넘치는 인물들을 작품 곳곳에서 충돌시킨다. 이
를 통해 스미스는 런던에 이미 뿌리 내린 다문화적 양태를
그려내는 동시에, 백인 국가 영국을 넘어서 '잡종 국가' 영국
의 새로운 정체성을 구축해나간다. 그 덕택에 작품 배경인
윌레스던그린은 인종주의, 다문화주의, 식민주의, 제국주의
가 요동하는 공간이면서 과학과 종교, 가족과 전통, 현지인
과 이주민, 과거와 현재가 갈등하고 대립하는 현대 런던의
축소판이 된다. 위대한 작가는 자기 고향을 새로운 미래를
위한 씨앗 장소로 바꿀 줄 안다. 이 작품에서 제이디 스미스
역시 고향 윌레스던그린을 '지구 행성적 휴머니즘'이 탄생하
는 언더그라운드로 만든다.

『하얀 이빨』을 관통하는 사회적 배경은 두 가지다. 하
나는 식민 시대의 종언에 따라, 1950년대 말부터 대규모로

식민지에서 영국으로 유입된 이주의 물결이다. 또 하나는 1980년대 후반부터 지속된 신자유주의 정책이다. 신자유주의는 영국 국적 혼혈 이주민과 그 가족을 무자비한 시장의 손아귀에 맡긴다. 영국 정부가 관용과 포용 정책을 포기하면서, 이들 대다수는 영국 사회에 자리 잡지 못한 채 방황한다. 사회에서 배제되고 소외된 이주민 청년들이 만성 실업과 절망적 빈곤의 고통에서 허우적대다가 이슬람 근본주의 등 극단적 사상에 빠져든 것도 이 때문이다.

『하얀 이빨』에서 스미스가 그려내는 이주민의 삶은 비극적이다. 그들의 삶은 바라던 대로 이루어지기보다 자꾸 엉뚱한 방향으로 흘러간다. 노력과 분투와 실현 사이의 커다란 괴리는 이주민들의 행태를 어이없고 우스꽝스럽게 만든다. 작가는 런던 다문화 사회의 모습을 특유의 발랄한 유머, 신랄한 풍자, 다문화 영어(작품 속에서 굵은 글씨로 표시된 부분)를 통해 밀도 있고 생동감 넘치게 그려낸다.

그 삶의 외적 표현 양태는 웃음이나, 내적 존재 양식은 '웃는 울음'이다. 읽다가 때때로 폭소가 터질수록 마음에선 씁쓸함의 그늘이 짙어진다. 한 평론가 말에 따르면, 이 작품은 "인종과 계급, 종교와 문화가 다른 사람들이 한데 어우러져서 살아가는 다문화 세계의 일상을 강렬하게 환기하며, 따라서 더 이상 그것이 예외적·국지적 현상이 아니라 영국의 정체성 자체를 근본에서 변화시키는 돌이킬 수 없는 사태임을 분명하게 각인시킨다."

작품은 모두 4부로 나뉘어 있다. 이야기는 아치와 사마드 두 가족을 중심으로 흘러간다. 두 사람은 제2차 세계대전 때 전장에서 만나서 함께 전투를 치른 후 오랫동안 친구로 지내는 중이다. 1부 '아치, 1974년과 1945년'에선 아치 부부 이야기가, 2부 '사마드, 1984년과 1857년'에선 사마드 부부 이야기가 과거와 현재를 넘나들면서 전개된다. 3부와 4부는 두 사람의 자녀 세대가 이야기의 중심에 놓인다. 3부 '아이리, 1990년과 1907년'에서는 아치의 딸 아이리가, 4부 '마기드와 밀라트 그리고 마커스, 1992년과 1999년'에서는 사마드의 쌍둥이 아들 마기드와 밀라트가 사건을 이끌어간다.

각 부의 제목에 나오는 숫자가 말하듯, 윌레스던그린의 현재에는 수많은 시공간이 겹쳐 있다. 작가는 젖니, 어금니, 송곳니 등 치아 상징을 통해 현재와 과거를 이어 붙이면서 현재를 바라보는 시선을 확장해간다. 이로써 1857년의 인도, 1907년의 자메이카 등 제국주의와 식민지의 시간이 1945년 제2차 세계대전을 거쳐 유전자 변형 문제로 한창 논란이 뜨거운 1999년 20세기의 종말까지 40~50년 간격을 두고 펼쳐진다.

각 연도는 세계사적 사건과 밀접히 관련되어 있다. 잘 알려져 있다시피, 1857년 인도에서는 세포이 항쟁(제1차 인도 독립전쟁)이 있었고, 1907년 자메이카에서는 재앙적 대지진이 일어나서 수많은 사람이 목숨을 잃었다. 식민지 착취가 일상이었던 영 제국주의의 전성기에서 시작해서 150년에 걸친 시간의 강물 위에서 이야기가 길게 펼쳐진다. 이러한 역사의 지층들은 현재 런던에서 살아가는 개인의 삶 위에 겹겹이 쌓이면서 그 삶에 심대한 영향을 끼친다.

런던은 여러 민족과 인종, 즉 다양한 뿌리, 다채로운 신분의 인간이 몰려들어 서로 뒤섞이는 용광로 같은 곳이다. 그러나 이들이 저절로 융해되진 않는다. 제국주의 영국이 남긴 상처는 깊디깊어 이주민의 몸과 마음에 지우지 못할 흔적을 남겼고, 이 순간에도 흉터를 덧쌓는 중이다. 그 상처를 올바르게 다스리는 능력을 상실할 때 영국은 '폭탄 테러' '다문화 폭동' 같은 끔찍한 갈등에 휩싸인다. 반대로, 인류애를 바탕으로 이를 넘어서려는 태도를 응원하고 퍼뜨릴 때 세계시민적 다원성이 가져오는 창조성과 풍요를 누릴 수 있다. 작품을 통해 작가는 인종 차별과 편견이 엄존하는 '탈식민 런던'의 어두운 그림자, 즉 이주민의 정체성 위기와 분열된 의식을 폭로하고, 번져가는 불안에 관한 관심을 촉구한다.

1부는 1970년대 이야기다. 백인 중년 남자인 아치 존스는 불행한 결혼 생활 끝에 아내한테 버림받고 이혼당한다. 1975년 1월 1일 신년을 맞아 그는 분한 마음을 이기지 못하고 동전 던지기로 자살을 결심한다. 그러나 이슬람 할랄 정육점 주인이 우연히 그를 구하는 바람에 아치의 자살 시도는 실패로 돌아간다. 두 번째 삶을 얻은 아치는 히피 청년들이 개최한 '세상의 끝' 파티장에 갔다가 자메이카 이주민 출신의 아름다운 흑인 소녀 클라라 보든을 만난다.

아치보다 스물여덟 살 어린 클라라는 독실한 여호와의 증인인 어머니 호텐스의 손에서 자랐다. 열여섯 살에 런던에 온 그녀는 어머니 손에서 자신을 빼내 모로코, 이탈리아 등 아무도 모를 곳에 데려다줄 남자를 찾는 중이었다. 두 사람은 파티에서 만난 지 6주 만에 서로 어울리지 않는 결혼을 한다. 아치의 능력으로 얻을 수 있는 집은 윌레스던그린의 대출을 많이 받아 산 이층집뿐이었다. 두 사람의 결혼은 영국의 현 상태를 암시한다. 서로 뿌리와 역사가 다른, 심지어 나이조차 어울리지 않는 이들이 억지로 결합해서 엄청난 부채를 진 채 허덕이면서 살아가는 것이다.

2부는 1980년대 이야기다. 사마드 익발은 방글라데시 출신 이슬람교도로 제2차 세계대전 때 영국군으로 싸우다 다쳤기에 스스로 영국인이란 자부심을 품고 있다. 그의 아내 알사나 베굼은 방글라데시의 유서 깊은 가문 출신이다. 두 사람은 고국에서 결혼해서 함께 영국으로 이주했나. 부부는 이 동네보다 더 나은 동네로 이사하려고 밤낮없이 부지런히 일하는 중이다. 둘에게 영국은 기회의 땅일 수 있을까. 작가는 이들의 삶을 통해 은근히 묻는다.

영국 사회 주류에 진입하고 싶어 하는 두 '이주민' 가족의 삶은 안쓰러우면서도, 어울리지 않는 옷을 입은 듯 우스꽝스럽다. 가족 구성원 중 '정상적인' 삶을 살아가는 이들은 거의 없다. 아치 부부는 나이 들어도 현실에 적응하지 못한 채 부유한다. 사마드는 고국에서 고등교육을 받은 과학자에 다 영국을 위해 싸운 상이군인이었으나 백인들은 그의 능력과 지위를 인정하지 않는다. 영국인으로 살고 싶었던 그는 결국 런던에서 자기 능력을 펼치지 못한 채, 친척이 운영하는 인도 음식점에서 카레 나르는 웨이터로 전락한다.

사마드가 주류 영국인 되기에 실패한 건 어쩌면 당연할 수 있다. 그는 보수적 이슬람교도이자 전통적인 벵골 사람이기 때문이다. 그는 자신을 인도 독립운동의 영웅 판디의 후손으로 여기고, 이슬람 전통과 율법을 지키고 싶어 한다. 그러나 런던의 현실은 이슬람 율법대로 살려는 그를 수시로 방해한다. 음주를 즐기고 불륜을 저지르는 등 영국 문화에 동화되는 것을 괴로워하면서도, 바에서 아치 존스와 함께 먹고 마시면서 여가 대부분을 보내는 게 인생의 즐거움이기 때문이다. 내적 갈등에 사로잡힌 그의 해결책은 어이없게도 이슬람 금기를 어길 때마다 신과 다른 금기를 지키는 계약을 체결하는 것이다. 가령, 아이들 학교 선생과 불륜 관계를 맺는 대신 금식하는 식이다.

죄책감에 사로잡힌 사마드는 두 아이만이라도 '착한 이슬람인'으로 키우려 한다. 고국에 보내서 정통 이슬람교도로 자라기를 바라는 것이다. 그러나 돈이 부족해 어쩔 수 없이 큰아들 마기드만 아내 몰래 방글라데시로 보낸다. 현실과 맞지 않는 이런 사마드의 보수적·권위적 태도는 오히려 갈등 요인이 된다. 두 아이는 그의 뜻대로 자라지 않는다. 사마드의 뜻과 반대로 마기드는 영국인이 되고 싶어 하고, 영국에 남은 밀라트는 극단적 이슬람주의자로 변신해 아버지와 불화한다. 게다가 조카 니나는 레즈비언이 되어 애인과 함께 버젓이 돌아다닌다. 이렇듯 '영국'은 그의 가족 간 우애를 갈가리 찢어놓고 회복 못 할 갈등 속으로 몰아넣는다. 이주 첫 세대의 삶은 영국의 현실과 마주치면서 철저히 부정되고 파괴된다.

아이들 삶은 어떨까. 3부부터 주로 등장하는 자녀 세대의 내면도 불안하기 짝이 없다. 육중한 몸매와 갈색 피부인 아이리는 자신이 백인 외모가 아니라는 사실에 실망한다. 사춘기 소녀인 그녀는 밀라트의 눈길을 끌기 위해 자신의 금발 곱슬머리를 백인처럼 직모로 만들려다 미용사 실수로 머리카락을 다 태워 먹고, 인도 여자아이의 머리카락으로 만든 가발을 쓰고 살아간다. 그나마 남은 백인 흔적을 잃는 것이다. 이 우스운 사건을 통해 아이리는 자신이 백인으로 변하는 길은 없음을 깨닫는다. 그런 시도는 사랑을 가져오기는커녕 오려 자신을 잃는 상처만 가져옴을 알아채는 것이다. 참된 삶이란 언제나 '자신을 있는 그대로 존중'하는 데에서 출발할 수밖에 없는 건 당연하다.

사마드의 아들 밀라트는 미소년이다. 그러나 그는 현실에선 역할 모델을 찾지 못한다. 영화 속의 알 파치노를 모델 삼아서 갱스터를 꿈꾸는 그는 대마초를 입에 물고, 금발 여자아이들과 뒹굴기 바쁘다. 갈 길을 잃고 인생을 탕진하고 있는 것이다. 밀라트의 형 마기드는 방글라데시까지 다녀왔으나, 아버지 바람과 달리 경건한 이슬람교도이기를 거부한다. 이들은 모두 하루라도 빨리 '완전한 영국인'이 되고 싶다. 조바심에 새카맣게 마음이 타들어 간 이들은 영국 사회의 높은 벽에 부닥치면서 정상적 사회화 대신 엉뚱한 일탈에 끌려들고 만다.

두 '이주민' 가족의 삶에 전형적 '백인 가족' 마커스 샬펜의 가족이 가세하면서 사건은 한층 복잡한 양상을 띤다. 아이리와 밀라트의 학교 친구 조슈아가 세 가족을 잇는 가교가 된다. 동구 출신 유대인으로 유전공학자인 마커스와 독실한 가톨릭 신자이자 원예가인 조이스, 그리고 네 아이로 이루어진 샬펜 가족은 자부심으로 뭉쳐 있다. 이들은 자기들 결정이 항상 가장 정확하다고 믿는 이른바 '샬펜주의'를 신봉한다. 이는 제국주의의 다른 이름처럼 보인다.

마커스는 '미래 쥐'라는 유전자 변형 쥐를 개발한 후 이를 공표한다. 공표 장소에 소설 속 인물 대부분이 몰려들어 갈등하는 가운데 우발적 사건이 일어난다. 이 부분이 작품의 절정이다. 마커스와 그의 작업을 돕는 아이리, 마기드가 단상 위에서 한편을 이루고, 나머지 인물들은 단상 아래에 모여 이들에 맞선다. 그러나 반대편 인물들이 각각 목적도, 의지도 다르기에 인물들 간 갈등은 양극적이기보다 다극적이다.

아이리 반대편에는 여호와의 증인 신도로 유전자 변형에 반대하는 호텐스와 그녀의 동지 라이언이 있고, 마커스 반대편에는 동물 학대에 반대하는 급진적 동물보호 단체 페이트의 일원인 조슈아가 있다. 또한 마지드 반대편에는 이슬람 단체 케빈의 일원인 쌍둥이 동생 밀라트가 형을 향해 증오심을 드러낸다. 여기에 아치와 사마드가 뛰어들고, 두 사람의 과거에 얽힌 사건이 벌어지면서 사건은 뒤죽박죽으로 변한다. 이로써 이 장면은 영국 사회의 축약이 된다. 다극적 갈등을 품은 채 수많은 인간이 뒤엉겨 정체성을 상실한 채 분열하고 갈등하는 것이다. 다민족, 다인종, 다문화의 지옥에서 어떻게 탈출할 수 있을까.

작품 제목 '하얀 이빨'은 흑인에 대한 경멸적 표현이다. 흔히 하얀 이빨만 눈에 띄는 흑인들 모습을 가리킬 때 쓰는 이 비칭은 사실 그들의 검은 피부를 역설적으로 드러낸다. "청결하고 하얀 치아가 항상 좋은 것만은 아니지. 예를 들면, 내가 콩고에 있을 때 흑인 놈들을 알아볼 수 있게 해준 유일한 것이 바로 하얀 이빨이었어. (중략) 그리고 흑인들은 그 하얀 이빨 때문에 죽었다. 불쌍한 것들. (중략) 흰색이 번뜩이는 것을 보고 탕 하고 쏘는 거지……."

하얀 이빨에는 이처럼 백인들이 저질러온 끔찍하고 몹쓸 짓, 즉 아프리카 흑인들이 겪었던 잔혹한 학살과 가혹한 인종 차별의 비극이 감추어져 있다. 흑인들은 "자신들이 왜 그곳에 있는지, 어떤 민족을 위해 싸우는지, 누구를 쏘는지도" 모르고, 서구 제국주의자들이 일으킨 전쟁에 끌려와서 단지 피부색이 눈에 띈다는 이유로, 즉 흑인이라는 이유로 무참히 살해당했다.

작품 해설 「하얀 이의 웃음」에서 민은경은 "소설의 제목인 '하얀 이빨'은 흑인 인종 차별과 관련된 가장 대표적 이미지이자 백인 제국주의의 약탈과 잔인함을 상징"한다고 말한다. 작가는 인물이 성장하면서 겪는 아픔을 젖니가 나는 고통에 비유하거나 잔혹한 과거에 대한 회고를 신경 치료에 빗대는 등 곳곳에서 치아 상징을 활용해서 이야기를 풀어간다.

그러나 하얀 이빨은 차별과 배제의 대상인 이주민들의 인종적 특징을 상징하는 것만은 아니다. 동시에 하얀 이빨은 런던 이주민들이 현실의 무참한 고통을 이겨내고 자기 정체성을 정립함으로써 영국 사회에 튼튼히 뿌리내리는 과정을 암시하기도 한다. 작가가 말한다. "나는 인종에 대한 글을 쓴 것이 아니다. 단지 내가 지금 사는 이 나라에 관해 썼을 뿐이다." 에필로그처럼 덧붙여진 아이리와 조슈아의 가족 이야기는 그 새로운 희망의 상징이다.

아이리는 옆집 친구였던 두 쌍둥이 마기드, 밀라트와 각각 섹스한 후 딸을 임신한다. 그러나 두 사람 유전자는 완전히 같아 누가 친부인지 아무리 애써도 알 수 없다. 처음에 아이리는 '아버지 찾기'의 강박에 시달린다. 그러나 우발적 사건에 의해 유전자 조작 쥐가 상자를 탈출하는 소동 이후

'아버지 없음'을 자유 상태로 받아들인다. 뿌리가 누구인지 알 수 없을 때, 이를 굳이 따지지 않는다면 스스로 정체성을 구축할 수 있기 때문이다.

아이리는 마기드와 밀라트 대신 자신이 진짜 사랑하는 남자인 조슈아와 결혼한다. 백인인 조슈아와 다문화인인 아이리의 결혼은 인종과 종교를 넘어서는 새로운 인간의 탄생을 암시한다. 아이리의 아이는 '나쁜 삼촌 밀라트와 착한 삼촌 마기드'한테 정성 어린 엽서 편지를 쓰면서 부친의 실에서 놓여난 피노키오처럼 자유로움을 느낀다.

다른 많은 디아스포라 문학과 달리, 『하얀 이빨』은 식민의 역사를 되짚어가면서 비극의 역사를 확인하고 고통의 현실을 전시하는 데 치중하기보다 런던 거리의 생생한 현실 속에서 이주민이 '영국인'으로 변신하려는 과정에서 나타나는 현실을 유머와 연민이 교차하는 시선으로 다채롭게 풀어낸다. 부모 세대는 자신이 자라온 전통과 가치·문화·종교가 완전히 다른 이들이 하나로 엉켜가는 영국 현실에서 갈등에 시달린다. 아이리, 마기드·밀라트 같은 이주 2~3세대는 만연한 일상적 차별과 식민주의적 억압에도 세상이 강요하는 오래된 사회적 역할을 버리고 어떻게든 '다문화인도 영국인도 아닌 새로운 삶'을 살아가려 애쓴다. 작가는 말한다. "백인 민족주의자들이 감염, 침투, 혼혈 등을 두려워한다는 말을 들으면 이민자들은 웃음이 나온다. 이런 건 사소한 일이다. 이민자들이 두려워하는 것은 해체와 소멸이기 때문이다."

이 작품에서 작가가 말하려 하는 것은, "조화로운 다민족·다인종·다문화 사회가 실현 가능하다는 것"이고, "다문화 사회가 이미 단단히 영국에 뿌리를 내렸다는 것"(민은경)이다. 자살 시도 후, 펼쳐지는 아치의 두 번째 삶은 특히 주목할 만하다. 아치는 백인 공동체에서 벗어나서 흑인 여성 클라라와 결혼하고, 방글라데시인 친구인 사마드와 함께 살아간다. 그의 삶은 자연스레 다인종 사회가 되어가는 사회적 경계가 무너지는 영국 사회 자체를 상징한다. 다양한 적대 세력 사이에 평화를 이루려는 아치의 노력은 결국 이 작품에서 모든 갈등이 치유되는 동력이 된다. 그와 클라라의 딸 아이리가 영국 인종주의와 제국주의의 상처를 치유하는 치과 의사가 되는 건 자연스럽다.

이 작품에서 작가는 이주자를 상징하는 '하얀 이빨'이 영국 사회에 새로 솟아난 젖니가 되어가는 과정을 보여준다. 이가 완전히 자랄 때까지 아기가 어색함을 이기고 아픔을 견뎌야 하듯, 영국 사회 역시 갈등과 고통 속에서 '하얀 이빨'이 잘 뿌리내릴 때까지 돌보고 보살펴야 한다. 단단히 자리 잡은 이는 평생 친구가 된다. '하얀 이빨'이라는 말에는 이주민들이 차별의 고통을 딛고 영국 백인들과 자연스레 어울려 살기를 바라는 간절한 마음이 담겨 있다.

얼마나 쉽게 노예가
만들어지는지 보아라

옥타비아 버틀러Octavia E. Butler

『킨Kindred』(1979)

옥타비아 버틀러는 현대 페미니즘 SF 소설, 특히 아프로퓨처리즘Afrofuturism을 대표하는 작가이다. 아프로퓨처리즘이란 인종과 젠더의 문제를 SF적 상상력을 이용해 해결하려 하는 문학의 한 갈래를 말한다.

SF 소설에서는 현재의 시공간이 정지되고 전혀 다른 현실 속에서 사건들이 전개된다. 작품이 열어젖힌 낯선 공간 속에서 독자들은 현재의 현실에 거리를 둔 채 이를 비판적으로 바라보고 성찰하며 더 나은 대안을 떠올릴 가능성이 생겨난다. SF 연구자인 다코 수빈은 이를 '인지적 낯설게 하기'라고 부른다. 아프로퓨처리즘 작가들은 이런 '낯설게 하기' 효과를 이용해 인종과 젠더 문제를 새롭게 통찰하고, 백인 중산층 남성이라는 휴머니즘적 인간형을 해체함으로써 억압받는 여성과 유색인을 해방하려 한다.

흑인 여성인 버틀러는 어린 시절 "검둥이는 작가가 될 수 없다"라는 모욕적인 말을 일상적으로 들으면서 자랐다. 스물아홉 살 때인 1976년 『패턴 마스터』를 발표하면서 데뷔한 그녀는 최초의 흑인 여성 SF 작가로, 젠더 문제를 인종주의, 노예제, 자본주의 등의 문제와 함께 엮어 독특한 문법으로 풀어낸다. 특히, 그녀는 인종과 젠더에 따라 사람들을 분리한 후, 위계 짓는 차별적 권력의 문제를 집요하게 파고든다. 그 덕분에 백인 남성 작가의 마초적 판타지를 보여주는 '우주 서부극'에 가까웠던 SF 문학은 그 내부에서부터 철저히 해체돼 여성 문학으로 재탄생할 수 있었다.

1979년 발표한 『킨』은 버틀러의 대표작으로 SF 소설과 노예 서사°를 하나로 결합한다. 제목 '킨'은 일가붙이를 뜻하는 킨드레드kindred의 준말이다. 이 작품은 시간을 뛰어넘어 등장인물을 과거 또는 미래로 보내서 기이한 체험을 겪도록 만드는 타임 슬립time slip 기법을 활용한다. 흑인 여

° 흑인 노예의 삶을 사실적으로 보여주는 노예 서사는 1970년대 전후로 미국 문학의 주요 장르로 떠올랐다. 1960~1970년대에 꾸준히 전개된 흑인 인권 운동과 블랙 파워 운동 등 급진적 정치 운동의 결과였다. 19세기 미국의 노예 서사가 주로 노예 생활을 직접 경험한 세대의 기록을 바탕으로 한다면, 마거릿 워커의 『주빌리』(1966), 알렉스 헤일리의 『뿌리』(1976), 토니 모리슨의 『빌러비드』(1987) 등의 작품은 문학적 상상력에 더 많이 의존하는 점에서 '새로운 노예 서사'라고 불린다. 『킨』은 '새로운 노예 서사'에 속하지만, SF적 상상력을 이용해 거기에서 한 걸음 더 나아간다.

성을 미국의 과거로 보낸 후, 노예제가 살아 있는 현실 속에서 그녀가 자기 뿌리를 더듬고 확인하며 체험하게 하는 것이다. 이런 기법을 통해 작가는 아직도 현대 사회의 주요 과제인 인간 자유와 젠더 평등의 문제를 노예제가 존재하는 과거의 구체적 현실 속에서 다룸으로써 독자들이 더 생생하게 체험하게 한다.

소설은 흑인 여성 작가 다나 프랭클린이 1976년 6월 9일 스물여섯 번째 생일을 맞으면서 시작된다. 미국 로스앤젤레스의 한 아파트에서 신혼살림을 정리하던 도중, 다나는 갑자기 노예 해방 이전인 1815년 메릴랜드주의 한 농장으로 강제 시간여행을 떠난다. 이 첫 번째 여행에서 다나는 강에 빠져 허우적대는 백인 소년을 구해준다. 그러나 그 소년의 아버지 톰 와일린은 고마워하기는커녕 총을 그녀 이마에 들이댄다. 다나를 흑인 남성으로 오해했기 때문이다. 목숨의 위협을 느끼자마자, 다나는 과거를 떠나 현재로 돌아온다. 다나가 구해준, 그러나 그녀를 '검둥이'라고 부르는 소년의 이름은 루퍼스다. 제목이 암시하듯, 그는 다나의 혈족이다. 다나의 피에는 루퍼스의 피가 흐르고 있다.

대학 교육을 받은 작가인 다나는 노예제의 끔찍함을 '읽어서' 알고 있다. 그러나 흑인인데도 그녀는 노예의 삶을 피부로 잘 느끼지 못한다. 오히려 노예제 아래 흑인의 삶에 관한 전형적 이야기에 지루함과 싫증을 느끼곤 한다. "난 그러한 이야기를 읽지 않았으면 하고 바랐다." 흑인 노예의 삶은 '고통'이라는 단어로 추상화되어 있을 뿐, 실제론 흑인 여성조차 그 삶을 자기 고통으로 느끼지 못하는 것이다. 마치 어른들이 6·25 전쟁이나 5·18 광주 민주화 운동의 참혹함을 말할 때, 현재의 청년들이 공감하지 못하는 것처럼 말이다.

그러나 시간여행은 다나의 안온한 시민 감각 체계를 송두리째 파괴한다. 그녀가 타임 슬립을 통해서 끌려가는 메릴랜드 농장의 삶은 역사적 기록과 고증에 바탕을 두고 매우 사실적으로 묘사된다. 그곳에서 다나는 늘 목숨을 위협받고, 항상 짐승처럼 다루어진다. 그 과정에서 다나는 노예의 고통을 몸으로 '직접' 경험한다. 이렇듯 '몸으로 형상화한 타자성'을 버틀러는 '몸 지식'으로 부른다. 체화한 지식만이 인간을 영혼 깊숙한 곳까지 각성시키고, 행동에 근본적 변화를 일으킨다. 다나가 과거로 돌아가 노예의 삶을 생생하고 강력한 현실로 체험하는 것은, 노예제의 실상을 몸 지식으로 바꾸는 과정이자 억압받는 흑인 여성으로서 자기 정체성을 깨닫는 성장의 과정이기도 하다. 따라서 이 작품은 노예의 역사이면서 동시에 다나의 자서전이 된다.

버틀러는 현재와 과거를 뒤섞음으로써 노예제로 고통받던 흑인들, 특히 흑인 여성의 삶을 현재 시점에서 신체적·정신적으로 재현한다. 동시에 그녀는 불평등하고 억압적인 인간관계와 제도화된 폭력이 생산하는 권력의 문제를 섬세히 성찰한다. 인종, 노예, 젠더의 문제를 현재 진행의 문제로 만듦으로써 버틀러는 노예의 피와 흑인의 뼈와 여성의 살을 거름 삼아 이루어진 미국 사회체제의 정당성을 무너뜨린다. 또한 현재의 불평등과 억압의 뿌리가 노예제에 뿌리내리고 있음을 드러냄으로써 독자의 정치적·사회적 각성을 유도한다.°

작가는 죽음의 위기를 가름끈 삼아서 다나가 현재와 과거를 넘나드는 구조를 여러 차례 반복한다. 루퍼스가 죽을 뻔한 상황에 다나는 과거로 소환되고, 자신이 죽음의 위기에 부닥치면 불현듯 현재로 돌아온다. 시간여행을 반복할 때마다 다나는 구토감과 함께 공포에 사로잡힌다. 미국 문학 비평가 크로슬리에 따르면, 이 감정 구조는 흑인 노예들의 노예선 경험을 상징적으로 재현한 것이다. 아프리카에서 강제로 납치당한 먼 조상들이 노예선에서 뱃멀미를 느꼈듯이, 질병에 시달리고 굶주림에 지친 이들이 죽어나갈 때마다 그들이 공포감을 느꼈듯이, 다나 역시 알 수 없는 이유로 납치되어 여섯 번에 걸쳐 시공간 여행을 떠날 때마다 혼돈

° 이 작품을 통해 작가는 알렉스 헤일리가 『뿌리』에서 보여주었던 섣부른 해방과 구원의 서사를 강하게 비판한다. 다나가 겪기에 노예제에는 어떤 형태의 구원도, 해방도, 낙관도 존재하지 않았다. "노예제도에 관한 책을 읽었다. 소설이든 비소설이든 상관없었다. 집에 있는 책 중에서 조금이라도 관련이 있다 싶은 책은 모조리 읽었다. 심지어 『바람과 함께 사라지다』까지 읽었다. 다 읽지는 못했다. 부드러운 사랑의 유대로 이어진 행복한 유색인들이라는 각색만은 참아낼 수 없었다."

과 공허, 역겨움과 고통에 빠진다.

　모든 시간여행은 다나의 의지와 관계없이 갑자기 일어나서 불시에 끝난다. 다나는 언제 1800년대로 소환될지 알 수 없고, 일단 과거로 돌아가면 언제 현재로 돌아올지도 모른다. 여행의 동력을 제공하는 것은 다나의 기억과 상상력이다. 그러나 때로는 몇 달에 걸친 긴 시간 동안 여행이 지속되고, 지독하고 끔찍한 체험이 이어지고, 그 결과는 현재 다나의 신체와 정신에 그대로 영향을 끼친다. 따라서 이 여행이 완전히 환상이라고 할 수도 없다.

　소설의 첫 문장을 보라. "나는 집으로 돌아오는 마지막 여행에서 팔 하나를 잃었다. 왼팔이었다." 회상 속에서 오랜 시간이 한순간 흘러 지나가듯, 소설에서 과거의 몇 달은 현재의 몇 시간으로 압축되어 진행된다. 그러나 시간여행 중에 상처 입은 몸과 절단당한 팔은 그대로 다나의 몸에 표현된다. 과거의 노예제가 아직 전혀 사라지지 않았고 현재에 생생한 흔적으로 남았다는 듯이, 버틀러는 두 시간대를 다나의 신체를 통해 견고하게 연결한 후 독자에게 엄숙하게 선언한다. "난 정말로 그녀를 온전히 돌아오게 할 수 없었다. 그녀를 원래 상태로 돌아오게 할 수도 없었다." 이로써 노예제의 상처가 오래전에 치유된 것처럼 여기는 모든 허구적 이데올로기를 그녀는 거부한다. 이 작품을 통해 독자들은 현대 미국 사회의 모든 문제가 오히려 인종주의와 노예제에 뿌리를 두고 있음을 생생히 깨닫게 된다.

다나와 함께 시간여행을 떠나는 백인 남편 케빈의 존재는 이 사실을 선연히 환기한다. 똑같은 시간여행자이지만, 과거의 메릴랜드로 가는 순간 두 사람 처지는 완전히 갈라선다. 흑인이라는 이유만으로 다나는 언제든 성폭행을 당할 수도 있고, 팔려나갈 수도 있다. 다나는 그 세계가 견딜 수 없이 끔찍하다. 여행이 반복되면서 그녀의 몸에 남는 폭행 흔적은 상처, 멍, 부상, 채찍 자국, 절단 순으로 심해진다. 노예로 살아가는 고통은 상상했던 것보다 훨씬 끔찍하고, 흑인인 그녀는 노예제 세계를 도저히 수용할 수 없다. 그러나 백인 남성인 케빈은 과거의 메릴랜드에 아주 쉽게 적응한다. 케빈은 서부 영화를 보는 듯한 기분으로 다나에게 말한다.

여긴 굉장히 살기 좋은 시대일 수도 있어. 여기에 머무는 게 얼마나 큰 경험일지 계속 생각하게 돼. 서부로 가서 이 나라의 건설을 지켜보고, 옛 서부 신화가 어느 정도 사실인지도 보고 말이야.

노예제가 살아 있는 19세기 미국은 백인에게는 천국이고, 흑인에게는 지옥이다. 두 번째 여행에서 다나는 그녀의 흑인 조상인 앨리스의 아버지가 허락 없이 아내와 동침했다는 이유로 순찰대에게 무자비하게 폭행당하는 장면을 목격한다. 그리고 그 생생함에 경악하면서 역겨운 구토감에 시달린다. 흑인 여성이 반항한다는 이유로 서슴없이 자식을 팔아버리고, 성폭행을 위해 남편을 제거하는 세계가 아닌가. "남편이 죽고, 자식 셋이 팔려가고, 넷째에겐 장애가 있는데, 그녀는 그 장애를 두고 신에게 감사해야 했다." 이것이 흑인 노예 여성의 삶이다.

"하지만 내가 상상한 모습은 아니야, 감독관도 없고, 사람들이 감당할 수 없을 만큼 일을 시키지도 않고……."

나는 케빈의 말을 잘랐다. "제대로 된 숙소도 없고, 흙바닥에서 자야 하고, 음식은 부족해서 쉴 시간에 텃밭을 가꾸고 세라가 눈감아줄 때 부엌에서 뭐라도 훔치지 않으면 모조리 몸져누울 지경이지. 권리는 하나도 없고 언제든, 아무 이유도 없이 부당한 대우를 받거나 가족에게서 떨어져 팔려나갈 수 있어. 케빈, 사람들을 때려야만 잔인한 건 아니야."

다나와 케빈의 태도 차이는 과거 미국 역사를 바라보는 흑인과 백인의 차이를 표상한다. 백인 남성에게 노예제는 상상보다 심하지 않은 것으로 여겨지고, 시간여행은 자부심 넘치는 과거 역사에 참여하는 낭만적 모험이다. 그러나 흑인 여성에게 미국의 과거는 신체 훼손과 성폭행의 위험이 잇따르는 지옥 체험과 같다. 백인에게 노예제 시대는 은연중 자랑할 만한 유토피아적 시간에 속하나, 흑인들에게는 생각만 해도 분노가 들끓어 오르는 수치의 시간이요, 상상만 해도 피부가 오그라들고 흉터가 욱신거리는 공포의 시간이다.

그들은 나를 헛간으로 데려가서 무언가로 내 손을 묶고, 그걸 들어 올려 머리 위 어딘가 높이 묶었다. 내 발가락이 바닥에 겨우 닿을락 말락 할 때, 와일린은 내 옷을 찢어내고 때리기 시작했다. 나는 손목이 묶인 채 앞뒤로 흔들렸다. 내가 고통으로 반쯤 미칠 때까지, 발 디딜 만한 땅을 찾을 수 없어 매달린 고통을 견딜 수 없을 때까지, 연속해서 내리치는 채찍질로부터 더는 도망칠 수 없을 때까지……. (중략) 도망치지 않으면, 내가 나를 구하지 않으면, 집으로 돌아가지 않으면 그는 날 죽일 것이다!

도망치다 잡힌 다나가 받았던 고문 장면이다. 시간여행을 할 때마다 다나는 노예제의 몸서리쳐지는 야만성을 뼈저리게 체험한다. "와일린이 뭐라고 했던가? 교육받았다고 똑똑하진 않다고 했지. 정확한 지적이었다. 내가 받은 교육이나 미래의 지식은 탈출에 도움이 되지 않았다." 현대의 흑인 엘리트 여성이었던 다나는 무자비한 채찍의 세례에 굴복한 끝에 저항 의지가 부러지면서 결국 감히 도망칠 생각을 꿈꾸지 못하는 노예의 삶을 받아들인다. "노예제도를 받아들이도록 훈련하기가 얼마나 수월한지 전에는 몰랐어." 노예가 된 그녀는 처벌과 죽음의 위기를 만나기도 하고, 사랑하는 이들과 강제로 헤어지기도 하며, 마지막에는 성폭행당할 위기를 겪으면서 한쪽 팔을 절단당하기도 한다.

다나가 여러 차례 구해주고 교화하려 힘썼던 루퍼스 역시 그녀의 기대와 달리 백인 남성 농장주로 자란다. 성인이 된 루퍼스는 어린 시절 함께 친구로 자란 흑인 여성 앨리스에게 집착한다. 자유 흑인으로 태어난 앨리스는 흑인 노예 아이삭과 사랑에 빠져서 결혼함으로써 노예로 전락한다. 탈출에 실패한 아이삭은 다른 지역으로 팔려가고, 루퍼스는 앨리스를 성적으로 착취한다. 둘 사이에서 태어난 헤이가가 다나의 조상이다.

이 사실을 알게 된 다나는 루퍼스가 앨리스를 성폭행하는 것을 모르는 체한다. 나중엔 방관자처럼 앨리스에게 충고한다. "'당신에게는 세 가지 선택지가 있어. 그의 명령대로 그에게 가는 일. 거절해서 채찍질 당한 다음 그가 강제로 당신을 취하는 일. 다시 도망가는 일." 그러나 세 번째 선택지는 상황상 불가능하므로, 이는 루퍼스에게 순종할 것을 암시한 것이나 다름없다. 끝없는 성폭행 속에서 앨리스는 헤이가를 포함해 루퍼스의 아이들을 여럿 낳는다. 그러나 그녀는 아이들을 팔아치우겠다는 루퍼스의 협박을 견디다 못해서 끝내 자살하고 만다.

앨리스에게 굴욕을 강요한 다나의 충고는 자신으로 이어지는 혈통이 어떻게든 끊기지 않게 하려는 생존 욕구 속에서 빚어진 일이다. 그러나 이는 앨리스의 불행을 심화하는 일이고, 과거의 나쁜 역사를 어쩔 수 없는 일로 수용하는 일이기도 하다. 폭력과 억압을 숱하게 겪으면서, 다나는 깊은 무력감에 사로잡힌다. "노예제는 길고 느린 속도로 나를 무디게 만드는 과정이었다."

사실, 이미 해방된 현재가 여전히 억압 속에 있는 과거를 비난하는 것은 얼마나 손쉬운가. 한 인터뷰에서 버틀러는 급진적 흑인 세대가 부모나 선조가 자신들의 예속 상황을 더 빨리 개선하지 않은 일에 수치와 분노를 느낀다는 말을 듣고 이 소설을 집필했다고 이야기했다. 일제강점기를 살았던 우리 선조들한테 왜 독립운동에 나서지 않았느냐고 묻는 일이 천박하듯, 폭력에 맞서 다나가 목숨 걸고 끝까지 싸우지 않은 일을 의문시하는 건 무례한 자기혐오에 지나지 않는다. 인간은 매우 약한 존재다. 아무도 노예로 태어나지 않으나, 누구나 신체적·정신적 폭력을 통해 노예로 생산될 수 있다. "노예가 얼마나 쉽게 만들어지는지 보아라."°

내가 무엇을 잘못했을까? 왜 아직도 목숨을 구해준 보답으로 나를 죽일 뻔한 남자의 노예로 남아 있을까? 왜 그러고도 또 채찍질을 당했을까? 그리고 왜…… 왜 나는 지금 이렇게 겁을 먹었을까. 왜 조만간 다시 도망쳐야 한다는 생각

° 다나와 케빈 부부는 함께 시간여행을 갔을 때, 노예와 주인의 연기를 수행한다. 그러나 시간이 흐르면서 그들은 서로의 역할놀이에 익숙해지고, 그에 따라 서서히 행동과 마음마저 변해간다. 노예처럼 취급되고 노예처럼 행동하면 인간은 노예가 된다.

만으로도 속이 울렁거릴 만큼 겁이 날까?

다나와 마찬가지로, 소설 속 흑인들은 대부분 폭력에
못 이겨 노예로 살아남는 쪽을 선택한다. 그러나 어떤 경우
엔 생존 자체가 가장 거룩한 저항이다. 납작 엎드린 형태라
도 무조건 살아 있어야 저항도, 투쟁도 존재한다. 살아남기
위해 노예로 존재하기를 택할 수밖에 없었으나, 다나는 주
변 흑인에게 글을 가르치는 등 자신만의 노력을 포기하지
않는다. 앨리스, 캐리, 세라, 나이절, 아이삭 등 주변의 흑인
들 역시 극심한 고통을 견디면서도 풍요롭고 인간적인 공동
체를 만들려고 부단히 애쓴다.

물론 이들의 연대는 느슨하기 그지없다. 주인의 뜻에 따
라 어느 날 갑자기 팔려가면서 공들여 구축한 관계가 한순
간에 무너지거나, 눈앞의 생존에 매몰돼 동료를 배신하는
일도 흔하기 때문이다. 그러나 흩어졌던 흑인 노예들은 결
국 다시 결집한다. 백인들이 가하는 고통이 그들을 서로 이
어주고, 부당한 일들이 일으키는 분노가 그들을 함께 묶어
주는 까닭이다.

마지막 여행에서 다나는 앨리스의 죽음으로 실의에 빠
진 루퍼스에게 성폭행당할 위기에 처한다. 그러자 마침내
자신이 진짜 할 일을 깨닫는다. 작품 내내 다나는 루퍼스를
여러 번 위험에서 구해주었고, 그를 정성껏 훈육하고 인도
해 '정상화'하는 데 노력을 기울인다. 가령, 그녀는 루퍼스를

설득해 앨리스의 아이들을 자식으로 받아들이게 만들기도 한다.

그러나 모든 시도는 한순간에 헛수고로 돌아간다. 다나의 노력은 루퍼스의 삶에 거의 영향을 끼치지 않는다. 루퍼스에게 다나는 인생의 스승이 아니라 원하면 그 몸을 취할수 있는 잠재적 노예에 불과하다. 이 사실을 깨달은 다나는 그를 보호하는 대신 저항의 형식으로 살해해버린다. "널 살려두는 건 너무 오랫동안 내 책무였다."

루퍼스는 흑인을 제 맘대로 노예로 삼는 인종 차별의 상징이고, 여성을 언제든 성폭행하는 가부장제의 은유이다. 루퍼스가 죽지 않도록 돌보면서 그가 스스로 각성하기를 기다리는 다나의 행위는 아직도 인종 차별과 가부장제의 과거에 얽매인 마음을 나타낸다. 그러나 다나가 그 대가로 얻은 것은 존중이 아니라 백인 주인 나리의 폭력이다. 다나는 절규한다.

그를 나의 조상으로, 나의 남동생으로, 나의 친구로 받아들일 수도 있겠지만 절대로 나의 주인이나 나의 연인으로는 받아들일 수 없어.

루퍼스를 죽임으로써 다나는 과거 전체를 살해한다. 이는 조상의 어두운 역사를 더는 물려받지 않겠다는 다짐이다. 루퍼스의 죽음과 함께 노예 상태로 되돌아가는 시간여행도 끝난다. 그러나 시간여행에서 돌아온 그녀는 각성의 대가로 왼팔을 잃어버린다. 마지막 순간에 "루퍼스의 손가락들이 움켜쥐었던 팔"이다. 다나의 몸에서 사라져버린 팔은 아직 그녀가 루퍼스의 악령에서, 즉 노예제의 상처에서 완전히 자유롭지 못함을 암시한다.

작품은 1815년의 과거를 통해서 1976년의 현실을 거울처럼 비춘다. 노예제 아래에서 흑인들이 겪어야 했던 정신적·육체적 착취는 현재의 만연한 인종 차별 속에서, 억압적 가부장제 아래에서 암묵적으로 재현된다. 백인 남성인 케빈과 결혼한 다나 부부는 사라진 인종 차별의 상징으로 보이지만, 그 세부는 루퍼스–앨리스 커플의 관계를 복제한 듯하다. 루퍼스와 케빈은 생김새, 눈 색깔, 언어, 억양 등이 무척 유사하다. 케빈은 다나의 몸을 그녀의 동의 없이 취하기도 하고, 당연하다는 듯 비서처럼 타자를 맡긴다. 다나의 사촌들은 채찍질 탓에 그녀 몸에 난 상처를 남편의 학대 결과로 착각하기도 한다. 루퍼스와 마찬가지로, 케빈은 여전히 그녀의 주인이고, 그녀는 케빈에게 예속해 있는 것이다.

노예로 되돌아가는 반동적 시간여행은 멈추었지만, 여전히 루퍼스로 상징되는 가부장제 인종주의는 다나를 놓아주지 않는다. 흑인 여성들이 백인 남성들의 이중 노예 상태에서 해방될 때, 아마도 다나는 온전한 팔을 돌려받을 수 있을 것이다.

희망은 어디에 있을까. 다나가 참혹한 노예 생활을 견딜 수 있도록 했던 흑인 공동체다. 다나는 노예들의 대화를 들으면서 어떻게 그들이 노예제 속에서 살아남았는가를 배우고 자신도 모르는 사이에 그들이 자신이 생존할 수 있게 도왔음을 깨닫는다. 세라, 앨리스, 캐리, 테스 등 흑인 여성들과 맺은 상호 유대야말로 그녀가 노예제의 고통을 견딜 수 있도록 지탱하는 기둥이다. 다나에게 진정한 일가붙이는 핏줄로 이어진 루퍼스가 아니라 고통과 기쁨을 함께하면서 친밀성을 쌓아간 노예 동료들이다. 아픔과 기억을 공유하고, 자유와 해방을 같이 열망하는 이들이야말로 다나의 사라진 팔을 돌려줄 희망의 근거가 된다.

다나는 메릴랜드로 가서 자신이 있었던 농장이 불에 타서 흔적도 없이 사라진 것을 확인하고, 당시 신문 기사를 뒤적여서 자신이 체험했던 가족의 역사를 찾아낸다. 이로써 그녀는 자기가 겪었던 경험이 실제로 존재했음을, 노예제의 흔적이 아직 이 몸에, 이 나라에 선명히 살아 있음을 확인한다. 깊게 뿌리내린 인종주의와 성차별이 현실에서 남김없이 제거되어 다나의 소매가 바람에 펄럭이지 않는 날이 과연 올 것인가. 그날을 위해 우리는 무엇을 할 것인가. 작가는 이 작품을 통해 우리에게 이런 묵직한 질문을 던진다.

카우보이의 서부에서
퀴어의 서부로

애니 프루Edna Annie Proulx

『브로크백 마운틴Brokeback Mountain』(1999)

애니 프루의 『브로크백 마운틴』은 여러 작품으로 이루어져 있다. 그중 한 작품인 「지옥에선 모두 한 잔의 물을 구할 뿐」은 다음과 같은 문장으로 시작한다.

구름에 드리운 그림자가 담황색 바위 더미 위로 빠르게 스쳐 지나간다. 바람이 고음의 쉭쉭 소리를 내며 분다. 이는 근방에서 불어오는 잔바람이 아니라, 땅이 엎어지며 발생하는 거대하고 사나운 광풍이다. 쪽빛의 산봉우리, 끝없이 펼쳐진 풀밭 평원, 몰락한 도시들처럼 굴러다니는 돌덩이들, 너울너울 타오르는 하늘, 광활하고 거친 이 땅의 자연은 절로 인간 영혼에 전율을 일으킨다. 이는 마치, 느낄 수는 있으나, 귀로 들을 수 없는 깊은 저음과도 같다. 내장에 박힌 날카로운 발톱 같다.

애니 프루는 인간 심리와 풍경 묘사의 달인이다. 풍경이 심리를 파고들어 마음을 뒤흔들고 운명을 바꾸는 순간을 예리하게 포착할 줄 안다. 그의 작품에서 자연은 전혀 따뜻하고 포근하지 않다. 길들지 않은 야생 그대로 인간을 압박하고 공격한다. 자연은 거대하고 사나우며, 광활하고 거칠다. 그것은 영혼을 건드려 전율을 일으키고, 내면에 박혀 깊은 흔적을 남긴다. 이로써 그의 작품은 누구나 느낄 수는 있으나 들리지는 않는 운명의 저음을 우리 눈앞에서 생생하게 연주한다.

프루는 오랫동안 잊힌 작가였다. 1963년 SF 소설 『관세구역』으로 데뷔한 후, 기자로 먹고사느라 거의 작품 발표를 안 했기 때문이다. 쉰세 살 때인 1988년 첫 소설집 『하트송』을 출간한 이후부터 그는 늦깎이로 본격적 작품 활동을 시작했다. 1999년에 발표한 『브로크백 마운틴』은 단숨에 프루를 세계적 작가로 만든 그의 대표작이다.

이 책에 실린 작품들은 미국 뉴잉글랜드의 작은 시골마을을 배경으로 억눌린 채 살아가는 가난한 사람들과 전원생활을 즐기러 내려온 이주민 사이의 갈등을 담고 있다. 마을엔 메마르고 거친 자연과 싸우면서 생겨난 마을 고유의 전통과 의례가 있다. 외지인들에게 이 전통이 도전받고, 지역 정체성이 부인당하는 상황에서 프루는 복수, 악의, 탐욕, 격분 등 인간 감정이 일으키는 운명의 거센 회오리를 선명하게 보여준다.

펜/포크너상을 받은 첫 번째 장편소설 『엽서』(1992)는 미국 서부 지역을 떠도는 한 남자 로열 블러드가 겪는 사건들을 다룬다. 퓰리처상과 미국 도서상을 동시에 받은 걸작 『시핑 뉴스』(1993)에서는 대도시 뉴욕에서 상처 입은 코일이 뉴펀들랜드의 척박하고 광활한 자연 속에서 치유받는 이야기를 담아냈다. 이처럼 프루는 지역성, 즉 자연환경과 문화 전통에서 전혀 자유롭지 못한 인간의 비극을 천착한다.

미국이란 무엇인가. 유럽 대륙의 인생 실패자들이 무작정 바다를 건너와 척박한 황무지에 각자 꿈을 던져서 이룩한 나라가 아닌가. 자연의 압도적인 힘은 인간에게 대부분 고통과 불행을 안기지만, 때때로 기쁨과 행복을 부여하기도 한다. 프루는 시적이고 서정적인 문체를 통해 "위험하고 무심"하며, "꼼짝도 않는 거대한 대지"에 점점이 흩어진 작은 마을에서 일어나는 사건들, 한 인간의 시간에는 끔찍하고 잔혹하나 자연의 시간에는 한없이 보잘것없는 "인간사의 비극"을 반복해서 부감한다.

『브로크백 마운틴』에서 프루는 절정의 솜씨를 보여준다. 「가죽 벗긴 소」, 「진흙탕 인생」, 「브로크백 마운틴」 등 이 책에 실린 중단편 소설 열한 편은 미국 서부 와이오밍주의 작은 목장 마을을 배경으로 한다. "포효하는 바람"이 인간을 지배하는 "황량하고 공허한" 이 땅이 바로 웨스턴 신화, 즉 서부 개척 신화의 무대이다.

와이오밍은 여름에는 극심한 가뭄이 덮치고, 겨울에는

머리까지 쌓이는 눈과 영하 40도까지 떨어지는 추위가 찾아온다. 게다가 수시로 야생 동물이 인간을 습격하는 위험한 곳이기도 하다. 목숨 걸고서 애써 개척한 농장은 한 세대도 지나기 전에 사라져 황무지로 변하고, 바닥 인생으로 전락한 사람들은 굶어 죽지 않으려고 아무 일이나 닥치는 대로 할 수밖에 없다. 미국의 역사에선 이들을 카우보이라고 부른다. 사회 질서가 부재한 무법의 대지에서 완벽한 자유를 누리면서 스스로 운명을 개척하고 일으켜 세우는 서부 신화의 영웅들이다.

생존의 달인들인 그들은 억척스럽고 강인한 데다, 완고하고 잔인하다. 한순간 인간을 내팽개치는 자연의 무심함과 아무도 없는 곳에서 생존에 발버둥 쳐야 했던 외로움이 이들의 머릿속을 휘어잡고 심장을 길들인 때문이다. 「지옥에선 모두 한 잔의 물을 구할 뿐」에 나오는 던마이어 가족은 그 전형을 보여준다.

던마이어 가족사는 아이작 '아이스' 던마이어로부터 시작된다. 1908년 그는 텍사스의 가뭄을 피해서 영하 37도의 한겨울 추위를 뚫고 와이오밍주 래러미에 도착했다. 텍사스에 아내와 다섯 아들을 둔 채 마을에 흘러든 아이스는 식스피그맨 목장의 소몰이꾼으로 취직한다. 그는 강인하고, 냉정하고, 근면하다. 읍내에 한 번 나가지 않은 채 월급을 고스란히 모으고, 현상금 걸린 늑대를 추적해 사냥한다. 또한 틈날 때마다 사슴을 잡아서 내다 팔기도 한다.

이런 과정을 거쳐 힘겹게 돈을 모은 아이스는 외딴곳에 농장을 마련한 후 록킹박스란 이름을 붙인다. 그런 후 아이스는 풀 한 포기 제대로 나지 않는 척박한 환경으로 텍사스의 가족들을 불러들인다. 아이스는 농장의 가축 수를 늘리고, 더 많은 땅을 확보하는 데 인생 전체를 바친다. 사기나 도둑질조차 필요하면 서슴지 않는다. 가진 건 몸뚱어리밖에 없던 처지에서 목장주로 변신한 아이스는 아홉 아들 역시 '진짜 사나이', 즉 강인한 일꾼으로 키워낸다. 어린 아들들을 더위나 추위에 아랑곳없이 들판에서 잠재우면서 그들에게 말 타고 가축 몰고 사냥하는 법을 가르친다. 이 가족의 "고통을 참아내는 인내력은 가히 전설적이었다." 그야말로 이들은 근면, 성실, 금욕으로 '아메리칸드림'을 구현한 '서부인'의 상징과도 같은 가족이다.

던마이어 가족은 가뭄과 대공황이 함께 덮쳤던 1930년대의 극악한 상황을 힘을 합쳐 이겨낸다. "대초원을 태워버린 산불, 홍수, 눈보라, 먼지폭풍, 부상, 소고깃값 폭락, 메뚜기 및 모르몬귀뚜라미 떼가 몰고 온 전염병, 가축 도둑, 가축 전염병, 상태가 나빠진 말"이 가져온 파국적 결과를 온몸으로 체험하고, 몰려드는 부랑자와 유랑민과 전쟁을 치러가면서 농장을 지켜낸다. 인간이 겪을 만한 처참한 모든 일을 극복했기에 그들은 자신이 이룩한 업적을 무엇보다 자부하고 사랑한다. 그들은 "매일 말을 타고 다니며 자기들이 보고 겪은 일을 기준으로"만 모든 걸 판단한다.

이 가족에게 생존에 직접적으로 도움 되지 않는 것, 당장 쓸모없는 것은 무의미하다. 그들은 말 탄 자의 시각에서 "아름다움이나 종교를 재단하고, 예술과 지성을 천시"한다. 이것이 미국의 정신이다. 자신이 직접 경험하지 않은 모든 가치나 의미를 부정하기에 전통에 반해 새로운 가치를 이룩할 수 있으나, 자신이 겪어서 아는 것 말고는 인정하거나 존중하지 않기에 얄팍하기 그지없다. 타자를 배려하거나 인정하지 않는 미국 특유의 개인주의, 반지성주의, 반예술주의, 반정신주의 등은 여기서 비롯한다. "그들 주위에는 자기 방식만이 유일하다고 말하는 듯한 경직된 태도, 그러니까 일종의 음울한 거만함이 맴돌았다."

『브로크백 마운틴』에서 애니 프루는 포스트모던 서부 신화를 구축한다. 미국이 사랑하고 자랑하는 서부 신화 한복판에 폭탄을 던져서 그 구조를 부수고 해체한다. 카우보이 아이스 던마이어의 별명은 두 가지. 하나는 트리커tricker, 즉 재주꾼 또는 말썽꾼이다. 강인한 의지와 순간의 책략으로 어떻게든 상황을 헤쳐나가 마침내 자수성가에 성공한 그에게 딱 맞는 별명이다. 그러나 이 말은 때때로 트리거trigger, 즉 '방아쇠'가 되기도 한다. 자기 방식만 아는 그는 자주 분란의 씨앗이 된다. 자신과 다른 욕망과 꿈을 품고 살아가는 타자들을 전혀 존중하지 않기 때문이다. 감수성 있고 호기심 넘치며 예술적인 감각이 풍부한 틴슬리 가족이 부조리와 인습이 지배하는 이 마을에서 참혹한 비극을 겪을 수밖에 없는 이유이다.

세인트루이스에서 온 홈 틴슬리는 혹독한 서부와는 별로 어울리지 않는 사람이다. 성공의 꿈을 품고 척박한 땅에 정착한 홈은 던마이어와 달리 무능하기 그지없다. 제대로 날씨도 못 읽고 땅도 살필 줄도 모른다. 이 때문에 그는 목장 일에 거의 적응하지 못한 채 항상 허덕허덕 살아간다.

사람들은 친절하고 벤조나 바이올린 연주 솜씨가 좋은 그를 싫어하진 않는다. 다만, 잇속도 차리지 못하는 유약한 그가 집안 하나 제대로 건사하지 못하고 정신 나간 아내를 싸고돈다고 경멸한다. 어릴 때 시도 썼던 그의 아내는 감수성이 예민해 늘 신경과민에 시달린다. 이 마을로 이주하던 도중 그녀는 순간적 짜증을 견디지 못한 채 자지러지게 우는 아기를 강물에 집어 던졌다. 그녀가 미친 것은 이 일로 인한 깊은 죄책감 탓이다. 프루에게 서부는 음악이나 시가 아무 쓸모없는 곳, 거기에 필요한 감수성이 오히려 무참한 비극을 부르는 곳이다.

틴슬리 부부의 아들 라스무센(라스)은 이들과 마찬가지로 마을의 "비정상적인 괴짜"다. 책 읽는 걸 좋아하고 수학을 잘하는 그는 우주와 바다에 대한 호기심을 품고 난해한 질문을 곧잘 던지곤 했다. 던마이어의 아들들과 달리, 라스는 "삶의 실제적 문제"에 별 관심 없었고, "아무 데나 닿는 대로 마음의 무게를 내던졌다." 마을 사람들에게 전혀 이해받지 못했던 라스는 열여섯 살이 되자 집을 나갔다. 그는 샌

프란시스코, 토론토, 보스턴 등을 떠돌다 갑자기 소식이 끊겼다. "그가 무엇을 기대했고 어떤 경험을 했는지는 아무도 몰랐다." 다섯 해 후, 라스는 교통사고를 당해서 처참한 상태로 되돌아왔다.

그는 괴물이었다. 얼굴과 머리의 왼쪽 부분은 상처가 나고 찢기고 아문 곳은 선홍색 흉터를 잔뜩 남기고 있었다. 목에는 구멍이 나 있고 왼쪽 눈 안구는 상처 난 빈 구멍이었다. 턱은 뒤틀려 있었다. 다리가 수없이 부러졌다가 잘못 붙어 걸을 때마다 다리를 질질 끌었다. 양손 다 손가락은 잘리고 마디는 굽히지 않는 정도로 불구로 보였다. 숨 막힌 듯한 그의 말은 악마나 알아들을 수 있었다.

라스의 꿈꾸는 능력은 이처럼 철저히 파괴된다. 와이오밍의 황량한 대지는 비실제적 몽상을 한줌도 용납하지 않는다. 미국 서부엔 예술이나 지성이 깃들 수 없다. 라스의 신체적 변형은 이 세계의 끔찍한 폐쇄성을 보여준다. 극도의 가난 속에서 그의 어머니가 시인의 꿈을 실현하지 못하고 신경쇠약에 빠졌듯이, 몽상을 삶의 길잡이로 삼으려 했던 라스의 시도는 잔인한 폭력의 희생양이 되었다.

육체적·정신적 능력을 상실한 라스는 마을에 더욱더 어울리지 않는다. 아버지 홈은 흉측해진 라스가 조금이나마 행복하기를 바라나, 흉한 얼굴로 쏘다니며 불쑥 사람들을 놀라게 하는 라스는 약자로 보호받기는커녕 마을 질서를 위협하는 존재로 받아들여진다. 특히, 한 목장에 들어간 라스가 여자 앞에서 자기 물건을 꺼내 보이자, 보안관이 찾아와 홈에게 경고한다. "당신 아들이 혹여 다치거나 갇히는 모습을 보고 싶지 않거든, 집에 잘 붙들어두는 게 좋을 거요."

라스는 홈의 당부를 흘려듣고, 비슷한 행동을 보인다. 그러자 이번엔 던마이어의 큰아들 잭이 발전기를 팔러 찾아와 홈을 위협한다. "늦기 전에 그 자식 거시기를 잘라 억지로라도 조용히 시켜야 한다고 말하는 사람도 있더군요." 홈은 라스가 "다치기는 했어도 결국 다른 사람과 똑같은 남자"라고 항변한다. 던마이어 남자들을 잘 아는 홈은 한때 라스의 말을 뺏을까 고민한다. 그러나 "아이 인생에서 단 하나 남은 즐거움"을 차마 막지 못하고 인정을 못 이겨 망설인다.

바쁜 농사일을 마무리한 후, 홈은 모처럼 집에 있는 라스에게 단단히 경고한다. "너도 젊은 남자고, 욕구가 없을 수 없지. 그러나 네가 하고 다니는 행동은 여자들을 겁주는 것밖엔 안 돼. 그리고 그 카우보이들 있잖니, 던마이어네 작자들이 너한테 해코지할지도 몰라. 네가 계속 여자들을 괴롭히고 다니면 네 거길 잘라버리겠다고 큰소리치고 다니거든." 이 말을 들은 라스는 갑자기 섬뜩한 소리로 웃어댄다. 그 웃음의 의미를 알 수 없던 홈은 당황해 아내에게 고백한다. "그 아이 머릿속에서 대체 무슨 생각이 돌아가는지 알

길만 있다면 더 바랄 것이 없을 텐데." 심지어 아버지조차 라스를 전혀 이해하지 못하는 것이다.

다음 날, 라스가 열나면서 앓아눕자, 스펀지로 아들 몸을 닦아주던 홈은 그 기이한 웃음의 의미를 알아차린다. 던마이어 아들들이 이미 더러운 칼로 라스를 거세한 것이다. 라스의 그 웃음은 던마이어가 상징하는 서부 신화에 감춰 있던 잔인한 폭력성과 그로 인한 절망적 비극을 폭로한다. 황량한 대지를 개척해 가업을 이룩한 카우보이의 영광은 약자에 대한 배제와 몰이해, 가부장적 남성성의 과시, 무엇보다 내면의 황폐함을 그 대가로 치르면서 얻어낸 것이다.

「지옥에선 모두 한 잔의 물을 구할 뿐」에서 서술된 눈부신 서부 신화의 음험한 어두움은 표제작이자 대표작인 「브로크백 마운틴」을 비롯해서 「가죽 벗긴 소」, 「진흙탕 인생」 등 여러 작품에서도 반복된다. 프루는 부표처럼 표류하는 인생을 조금도 미화하지 않은 채, 사실 그대로 냉정하게 보여줌으로써 서부 신화 특유의 낭만적 영웅성을 제거한다.

첫머리에 실린 두 편의 아름다운 작품 「가죽 벗긴 소」와 「진흙탕 인생」은 이를 잘 보여준다. 존 업다이크가 '20세기 최고의 단편소설'의 하나로 꼽은 「가죽 벗긴 소」는 스물세 살 때 고향 와이오밍을 버리고 뉴욕으로 도망쳐 성공 신화를 쓴 화자 메로의 인생 회고를 담고 있다. 작품은 메로가 고향을 떠난 지 60년 만에 동생 장례식에 참석하려고 귀향하는 과정을 일종의 로드무비처럼 다룬다.

"마을이 양쪽으로 확 펼쳐지고 캐딜락의 속도를 줄였다. 젠장, 아무것도 바뀐 게 없었다. 희미하고 텅 빈 공간과 으르렁대는 바람, 생쥐만큼이나 작은 멀리 보이는 영양, 옛날과 똑같은 지형." 와이오밍은 이처럼 60년이 지나도 아무 변화도 없는 궁벽한 곳이다. 이런 생활을 견디지 못한 메로는 고향을 떠나서 돈, 명예, 여자, 건강 등을 탐욕스럽게 갈구하면서 뉴욕에서 성공을 일구었다.

동부의 뉴욕에서 출발한 여든세 살의 메로가 서부의 와이오밍까지 나흘 동안 자동차로 직접 운전해 가는 과정은 미국인의 서부 개척 여정을 재현한다. 속도위반도 서슴지 않는 기질, 예기치 못한 교통사고, 불편한 잠자리, 입에 안 맞는 음식, 쏟아지는 눈보라를 두려워하지 않는 용기는 모두 그가 서부를 개척하는 카우보이임을 암시한다.

"그 길을 떠나는 것이 얼마나 힘든 시간이었던가. 그것이 어떤 것인지 당신은 모른다." 메로의 여정은 동시에 과거 그가 떠나왔던 길을 거꾸로 되짚는 기억 여행이기도 했다. 여정 내내 그가 떠나기 전날에 아버지의 애인이 해주었던 이야기를 수시로 떠올리는 이유다. 그 이야기 한복판에 피부가 벗겨지고 혀가 잘린 채 도망쳐서 산등성이를 걷는 피 흘리는 수소가 있다. 이는 아버지 애인을 범하려 했던 죄책감의 상징이다.

고향 식당에서 스테이크를 주문해 칼로 썰었을 때, 메로는 붉은 피를 뿌리면서 "입 벌리고 소리 없이 울부짖는 짐승"의 환각에 사로잡힌다. 그 순간, 그는 자신이 "길을 잘못 들어선 카우보이" 같다고 느낀다. 메로는 육체적 쾌락과 물질적 성취에 헌신하면서 평생을 '성공한 카우보이'로 살았다. 그러나 그는 아버지도, 동생도 모두 저버린 채 인정을 모르고 메마르게 살아왔다. 한밤중 눈보라 속에서 그는 길을 잘못 든다. 진창에 빠진 차를 버리고 동생 집까지 눈 속을 힘겹게 걷던 그는 갑자기 소 한 마리가 자신과 함께 걷고 있는 것을 깨닫는다.

그는 문득, 울타리 안의 가축 떼 중 한 마리가 그와 보조를 맞춰 움직이고 있음을 알아차렸다. 그것이 고개를 불쑥 치켜들었고, 그 황량하고 냉혹한 겨울빛 속에서 그는 깨달았다. 그가 또 한 번 틀렸음을, 가죽을 반쯤 벗긴 그 수송아지의 붉은 눈은 여태껏 그를 계속 응시해오고 있었음을.

메로는 자신이 단 한 순간도 그 짐승에서 벗어난 적이 없음을 깨닫는다. 던마이어 가족과 마찬가지로, 메로 역시 서부의 황무지를 극복한 것이 아니라 내면의 황무지로 옮겼을 뿐이었다.

'길을 잘못 들어선 카우보이' 이미지는 「진흙탕 인생」에서도 반복된다. 이 작품은 키가 작아 "반 통, 숏다리, 꼬맹이, 난쟁이, 반 토막" 등의 별명을 달고 사는 로데오 선수 다이아몬드의 인생 이야기를 담고 있다. "강렬했던 힘의 감각은 어떤 두려움도, 그리고 미처 존재하는지도 몰랐던 자신 안의 탐욕스러운 육체적 허기도 가득 채워주었다. 이루 말할 수 없이 짜릿하고 참을 수 없이 은밀한 경험이었다." 10대 때 우연히 친구네 집에서 '로데오 황소'에 올라탔을 때 느낀 강렬한 충격과 친구 아버지의 격려 어린 말을 잊지 못해 로데오 선수가 된 다이아몬드 역시 '카우보이 신화'를 재현한다.

사실, 로데오만큼 야생의 자연을 정복하는 서부 신화를 완벽히 보여주는 문화적 체험이 어딨겠는가. 현실에서 자존감을 찾지 못한 채 방황하던 다이아몬드는 "소를 탈 때만큼은 그의 내부 어딘가에 검은 번개가 내리쳤고 진정한 존재감이 타오르는 걸 느꼈다." 그러나 그의 어머니는 로데오가 인생 막장에 이른 부랑아들, 목장 촌뜨기나 하는 일이라면서 격렬하게 반대한다. 그녀는 남성 마초들이 날뛰는 로데오 경기가 사실은 "뼈로 하는 게임"이라는 사실을 꿰뚫어 본다.

겉으로 화려하지만, 로데오 선수의 이면은 비참하기 그지없다. 로데오 선수들은 영광을 누리기는커녕 동쪽에서 잠을 자고 서쪽에서 밥을 먹는 생활을 끝없이 반복한다. 풀을 찾아 떠도는 목장 속 양이나 소의 최후가 도살이듯, 구경꾼의 환호, 화려한 의상, 돈과 명예 등을 좇아 스스로를 목축하는 선수들은 대부분 얼굴이 일그러지고 온몸의 뼈가 부서지는 고통, 죽을지도 모르는 위험과 공포에 시달린 끝에 결국 불구와 사회 부적응자로 전락한다.

로데오 선수가 보이는 영광은 사실 남성성을 찬양하는 낡은 인습이 빚어내는 거짓 신화에 불과하다. 최고의 로데오 스타였던 혼도 건시는 "뭉그러져 납작해진 코와 움푹 꺼진 광대뼈, 시력을 잃은 듯한 왼쪽 눈과 눈 위로 깊이 팬 흉터"를 안은 채, 좁은 헛간에서 안장 닦는 일을 하면서 살아간다. 다이아몬드의 인생 역시 반짝이지 못하고 같은 길을 걸을 게 틀림없다. 이처럼 프루는 카우보이 중의 카우보이인 로데오 선수를 영광의 무대로 이끄는 것이 아니라 진흙탕에 처박음으로써 서부의 신화를 완벽하게 파괴한다.

퀴어 문학의 걸작 「브로크백 마운틴」 역시 낡은 서부 신화에 얽매여 비극적 파국을 맞이하는 두 남성 잭 트위스트와 에니스 델마의 이야기를 담고 있다. 「진흙탕 인생」과 함께 '오 헨리 문학상'을 받은 이 작품은 『뉴요커』에 발표된 직후, 열렬한 반응과 함께 독자들에게 큰 반향을 일으켰다. 2006년 중국의 이안 감독에 의해 영화화되었고, 아카데미 골든글로브 4관왕을 차지하면서 전 세계적으로 화제가 되었다. 이 영화는 최초로 남성 퀴어 서사를 할리우드 주류로 끌어올린 작품으로, 영화의 역사를 바꾸었다.

「브로크백 마운틴」에서 프루는 카우보이인 에니스와 로데오 선수인 잭을 사랑에 빠뜨림으로써 미국 서부 신화에 조종을 울린다. 이미 살폈듯, 카우보이와 로데오 선수는 서부적 인간형을 대표하는 직업이다. 다른 작품과 마찬가지로, 이 작품의 무대도 와이오밍이다. 에니스와 잭 두 사람은 "고등학교 중퇴에 고된 일과 궁핍 속에서 자라나 성격도 거칠고 입도 거칠며 금욕적 생활에 단련된 별 전망 없는 시골 청년들"이다. 두 사람은 무일푼에 가까운 채 사회 속에 내던져진다. 열아홉 동갑내기인 두 사람은 1963년 시그널 북쪽에 있는 한 목양 회사의 양치기 및 야영지 관리인에 뽑혀 여름 내내 수목 한계선 위쪽 고산 지대(브로크백 마운틴)에서 함께 지낸다.

두 사람 성격은 대조적이다. 에니스는 무뚝뚝하지만 속이 깊고, 잭은 다정하고 정열적이다. 두 사람은 춥고 외로운 방목장에서 서로 의지하면서 온갖 대화를 나누며 짙은 우정을 누린다. 그 덕분에 에니스는 "살면서 이토록 좋은 시간을 보낸 건 처음이라고 생각하며, 당장 손을 뻗으면 달도 딸 수 있을 것 같다고 느꼈다." 잭도 마찬가지였을 테다. 그러던 어느 날, 술에 취한 두 사람은 충동적으로 섹스를 한다. 쾌감에 사로잡힌 두 사람은 갈수록 그 일에 빠져든다.

이후, 브로크백 마운틴은 완벽하게 두 사람만 존재하는 환상의 공간으로 변해간다. 두 사람은 "평범한 일상사에서 벗어난, 캄캄한 밤에 짖어대는 목장 개들의 울음소리에서 멀어진, 다른 세상에 있는 느낌"을 받는다. 둘의 사랑은 목장 개가 상징하는 카우보이 정체성을 녹인다. 그러나 두 사람의 이성은 아직 이를 받아들이지 못한다. 결국, 잭과 에니스는 자신들 감정을 정의할 마땅한 단어를 찾지 못한다. 에니스가 "나 동성애자 아니야"라고 내뱉자, 잭이 "나도 아니거든. 이번 한 번뿐이야. 누구도 상관없는 우리 둘만의 일이야" 하고 받아친 게 전부일 뿐이다.

가을이 다가오면서 두 사람은 양 떼를 몰고 산에서 내려온다. "머리를 거꾸로 처박고 되돌릴 수 없는 나락으로 곤두박질치는 듯한 느낌"이 그들을 사로잡지만, 무시한 채 각자 제 갈 길로 간다. 헤어진 지 얼마 안 되어 에니스는 "누군가가 두 손을 번갈아가며 그의 오장육부를 한 번에 1미터씩 끄집어내는 것같은 통증"을 느낀다.

헤어진 두 사람은 '평범한' 결혼 생활을 이어간다. 앨마 비어스와 결혼해서 두 아이를 낳은 에니스는 카우보이 일자리를 얻어서 근근이 살아간다. 텍사스로 넘어간 잭은 로데오 선수가 되어 농기계 사업을 하는 부유한 집안 딸인 루린을 만나 가정을 꾸렸다. 네 해 후, 존이 갑자기 연락해 와서 만난 두 사람은 서로의 감정을 확실히 알아챘다.

에니스는 트럭에서 내리는 잭을 보았다. 뜨거운 동요가 들끓어 오른 에니스는 바깥 계단으로 나가 등 뒤로 현관문을 닫았다. 잭이 두 계단씩 펄쩍 뛰어 단숨에 위로 올라왔다. 그들은 서로 어깨를 부여잡고 열렬히 껴안았고, 서로의 숨을 쥐어짜며, 이 개자식, 이 개자식, 하고 말했고, 곧이어 딱 맞는 열쇠 구멍을 만난 것처럼 너무도 자연스럽게 두 사람의 입이 맞닿았는데, 그 움직임이 어찌나 격렬했던지, 잭의 커다란 이 때문에 피가 났고, 그의 모자는 바닥으로 떨어졌고, 까칠한 수염이 뺨을 비볐고, 축축한 침이 절로 흘러나왔다. (중략) 그들은 계속해서 가슴과 사타구니와 허벅지와 다리가 맞닿도록 서로의 발끝을 밟은 채 부둥켜안고 있다가 숨이 막힐 것 같은 순간이 되어서야 비로소 서로 떨어졌다. 그리고 애정 표현에는 영 소질이 없는 에니스가 그의 말과 딸들한테나 하는 말을 그를 향해 했다. 내 사랑.

마침표 없이 길게 이어지는 이 묘사는 두 사람의 넘쳐나는 격정을 선명히 드러낸다. 사랑이란 본래 단 한 순간이고, 숨이 닿는 한 영원히 이어지는 게 아닌가. 프루는 쉼표로 문장을 거듭해서 이어가면서, 창으로 앨마가 내다보는지도 모르고 사랑의 문체를 이룩한다.

오랜만에 관계를 한 후, 잭은 "브로크백 마운틴에 있을 때 정말 좋았다"라면서 "앞으로 어떻게 해야 할지 방법"을 찾아보자고 말한다. 그러나 이성애적 가부장제에 얽매인 현실은 너무나 냉혹하다. 두려움에 떨면서 에니스는 간신히 입을 연다. "너랑 내가 둘이 보통 사람처럼 사는 건 불가능해. 만약 우리가 그때 거기서 했던 대로…… 또 했다가는…… 우리 둘 다 그대로 죽은 목숨이야." 두 아이와 아내가 있는 현실, 동성애자에 대한 사회적 편견은 말줄임표가 연속해서 이어지는 망설임의 문체로 나타난다.

잭은 루린과 헤어지는 대가로 장인한테 돈을 챙겨 올 테니 둘이 같이 목장을 차리자고 말한다. 그러나 에니스는 자기 처지가 간단히 벗어날 수 있는 게 아니라면서 단박에 거부한다. 특히, 그한테는 트라우마가 있다. 아홉 살 때 목장을 하면서 같이 살던 두 남자 중 하나가 마을에서 린치를 당한 채 용수로에서 죽은 채로 발견된 시체를 본 경험이다.

사람들이, 타이어를 떼어내는 지렛대 있지? 그걸 가져다가 두들겨 팬 다음에 거시기가 빠질 때까지 그걸 꽂아서 질질 끌고 다녔어. 그냥 피범벅 죽사발이었지. 온몸에는 불탄 토마토 같은 지렛대 자국으로 가득한 데다, 코는 떨어져서 자갈밭에 나뒹굴었어.

에니스의 아버지는 일부러 어린 그를 데려가서 이를 지켜보게 한다. 그로써 에니스는 이성애적 마초 문화를 내면화하게 된다. 타자의 삶을 그 자체로 받아들이지 못한 채 잔혹한 폭력을 행사하는 문화는 미국 서부에 너무나 만연한다. 이는 끝내 에니스와 잭을 비극적 파멸로 몰아간다.

두 사람은 한 해 한두 번씩 낚시 여행을 가면서 밀회를 나눈다. 안정적 직장을 거부한 채 자유롭게 살고 싶어 하는 에니스의 생활방식과 일탈행동을 견디다 못한 앨마는 끝내 그에게 이혼을 요구한다. 이후 스무 해 동안 잭과 에니스는 와이오밍 이곳저곳을 돌아다니면서 관계를 이어간다. 그러던 어느 날 분란이 찾아온다. 8월에 만날 수 없다는 말을 들은 잭은 멕시코에 가서 같이 살자고 조르지만, 어떻게든 딸들을 책임지고 싶어 하는 에니스는 이를 거부한다.

잭, 난 일을 해야 해. 예전에야 그때그때 일을 그만두고 나오는 게 가능했지. 넌 돈 많은 마누라에 좋은 직업도 있으니까 돈 없이 늘 굶주리는 게 어떤 건지 잊었겠지만, 혹시 양육비라는 거 들어본 적 있어? 몇 년째 계속해서 내는 중인데, 아직도 끝이 안 났어. 있지, 나 이번 일은 그만둘 수가 없어. 원한다고 아무 때나 시간을 낼 수도 없고, 이번 휴가도 내느라 얼마나 힘들었는지 몰라.

그러자 말다툼을 하던 잭은 에니스에게 통첩하듯 최후로 말한다.

너도 알잖아. 우리 함께 잘살 수 있었어. 진짜 좆나게 끝내주는 일생을 함께 살 수 있었다고. 그런데 에니스, 그거 네가 거절했잖아. 그 후에 우리한테 남은 건 브로크백 마운틴, 그게 다야. 모든 게 다 그곳에 멈춰 있다고. 우리한테 남은 건 그것뿐이야.

두 사람의 욕망은 다르다. 에니스는 이따금 성적 만남을 나누는 것으로 충분하나, 잭은 부부처럼 함께 살면서 인생을 나누기를 바란다. 그래서 "우리한테 남은 건 브로크백

마운틴"뿐이라고 잭은 소리친다. 잭의 기억 속에서 에니스
는 단 한 차례 그에게 깊은 애정을 표현했다.

　잭 안에 굳게 자리 잡은, 너무도 갈망하는 기억이 하나
있다면, 까마득한 그해 여름 브로크백 마운틴에서 에니스가
가만히 등 뒤로 다가와 그를 끌어안던 그 순간이었다. 욕망
을 초월해 서로 간에 공유된, 허기짐을 채워주었던 그 침묵
속 포옹.

　잭은 이 몽환적 포옹, 그 마법 같은 행복의 결정체를 항
상 느끼고 살고 싶다. 그러나 현실은 냉혹할 뿐이다. 잭의 말
에 에니스는 큰 충격을 받고 무릎을 꿇고 주저앉지만, 곧바
로 일어서서 "거의 예전과 같은 상태"로 돌아간다. "결국, 아
무것도 없었다. 끝난 것도, 새로 시작된 것도, 해결된 것도."
동성애자를 절대 용인하지 않는 이성애적 사회 속에서 두
사람이 함께할 자리는 없는 것이다. 자연 속에서 그들은 다
른 사람들 시선에서 벗어나 마음 놓고 사랑을 나눈다. 그러
나 인간 사회로 돌아오면 그들은 곳곳에 그물망처럼 드리운
사람들 시선에 포획당해 한순간도 자유롭게 사랑을 표현하
지 못한다. 브로크백 마운틴에서조차 감독관 조 아귀레가
큰 망원경으로 그들을 지켜볼 정도다.

　헤어진 지 몇 달 후, 에니스는 잭의 사망 통보를 받는다.
타이어를 교체하다가 잭이 사고로 죽었다는 것이다. "타이

어 지렛대였을지 아니면 진짜 사고였을지" 의문스러운 상태에서 에니스는 잭이 평소에 유골을 브로크백 마운틴에 뿌려달라고 했다는 이야기를 전해 듣는다. 잭의 유언을 들어주기 위해 에니스는 유골이 있는 그의 고향 집을 찾아간다.

외딴 시골에 있는 농장을 찾은 에니스는 잭의 아버지로부터 "텍사스 자기 집 근처에서 목장을 하는 이웃"을 데리고 오겠다고 했다는 말을 듣는다. 그 말을 들은 그는 잭이 동성애 혐오자들에게 타이어 지렛대로 살해당했음을 알아챈다. 잭의 방에서 하룻밤을 묵은 에니스는 옷장 안에서 "브로크백 마운틴에서 잭이 입었던 낡은 셔츠"를 발견한다. 그 셔츠 안에는 다른 셔츠가 소매에 맞춰 가지런히 포개진 채 있었다. "한 쌍의 피부처럼, 나란히 포개져, 둘이 하나 된 것처럼" 되어 있는 상태였다. 겹친 셔츠는 스무 해 전 두 사람이 산 위에서 포옹을 나누던 장면을 재현한 상징과도 같다. 잭의 체취를 맡으려고 코를 파묻었으나, "실재하는 냄새는 없었다. 남은 건 오로지 그 냄새의 기억뿐이었다."

이 작품은 서부 중의 서부에 해당하는 지역, 미국 서부 서사의 에덴에 해당하는 와이오밍을 퀴어의 성지로 만든다. 에니스와 잭은 전혀 영웅답지 않다. 서부극 속의 영웅들과 달리 그들은 현실의 억압과 제약을 뛰어넘지 못한 채 실패하고 패배한다. 그들의 인생은 장엄하고 화려하기보다 지질하고 비루하다. 여기에는 어떠한 영웅성도 없다. 그러나 패배의 기억조차 아름답지 않은 건 아니다.

잭의 아버지는 브로크백 마운틴에 유골을 뿌려주겠다는 에니스의 제안을 거부하고, 그를 가족묘에 묻는다. 잭은 죽어서까지 이성애적 가부장제에서 끝내 벗어나지 못한 것이다. 몰래 셔츠만 챙겨 돌아온 에니스는 브로크백 마운틴 엽서 사진을 한 장 사서 자신이 사는 트레일러 벽에 붙인 후, 그 밑에 셔츠를 걸어둔 채 눈물을 흘리면서 신음하듯 말한다. "잭, 맹세할게……."

도대체 무엇을 맹세한 것일까. 인생의 고통을 차분하고 고요하게 참고 견디면서 기억해 기리는 일일 거다. 현실의 잭은 곁에 없으나, 벽에 셔츠를 걸어둔 후 에니스는 밤마다 잭을 만나서 쓰라린 슬픔과 함께 더없는 기쁨을 경험한다. 에니스는 말한다.

그가 아는 것과 믿으려 하는 것 사이에는 약간의 간극이 있었다. 그러나 그에 대해 할 수 있는 건 아무것도 없었다. 그리고 고칠 수 없는 일이라면 견디는 수밖에 없는 법이다.

이것이 새로운 서부 신화다. 인간이 영웅처럼 행세하는 낡은 서부 신화와 반대로, 프루의 서부 신화 속 인물들은 고통을 받아들이면서 묵묵히 견딜 뿐이다. 그들이 생산하는 것은 현실의 업적이 아니라 기억의 서사이다. "모두가 덧없는 하루살이"에 지나지 않으며, "사람이 만든 것은 뭐든 유한의 시간 동안만 머물렀다 사라질 뿐"(「지옥에선 모두 한 잔의 물을 구할 뿐」 중에서)이다. 던마이어의 농장도, 틴슬리의 텃밭도, 시간의 거센 바람 속에서 흔적도 없이 소멸한다. 그러나 이야기는 우리 안에 끈질기게 살아남는다. 하나의 신성 모독과 같은 이 작품 이후, 던마이어의 서부극은 이슬처럼 스러지고, 퀴어의 서부극이 와이오밍의 황량한 대지에 뿌리를 내린다. 문학은 힘이 없지만 항상 현실보다 오래간다. 애니 프루의 『브로크백 마운틴』은 이 엄연한 사실을 우리에게 알려준다.

연주하는 것은
내 작은 심장 조각

파스칼 키냐르Pascal Quignard

『세상의 모든 아침Tous Les Matin Du Monde』(1991)

파스칼 키냐르의 『세상의 모든 아침』(1991)은 17세기 프랑스의 전설적 음악가 생트 콜롱브의 삶을 다룬 예술가 소설이다. 콜롱브는 지금은 널리 연주되지 않는 악기인 비올라 다 감바의 연주자이자 작곡가로 유명했다. 이 작품에서 키냐르는 주인공 콜롱브의 입을 빌려서 독자들에게 음악의 본질에 관한 심오한 화두를 건넨다.

음악은 침묵이 아니네. 음악의 소리는 침묵을 끊지 않는 소리 아닌가.

소리는 침묵의 부재이므로, 음악은 본래 침묵을 부정하고 파괴한다. 그러나 콜롱브는 악기에서 울려 나는 음악의 가는 선율에 침묵이 깃들어 있다고 느낀다. 음악은 침묵이 아니나, 그 안엔 침묵이 감돌고 있다. 음악이 내는 소리엔 음표의 언어를 넘어서는 여백의 언어, 그래서 마치 침묵처럼 들리는 소리가 흘러나온다.

좋은 음악가는 침묵을 연주할 줄 안다. "연주해야 하는 것은, 악보의 음표나 작품의 정신이 아니라 작곡가의 영혼을 움켜쥐고 있는 힘, 그 발굴되어야만 하는 힘이다."(『은밀한 생』) 훌륭한 청중은 침묵을 들을 줄 안다. "나는 언어 이전부터 존재한, 떠나지 않고 맴도는 소리를 찾는다."(『음악 혐오』) 음악가가 들리는 소리보다 안 들리는 소리를 더 크게 연주할 수 있고, 청중이 소리 저편에 감춰진 음률에 영혼의 주파수를 맞출 수 있을 때, 비로소 그 침묵의 음악은 존재한다. 같은 악곡을 연주해도 연주자에 따라서, 또는 청중에 따라서 '침묵을 끊지 않는 소리'는 들릴 수도, 안 들릴 수도 있다.

이 신비한 음악을 어떻게 만들고 연주하며, 가르치고 배울 수 있을까. 『세상의 모든 아침』은 17세기 프랑스 바로크 시대를 배경으로 생트 콜롱브와 그 제자 마랭 마레의 이야기를 통해 이 심오한 질문을 우리에게 던진다.

파스칼 키냐르는 1948년 프랑스 노르망디 지방에서 태어났다. 아버지는 연주자였고, 어머니는 언어학자였다. 대대로 음악가를 배출한 명문가 출신답게 키냐르는 어려서부터 음악을 배웠고, 바이올린과 첼로 연주자, 오페라 작곡가, 프랑스 국립 콘서트 단장 등 음악가로 세상에 첫발을 디뎠다.

키냐르는 침묵에 익숙했다. 어릴 때 자폐증과 실어증을 앓았기 때문이다.

『혀끝에서 맴도는 이름』(1993)에서 키냐르는 말했다. "나는 생존을 위해서 글을 썼다. 내가 글을 썼던 이유는 글만이 침묵을 지키며 말할 수 있는 유일한 방식이었기 때문이다." 그에게 악기를 연주하고 글을 쓰는 일은 소리와 문자를 통해 침묵을 담아내는 일이었다. 오은 시인에 따르면, 키냐르는 "말을 '연주하고' 음악을 '쓰는' 것" 같은 독특한 작품을 발표했다.

음악 활동과 문학 활동을 병행하던 키냐르는 1994년부터 은둔해 문학에만 전념한다. 1996년 급성 폐출혈로 죽을 뻔한 체험 이후, 그의 글쓰기 스타일엔 큰 변화가 나타난다. 『은밀한 생』(2000)을 발표하면서부터 전통적 이야기 양식을 버리고, 점차 소설, 시, 우화, 잠언, 역사 자료 등이 뒤얽힌 산문시 형태의 독특한 작품을 내놓기 시작한 것이다. 『세상의 모든 아침』은 변화 이전에 쓰인 작품으로, 그의 전반기 문학을 대표하는 작품이다. 키냐르는 이야기했다.

1989년 나는 잘 알려지지 않은 어느 음악가의 생애를 이야기할 마음이 생겼다. 그는 1680년대에 무척 아름다운 비올라 다 감바 이중주곡을 작곡한 음악가로, 이름은 생트 콜롱브였다. 하지만 알려지지 않은 생애는 신열에 시달리면서 내가 지어낸 것이다. (『우리가 사랑했던 정원에서』(2017) 중

에서)

작품의 주인공 콜롱브가 다루는 악기는 비올라 다 감
바viola da gamba(비올)이다. 이 악기는 16~18세기에 유럽에
서 널리 사용된 저음 현악기로, '다리 사이에 놓고 연주하
는 비올라'라는 뜻이다. 이 악기는 첼로의 전신으로 흔히
알려져 있다. 작품은 실존했던 비올의 두 거장 생트 콜롱브
와 그 제자 마랭 마레의 일화를 통해 '음악의 본질'을 파고
들어 간다.

평생 은둔 장인으로 살았던 콜롱브의 삶은 거의 전해
지지 않는다. 다섯 가지 전설 같은 일화만 기록으로 남았을
뿐이다. 그는 뽕나무 위에 오두막을 짓고 올라가 비올을 연
습했고, 본래 6현인 비올에 7번째 현을 붙여 낮은음을 강
화했다고 한다. 또한 궁정 음악가 자리를 거부한 채 집에 머
무르면서 두 딸과 악기를 연주했으며, 아름다운 음악을 지
었으나 그 악보를 남기지 않았다. 오두막에서 흘러나오는
음악을 훔쳐 들은 제자 마랭 마레는 당대 제일의 궁정 음악
가가 되었다.

키냐르는 이 일화들을 모은 후, 모두 27장으로 이루어
진 장편 서사로 고쳐 쓴다. 작품에서 콜롱브는 아내가 죽은
후 은둔자의 삶을 택해 오직 딸들을 위해서만 연주하면서
평생 음악에만 몰두한다. 반면에 그의 제자 마레는 루이 14
세 시절 베르사유 궁정 음악가로 나아가 이름을 날린다. 소

설은 두 사람의 갈등과 대립, 분열과 화해의 과정을 시적 문
체로 밀도 높게 그려낸다. 이는 자연스레 알렉산드르 푸시
킨의 「모차르트와 살리에리」를 떠올리게 한다. 모차르트와
살리에리처럼, 콜롱브와 마레 역시 그 추구가 완전히 다른
예술가였기 때문이다. 작품은 콜롱브의 아내가 죽으면서 시
작한다.

1650년 봄, 생트 콜롱브 부인이 죽었다. 부인은 두 살과
여섯 살 난 두 딸아이를 남겼다. 생트 콜롱브 씨는 아내의
죽음이 사무쳤다. 그는 아내를 무척 사랑했다. 그가 「회한의
무덤」을 작곡한 것은 아내의 죽음 때문이었다.

이 사무치는 회한은 친구를 챙기느라 그가 미처 아내의
임종을 지키지 못한 데에서 연유했다. 죽은 자에겐 사과할
수 없으니 이후 콜롱브의 삶은 지옥이 된다. 아내의 그림자
를 놓지 못한 채 평생 자책과 후회 속에 살아가게 된 것이
다. 콜롱브는 비에브르강이 내려다보이는 정원 딸린 집에서
좀처럼 떠나지 못한다. 아내에 대한 못다 한 애정은 두 딸에
게 고스란히 바쳐진다. 그는 두 딸과 함께 살아가면서 뽕나
무 위 오두막을 짓고, 그 안에서 하루 열다섯 시간씩 비올
연주에만 몰두한다.

뽕나무 위에서, 버드나무를 앞에 둔 채, 머리를 꼿꼿이

세우고, 입술을 꽉 다물고, 상체는 악기에 숙이고, 손은 금속 지판 위에서 노닐며 숱한 연습을 통해 실기에 완벽을 기했다. 선율이, 혹은 탄식이 그의 손가락 아래에서 흘러나왔다.

땅에서 떨어져 있는 이 오두막은 은둔과 고립의 공간인 동시에 아내의 죽음을 되돌리려 하는 분투의 장소이다. 그리스 신화의 오르페우스가 리라를 뜯어 저승에서 아내 에우리디케를 돌려받으려 했던 것처럼, 아내의 죽음을 받아들일 수 없는 콜롱브의 마음은 그를 음악으로 몰아넣는다. 마음에 고인 깊은 슬픔을 표현하기 위해 그는 갖은 노력을 다한다. 무게 있고 우울한 소리를 낼 수 있게 비올을 개량하고, 새로운 연주기법을 고안하며, 탁월한 기교들을 창조한다.

음악에 빠질수록 콜롱브는 점차 언어를 잃어갔다. 사람들과 어울리고 대화하는 일에서 기쁨을 얻지 못했다. 언어론 침묵의 왕국에 영영 갇혀버린 아내에게 자기 마음을 전할 수 없었기 때문이다. "과묵한 전례는 기도보다 더 강력하고, 더 효과적이고, 더 매력적"(『우리가 사랑했던 정원에서』)이다. 이에 그는 침묵을 끊지 않는 소리인 음악을 통해서만 마음을 표현했고, 결국 비올라 다 감바 연주에 "인간 목소리의 모든 굴곡을 담아내는 경지"에 이르렀다.

딸들이 자라자 콜롱브는 두 딸에게도 비올 연주를 가르쳤다. 아버지와 두 딸이 연주하는 비올 3중주는 너무나 아름다워서 금세 세상에 이름을 알렸다. 그 소식을 들은 루이

14세는 사신을 보내 콜롱브를 궁정 음악가로 초대하려 한다. 그러나 조용한 시골 마을에서 오직 아내를 위해서만 연주하기를 원했던 콜롱브는 이를 두 차례나 거부한다.

이보시오, 나는 내 인생을 뽕나무 회색 나무판자에 맡겼소. 비올라 다 감바 7현의 소리와 내 두 딸아이에게 맡겼소. 추억이 내 친구들이오, 버드나무가 있고, 강물이 흐르고, 잉어와 모샘치가 뛰어놀고, 딱총나무꽃들이 피어 있는 곳이 내 궁이오.

콜롱브는 "오로지 나 자신에게만 소속"될 것을 선언한다. 이로써 콜롱브의 음악은 세상 모든 걸 다 가진 '태양왕' 루이 14세의 유일한 결핍이 된다. 콜롱브에게서 예술의 길과 권력의 길은 영원히 갈라서 있다. 이쪽을 택하면, 저쪽은 갈 수 없는 길이 된다. 음악의 신은 질투가 심해서 명예나 권력과 어울리면 곧 그의 손길에서 솜씨를 앗아가 버린다.

콜롱브는 심지어 자신이 작곡한 음악의 출판이나 완성도 거부한다. 그에게 음악은 '즉흥의 표현', 즉 자연의 아름다움처럼 그 순간이 지나면 다시는 재현할 수 없는 것이었다. "아, 그게 무슨 말인가. 나는 작곡을 하지 않네. 난 절대 악보를 쓰지 않아. 내가 가끔 하나의 이름과 기쁨을 추억하며 지어내는 것은 물, 물풀, 쑥, 살아 있는 작은 송충이 같은 현물일세. 활을 켤 때 내가 찢는 것은 살아 있는 내 작은 심장 조각이네." 물질적 형태나 집착으로부터 음악을 해방하자, 불현듯 죽음의 강물을 건너서 아내가 찾아온다.

음이 서서히 올라갈 때 문 옆에 매우 창백한 여인이 나타났다. 아내였다. 그녀의 눈에서 눈물이 흘러내렸다. 그가 한 곡을 마치고 고개를 들었을 때 그녀는 더 이상 거기 없었다. 그는 비올라 다 감바를 놓았다. 포도주 항아리 옆에 있는 주석 접시를 향해 손을 뻗는 순간, 그는 포도주잔이 반쯤 비었고, 그 옆에 있던 고프레가 반쯤 갉아먹힌 것을 보았다.

광기인지, 기적인지 알 수 없는 몽롱한 상태에서 콜롱브는 여러 번 아내를 만난다. 악기가 연주되는 동안에만 아내는 존재한다. 비올 소리는 죽은 아내를 존재하게 하되 아내의 "침묵을 끊지 않는 소리"일 테다. 이로써 콜롱브는 음악으로써 죽음을 이겨낸 바로크 시대의 오르페우스가 된다.

비올라 다 감바를 가르쳐달라면서 콜롱브를 찾아온 청년 마레 역시 결핍의 존재다. 그는 여섯 살에 왕이 관할하는 성당의 성가대원으로 발탁되었다. 미래가 창창하던 그는 변성기 때 목을 다쳐 목소리를 잃어버린다. 좌절한 그의 앞길에 남은 건 아버지에게 돌아가 갖바치로 사는 것이다. 그러나 콜롱브의 이야기를 들은 마레는 고향으로 찾아가는 대신 콜롱브를 찾아간다. "아이 목소리, 여자 목소리, 갈라지고 무거워진 사내 목소리 등 인간의 모든 목소리를 낼 수 있는 나무 악기"인 비올 연주를 배우기 위해서다. 그러나 콜롱브는 마레의 연주를 한차례 듣고 이렇게 말한다.

자네는 몸의 자세를 아네. 연주에 감정도 부족하지 않고. 가볍게 활을 놀리고 잘도 퉁기지. 꾸밈음은 기막히고 때론 매력적이지. 하지만 난 음악을 듣지 못했네. 자네는 춤추는 사람들이 춤추게 도와줄 수는 있네. 무대에서 노래하는 배우들의 반주는 할 수 있겠지. 자네 벌이는 할 걸세. 음악에 둘러싸여 있겠지만, 그러나 음악가는 아니네.

악기를 멋들어지게 연주할 줄 안다고 모두 음악가는 아니다. 음악가는 기교를 자랑하는 사람이 아니라 '음악'을 들려주는 사람이기 때문이다. 훌륭한 기량에도 마레는 음악을 음악 자체로 대하지 못하고, 갖바치 신분을 벗어나게 해줄 출세 도구로만 생각한다. 그 속내를 꿰뚫어 보고, 콜롱브는 그를 내치려 한다. 그러나 그는 마레의 죽어버린 마음은 한눈에 알아도, 두 딸의 생생한 욕망은 오래 곁에 두고도 모른다. 두 딸을 독립적 주체로 인식하지 못하고, 단지 아내의 그림자나 환영으로만 여기기 때문이다. 마레에게 호기심을 느낀 딸들은 간청한다. 그 말에 못 이겨 콜롱브는 마레에게 다시 자작곡 연주 기회를 준다. 연주를 듣고 콜롱브는 말한다.

느끼는 심장이 있는가? 생각하는 뇌가 있는가? 춤을 추게 하기 위한 것도, 왕의 귀를 즐겁게 하기 위한 것도 아닐 때 어떤 소리를 내야 하는지 아는가? 그런데 자네의 망가진 목소리가 나를 감동시켰네. 자네의 고통 때문에 받아들였지, 자네 기교 때문이 아닐세.

콜롱브가 마레를 제자로 받아들인 이유는 망가진 목소리, 즉 그의 고통 때문이었다. 콜롱브는 제자로 들인 마레에게 비올라 다 감바의 연주 기교를 가르치지 않는다. 그 대신 그는 마레가 자기 고통에 걸맞은 소리를 스스로 찾아낼 수 있도록 이끈다. 자연의 소리, 일상의 소리를 경청하고, 이를 음악으로 표현하는 법을 가르친다.

바람이 휙휙 소리를 냈다. 그들 발바닥 밑에서 얼어붙은 땅이 빠지직 소리를 냈다. (중략) 그들은 두 눈을 강타하는 바람을 헤치며 앞으로 난 길을 향해 상체를 구부리고 시끄럽게 걸어갔다. "들리나!" 스승이 외쳤다. "아리아가 저음에서 어떻게 나오는지?" (중략) "보쟁 씨의 붓 소리를 들어보게나." 그들은 눈을 감고 붓질 소리를 들었다. 불쑥 생트 콜롱브 씨가 말했다. "자넨 활 기술을 배운 거네."

콜롱브에 따르면, 눈바람 소리에는 아리아의 저음이, 화가의 붓질 소리에는 활 기술이, 눈 위에 소년이 오줌 누는 소리엔 '꾸밈음 스타카토'이나 '반음계 하강음'이 존재한다. 그에게 음악은 자연에서, 일상에서 나오는 것이다. 자연의 소리가 모두 음악이다. 이를 온몸으로 흠뻑 느끼고 적절히 악기로 옮기면 음악이 되고 연주가 된다. 따라서 따로 연주법을 배울 필요가 없다. 더욱이 마레는 이미 기교면에서는 궁정 악사 수준으로 완성되어 있지 않은가.

그러나 마레는 스승의 가르침을 전혀 이해하지 못한다. 비올 연주를 배워서 한시라도 빨리 궁정으로 복귀하고 싶었기 때문이다. 마음이 급해진 마레는 왕이 부르자, 스승의 허락도 없이 베르사유 궁전으로 찾아간다. 마레가 왕에게 비올 연주를 들려준 후 돌아오자, 콜롱브는 마레를 내쫓으려고 한다. 그러자 큰딸 마들렌이 그를 사랑한다면서 울부짖는다. 콜롱브는 말한다.

고통으로 울부짖는 내 딸의 오열을 들어보게. 자네의 기교에 찬 음계보다 더 음악에 가깝지 않은가. 자넨 아주 작은 음악가라네. 자두, 아니 풍뎅이만 할까. 베르사유에서 연주하는 건 퐁뇌프에서 연주하는 거나 마찬가지네. 술이나 마시라고 사람들이 동전은 던져주겠지.

두 사람의 대립과 갈등은 갈수록 심해진다. 스무 살이 된 마레는 왕실 음악가로 입궁하겠다면서, 콜롱브에게 마들렌과 결혼하고 싶다고 이야기한다. 그러자 콜롱브는 다시는 그를 보지 않겠다고 통보한다. 마레에게 예술은 "눈에 보이는 왕을 즐겁게 하는" 출세 도구이다. 콜롱브에게 예술은 "손으로 눈에 보이지 않는 것", 즉 죽은 아내를 되살리는 일이다. 마레에게 연주는 현란한 운지법과 꾸밈음이 들어간 "기교로 가득한 곡을 발표"하는 일이다. 콜롱브에게 연주는 "활을 켤 때"마다 "살아 있는 내 작은 심장 조각"을 찢어서 조금씩 내놓으면서 "운명을 완성하는 일"이다.

음악을 해서 명예를 얻고 숭배자를 늘리고 싶은 마레에게 악보 출판은 가장 중요한 음악 행위이다. 그러나 순간의 음악을 즐기는 콜롱브에게 악보는 아무 가치도 없다. 콜롱브에게 음악은 만질 수 없는 것을 만지는 일이고, 들을 수 없는 것을 듣는 일이며, 소리를 통해서 침묵 너머 존재를 불러들이는 일이다. 그가 바란 대로 음악은 저승까지 콜롱브의 사랑을 실어 나른다. "바람이 되면 고통이 없을 거라고 생각해요? 가끔 이 바람은 우리에게까지 약간의 음악 조각을 실어 나른답니다. 가끔 빛은 당신의 눈빛에까지 우리 모습의 조각들을 던진답니다."

콜롱브와 결별한 마레는 마들렌을 스승 삼아 비올 연주를 배운다. 그녀는 "마레 앞에서 그의 손을 지판에 올리고, 악기를 장딴지 사이에 놓고 앞으로 밀어내는 법이며, 오른팔 위쪽과 팔꿈치를 써서 활을 움직이는 법을 가르쳐주었다. 그렇게 그들은 몸과 몸이 닿았다. 그리고 그늘진 구석에서 사랑을 나누었다."

연인의 애정을 얻는 대가로 연주법을 가르치는 이 사랑은 절대 오래갈 순 없다. 언젠가 가르칠 것이 떨어지기 때문이고, 영혼과 달리 육체란 쉽게 싫증 나기 때문이다. 마들렌과 사랑을 나누는 도중, 마레는 파렴치한 짓을 저지른다. 마들렌의 여동생 투아네트가 유혹하자 기꺼이 그에 넘어간다. 마레는 음악과 마찬가지로 사랑 역시 그 자체로 받아들이지 못하고 '무엇을 위해' 행한다. 결국 마레는 임신한 마들렌을 버리고 '출세를 위해' 다른 여자를 택한다.

당신의 눈물은 부드럽고 아직도 내 마음은 흔들리오. 그러나 꿈속에서 나는 그대의 젖가슴을 그리지 않으니 당신을 떠나겠소. 나는 다른 얼굴들을 보았소. 우리 가슴은 굶주렸소. 우리 정신은 휴식을 모르오. 삶은 맹렬할수록, 굶주릴수록 아름답소.

마레는 마들렌을 버리고 궁정으로 들어가서 출세 가도를 달린다. 그러나 마들렌은 버림받은 충격에 죽은 아기를 낳고, 병에 걸려 비쩍비쩍 말라간다. 병이 깊어진 마들렌은 마레의 「꿈꾸는 여인」을 듣고 싶다고 말한다. 이 곡은 마레가 그녀를 위해 작곡한 것이다. 투아네트의 부탁을 받은 마레는 그녀 앞에서 「꿈꾸는 여인」을 연주한다. 그러자 마들렌은 타오르는 눈빛으로 "연주하는 그의 몸을 하나하나 뜯어본다." 이 곡이 자신을 위해 작곡한 곡이 아님을 순간적으로 느낀 것이다. 마레는 "갖바치가 되고 싶지 않았을 뿐"이라는 말을 남기고 돌아간다. 절망한 마들렌은 예전에 마레가 선물로 준 노란 신발 끈으로 목매어 죽는다. 사랑에 눈멀어 모든 걸 바쳤던 한 순수한 영혼의 종말이었다.

아내의 환영도 희미해지고 사랑하던 딸마저 죽어버리자 콜롱브는 비올을 연주할 수 없게 된다. 들려줄 사람이 없는 연주는 무의미하기 때문이다. 궁정 음악가로 출세한 마레는 아직 배우지 못한 스승의 음악이 이대로 사라지는 게 아쉬웠다. 그래서 저녁이면 그는 오두막으로 찾아와 몰래 콜롱브의 연주를 기다린다.

세 해가 흐른 후, 죽음이 가까워진 콜롱브는 문득 비올 연주를 시작한다. 딸들과 함께 연주했던 곡 「샤콘 뒤부아」였다. 그러다가 혼잣말을 한다. "아, 만일 나 말고 음악을 아는 누군가가, 살아 있는 누군가가 이 세상에 있다면! 우리가 화답할 텐데. 그에게 맡기면 나는 죽을 수 있을 텐데." 콜롱브는 자신의 음악을 전해줄 사람을 아직 두지 못한 아쉬움을 느낀다.

마레는 이 말을 엿듣고 무의식중에 오두막 문을 건드린다. 인기척을 느낀 콜롱브가 묻는다. "고요한 이 밤에 한숨 쉬는 자가 누구요?" "궁을 도망쳐서 음악을 찾는 이"라고 답한 마레는 음악에서 '회한과 눈물'을 찾고 있다고 이야기한다. 시간이 흐르면서 마레도 스승을 배신하고 연인을 버린 일을 후회하던 중이었다. 이렇게 스승의 '회한'과 제자의

'회한'이 만나면서 두 사람은 극적으로 화해한다.

마레가 '마지막 수업'을 부탁하자, 콜롱브는 '첫 수업'을 베풀겠다고 말한다. 콜롱브에게 음악은 무언가를 위해서 존재하지 않는다. 왕을 위해, 신을 위해, 부를 위해, 명성을 위해, 사랑을 위해서 존재하지 않는다. 그러는 순간 연주자는 음악의 길에서 멀어진다. "음악은 말이 말할 수 없는 것을 말하기 위해서 그저 거기 있는 거라네. 그런 의미에서 음악은 반드시 인간의 것이라 할 수 없지." 언어가 가닿지 못한 자리에서 음악은 비로소 제 소리를 내기 시작한다.

언어가 버린 자들이 물 마시는 곳. 아이들의 그림자. 갓 바치의 망치질. 유아기 이전의 상태. 호흡 없이 있었을 때. 빛이 없었을 때.

일찍이 오르페우스가 죽음의 강물을 넘어서 음악을 실어 날랐듯이, 생트 콜롱브 역시 언어가 끊어진 저승까지, 더 나아가 세상이 아직 존재하기 전까지 소리를 배달한다. 저절로 되는 것은 아니다. 세속적 욕망을 멀리하는 절제된 삶, 악기를 개량하고, 연주법을 개발하며, 자기 심장 조각을 찢어가면서 하루 열다섯 시간씩 연습하는 헌신 없이 이룩할 수 있는 예술은 없다.

그러나 중요한 건 단련된 기교만은 아니다. 우리를 예술의 근원으로 이끌어가는 침묵의 소리다. 콜롱브가 보기에,

그 근원에는 상실과 결핍의 고통이 있다. 이 작품의 제목은 이를 잘 알려준다. "세상의 모든 아침은 다시 오지 않는다." 오늘 만난 아침을 두 번 다시 만날 수 없다면, 인간은 모두 콜롱브와 마찬가지로 잃어버린 자로서 살아가는 셈이다.

소설의 마지막 장면에서 스승과 제자는 오랜 갈등을 넘어서서 음악 속에서 하나가 된다. 콜롱브는 말한다. "자넨 방금 내 한숨 소리를 들었겠지? 나는 곧 죽네. 내 예술도 나와 함께. 죽은 자들을 깨울 하나, 아니 두 곡조를 자네에게 맡김세, 자!" 이로써 마레는 콜롱브를 처음 찾아올 때처럼 상실의 고통을 품은 자가 된다. 그리고 그 결핍을 채우기 위해서 스승과 마찬가지로 적확한 소리를 찾아서 노력할 것이다. 그리고 그 일을 다음 사람이, 그다음 사람이 이어갈 것이다. 예술은 죽음을 넘어 영원히 이어진다.

죽음이 웅웅대는
세계에서 살아남기

돈 드릴로^{Don DeLillo}

『화이트 노이즈^{White Noise}』(1984)

    돈 드릴로는 토머스 핀천, 필립 로스, 코맥 매카시 등과 함께 현대 미국 문학을 대표하는 작가이다. 1936년 뉴욕 브롱크스에서 태어난 그는 서른다섯 살 때인 1971년 『아메리카나』로 데뷔한 이후, 지금까지 50년 동안 현대인의 삶에 대한 날카로운 풍자, 예리한 비판, 깊은 통찰이 담긴 작품을 발표하면서 미국 도서상, 펜/포크너상 등 미국의 주요 문학상을 휩쓸었으며, 매년 노벨문학상 후보에도 오르고 있다.

    드릴로 작품의 배경은 과학기술이 압도하고 대중매체가 지배하는 현대 미국 사회이다. 신자유주의와 소비 자본주의가 결합한 이 사회는 소외와 불안, 폭력과 테러 등 수시로 인간을 실존적 위기 속으로 몰아넣는다. 그의 작품엔 물신주의와 소비주의에 빠져 자아를 상실한 채, 삶의 의미를 찾으려 분투하는 인물들, 불안과 공포 속에서 정신적 공황에 빠져 방황하는 인물들이 자주 등장한다.

초기에 드릴로는 복잡하고 파편화된 서술, 메타픽션적 장치, 비선형적 글쓰기 등 포스트모던 기법을 사용해서 소비주의, 기술 중독, 불안과 소외 등 인간 내적 문제를 주로 다루었다. 그러나 21세기에 들어 드릴로는 점차 핵전쟁, 9·11테러, 민주주의 와해 등 정신적 혼란 상태를 초래하는 정치적·사회적 사건들을 직접 다룬다. 그러면서 그의 소설 기법도 서서히 변화해 전통적인 사실주의 서사로 회귀한다.

『화이트 노이즈』(1985)는 출간 직후 미국 문학상을 받은 돈 드릴로의 출세작으로, 20세기 후반 미국 문학을 대표하는 작품에 속한다. 블랙 유머가 넘쳐나는 이 위대한 풍자 소설은 어처구니없는 재난에 휘말린 한 백인 중산층 가족의 눈을 통해서 과학기술의 역할과 의미, 현대 사회에 만연한 불안과 공포 등을 탐구한다.

'화이트 노이즈(백색 소음)'는 현대인의 삶을 온통 뒤덮은 배경음을 말한다. 본래 가전제품의 윙윙거리는 소리, 자동차 소리 등 우리가 별 의식 없이 듣곤 하는 온갖 소음이다. 그러나 이 작품에서 화이트 노이즈는 주로 텔레비전이나 라디오 등에서 흘러나오는 상업광고나 자극적 뉴스, 일상 곳곳에 넘치는 상업 제품 등을 상징한다. 이러한 미디어 포화로 인해 현대인들의 삶은 완전히 물신주의에 중독되어 있고, 소비문화에 빠져서 허우적댄다. 이 작품에서 드릴로는 한 평범한 중년 남자를 죽음의 공포 앞에 불러 세움으로써 인간 삶의 진정한 의미를 탐구한다.

　소설의 화자인 '나'는 잭 글래드니, 미국의 소도시 블랙스미스에 있는 칼리지온더힐 대학 히틀러 학과 학과장을 맡고 있다. 소설은 한 해 동안 그의 삶의 양태를 세밀히 좇아간다. 서술은 전반적으로 산만하기 그지없다. 드릴로가 사건 진행과 별 상관없는 잭의 시시콜콜한 일상과 무의미한 대화를 상세히 재현하는 데 상당한 노력을 기울이기 때문이다. 잭은 조용한 대학 도시인 블랙스미스에서 아내 버벳과 각자 이전 결혼에서 얻은 네 자녀와 함께 살아간다. 잭의 복잡한 가족관계는 수시로 끼어드는 광고와 함께 이야기의 전반적 혼란을 부추긴다. 이러한 산만함은 곧 현대인의 정체성 자체이기도 하다. 집중할 의미와 가치를 잃고 헛되이 방황하는 삶, 목표 없이 되는 대로 흘러가는 인생은 우리 자신의 내적 풍경을 보여준다.

　잭의 집엔 늘 텔레비전과 라디오가 켜져 있다. 이는 이 가족의 의식이 화이트 노이즈에 완전히 잠식되어 있음을 암시한다. 화이트 노이즈는 이들이 무시하고 자기 삶에 집중할 수 있도록 만들어주는 배경이 아니라, 차라리 이들의 삶을 안내하는 이정표, 아니 이들의 삶 자체이기도 하다. 잭의 동료 교수인 머리 시스킨드는 "텔레비전은 단순한 유흥거리를 넘어 미국을 이루는 가정의 핵심"이라고 말한다. 태어나자마자 우리는 텔레비전 앞에 누워 젖병을 빨면서 우리가 알아야 모든 것을 광고를 통해 배운다.

광고에는 "병적으로 두뇌를 마비시키는 섬뜩한 힘"이 있다. 화이트 노이즈는 우리가 나로서 살지 못하고 소비자라는 정체성으로 살아가도록 중독시키는 자본주의의 은유이다. 작가는 우리 삶에서 작동하는 화이트 노이즈의 힘을 보여주려고 작품 곳곳에 아무 맥락 없이 뉴스, 광고 등을 끼워 넣는다. 마치 우리 휴대전화에 수시로 뜨는 팝업창처럼 말이다.

드릴로에 따르면, 화이트 노이즈는 우리 삶을 안락하게 하는 편리함의 원천인 동시에 우리를 괴롭히는 불안의 근원이다. 끊임없는 정보와 제품 이미지의 폭격은 우리를 풍요의 환상에 빠뜨림으로써 소비에 중독시키고 인간관계를 파괴한다. 화이트 노이즈는 동시에 우리 영혼을 파고들어 자아를 약화하고 정신을 쇠퇴시킨다. 이 때문에 우리는 현대 사회의 모순과 갈등을 눈치채지 못한 채, 하루하루 허수아비로 살아간다.

화이트 노이즈는 현대 소비문화가 가져온 물질 소유와 소비에 대한 집착이 우리 삶에서 어떻게 작동하고, 무슨 결과를 낳는지를 선연히 보여주는 상징이다. 드릴로는 말한다.

현대인은 모두 화이트 노이즈 속에서 살고 있으며, 기술의 발전과 인간이 느끼는 원초적 공포 반응은 서로 관계가 있다고 느낀다.

작품은 모두 3부로 나뉘어 있다. 사건 배경에 해당하는 제1부 '파동과 방사'는 잭을 둘러싼 일상을 다룬다. 작품은 신학기 개학과 함께 학생들 물건을 가득 실은 스테이션왜건이 캠퍼스로 들어오는 장면에서 시작한다.

부모들은 눈부신 햇살을 받으며 자동차 곁에 선 채 사방에서 자신들 이미지를 본다. 충실하게 선탠한 몸들. 균형 잡힌 얼굴에 찡그린 표정들. 부모들은 재생의 기분을, 서로가 서로를 인정하는 기분을 느낀다. (중략) 스테이션왜건 모임은 부모들의 연례행사 가운데 공식 예배나 법규 이상으로, 그들이 비슷한 생각을 지닌 정신적 동류이며, 하나의 민족, 하나의 국민임을 일러주는 행사이다.

그야말로 자본주의적인 풍경이다. 차에 실린 다채로운 물건들, 햇볕에 그을린 몸과 날씬한 몸매 등 사람들은 인격이 아니라 온갖 물질적 기호로 자기를 과시한다. 그리고 사방을 둘러보면서 상대가 자신과 동류인지, 즉 하나의 민족, 하나의 국민인지를 눈치 본다. 미국 사회의 주류를 이루는 것은 이러한 속물적 인간들이다.

집에 돌아간 잭은 스테이션왜건 도착 장면을 아내 버벳에게 설명한다. 평범한 미국 중산층 주부인 버벳은 그 광경을 직접 보지 못한 걸 아쉬워한다. 그러다 불쑥 죽음 이야기를 꺼낸다. "여유 있는 사람들한테서 죽음이 어떤 것일지

상상하기 어려워. 아마 우리가 아는 그런 죽음은 없을 거야. 그냥 서류 주인이 바뀌는 거겠지." 이는 소설의 또 다른 탐구 주제가 죽음임을 우리에게 슬쩍 암시한다.

1968년에 잭은 '히틀러 연구'라는 학문을 창안했다. 학과장이라는 잭의 사회적 지위는 모두 이 사실로부터 나왔다. 그러나 잭은 사실 이 학문에 적합한 사람이 아니다. 독일어를 할 줄 모르기 때문이다. 이 때문에 잭은 자신이 부족하거나 무능하다고 여겨질지 걱정하고, 이를 숨기려고 항상 자신을 품위 있고 위엄 있어 보이는 옷차림으로 감싼다. 이처럼 자기 삶에 포장을 더해온 잭은 늘 불안하다. 대학에서 히틀러 학회가 예정되자 그는 비밀리에 독일어 과외를 받는다. 이러한 잭의 이중적 모습은 겉치레에 치중해서 진실을 잃고 살아가는 현대인의 자아상을 은유한다.

언론과 광고는 이러한 잭의 불안을 부추긴다. 다른 미국인들과 마찬가지로, 미디어가 끝없이 쏟아내는 건강 및 안전 관련 재난 소식에 중독돼 있다. 평소에 먹으려고 사는 온갖 식품 포장지에도 위험물질에 대한 경고가 넘쳐난다. 이러한 소식들은 그를 결국 죽음에 대한 불안과 공포에 빠뜨린다. 잭은 묻는다. "죽음보다 더 근본적인 것은 무엇인가?"

잭의 네 번째 아내 버벳은 전형적인 중산층 주부로, 물질적 소유에 집착하고, 삶의 공허함을 채우기 위해 끊임없이 물건을 구매한다. "이런 상품들이 우리 영혼의 아늑한 집에 가져다주는 행복함, 안전감, 만족감으로 존재의 충만함을 성취한 듯했다." 아울러 그녀는 건강하고 활달한 아내 역할을 해낸다. 네 아이를 위해 쿠키를 굽고, 부지런히 살림을 꾸리며, 여가엔 노인들에게 자세 교정 강의를 하고, 시각 장애인에게 신문 읽어주기 같은 봉사 활동을 한다. 이전에 꿍꿍이가 있어 보였던 아내들 탓에 힘들어했던 잭은 전형적인 일상을 살아가는 그녀를 보고 심리적 안정감을 누린다.

두 사람과 네 아이로 이루어진 다복한 가정은 평범한 소시민의 소박한 꿈을 상징한다. 그러나 작가는 이 꿈이 얼마나 허약한 것인지를 보여준다.

가족이란, 이 세상의 온갖 잘못된 정보의 요람과 같다. 가족의 일상사에는 사실의 오류를 낳는 뭔가가 있는 게 분명하다. 지나치게 밀접한 관계, 존재의 소음과 열기 같은 것.

소비에 중독되고 미디어에 공격당하는 사회에서 완벽한 가족이란 허상에 불과하다. 가족은 종종 보이는 것과 다르게 마련이다. 드릴로는 두 가지 서로 이어진 사건, 즉 독성 물질 유출 사건과 달리아라는 신약 실험 사건을 둘러싼 에피소드들을 통해서 이 허상의 가족이 어떻게 무너져 파멸에 이르는지를 보여준다.

제2부 유독가스 유출 사건은 죽음에 대한 공포라는 잭의 심리적 불안을 증폭하는 계기가 된다. 어느 날 도시 외곽에서 유독물질을 실은 탱크차가 탈선하면서 나이어딘D

가 도시 전체를 뒤덮는다. "거대한 검은 덩어리가, 나선형 날개 달린 갑옷을 입은 생물들의 호위를 받으며 밤하늘을 가로지르면서, 마치 북유럽 신화에 등장하는 죽음의 배처럼 움직이고 있었다. 우리는 어떻게 반응해야 할지 자신이 없었다."

나이어딘D는 사람에게 구토, 메스꺼움, 숨 가쁨을 일으키는 유독가스다. 잭의 아들 하인리히가 지붕에 올라가 전복된 열차에서 치솟는 연기구름을 목격하고, 잭에게 이를 알려준다. 사건이 일어나자마자 블랙스미스 마을 전체에 긴급 대피 명령이 내려온다. 가족과 함께 잭은 지시를 따라 피난 행렬에 합류한 끝에 간신히 목숨을 건졌다. 그러나 대피소에 머무르는 동안, 잭은 자신이 오염물질에 노출되었다는 사실을 깨닫는다. 그 탓에 잭은 언제 죽을지 모른다는 생각에 사로잡혀 불안 속에서 집으로 돌아간다.

제3부 다일라라마는 유독 가스 유출이라는 재난이 잭의 가정을 철저히 파괴하는 과정을 보여준다. 겉으로 아무 비밀도 없어 보이는 버벳은 사실 남편과 가족들을 속이는 게 있다. 비밀리에 다일라라는 실험적 약을 복용 중이다. 신문광고에 따르면, 이 약은 죽음의 공포를 극복하게 해주는 약이다. 어느 날 그녀가 가족들 몰래 복용하던 신약 다일라의 약병이 발견되면서 가족 사이에 균열이 생겨난다. 딸 데니스와 잭이 차례로 그녀에게 물었을 때, 버벳은 그 약을 알지 못한다고 부인한다.

그러나 약 성분을 알아낸 잭이 끈질기게 추궁하자, 그녀는 죽음에 대한 두려움을 이기기 위해서 그 약을 먹었다고 고백한다. 그 와중에 버벳이 약을 얻으려고 미스터 그레이(윌리 밍크)를 찾아가서 몸을 팔았다는 사실이 밝혀진다. 그러나 다일라는 효과가 전혀 없는 약으로, 서서히 그녀의 기억력을 망가뜨리고 우울증을 일으켜서 이성적 사고가 불가능하게 몰아갔을 뿐이다.

　　한편, 피난 이후 나이어딘D의 영향으로 몸에 종양이 생긴 걸 알게 된 잭은 죽음에 대한 공포와 인간의 연약함에 관한 생각에서 한시도 벗어나지 못한다. "죽음은 침묵의 공간이다. 예상치 못한 손님처럼 찾아온다. 들어오는 소리는 들리지 않지만, 목 뒤에서 차가운 숨결을 느낄 수 있다." 시간이 흐를수록 잭은 강박적으로 죽음에 집착하고, 어떻게든 죽음에 대한 공포를 떨쳐내려고 버둥거린다. "무無가 선생님 얼굴을 응시하고 있어요. 완벽하고 영원한 망각이죠. 선생님은 존재하기를 그칠 테니까요."

　　죽음에 대한 공포를 뿌리치려고 잭은 버벳이 먹던 약 다일라를 갈구한다. 그러나 버벳의 남은 약은 이미 데니스가 모두 버린 후였다. 이후, 잭은 수면 장애가 생긴다. 집에서 쓰지 않는 잡동사니를 치우는 데 몰두하고, 아이들 자는 걸 보려고 밤늦게까지 깨어 있기도 한다. 친구 머리는 그에게 다른 사람을 죽이면 죽음에 대한 두려움을 완화할 수 있을지도 모른다는 엉뚱한 이론을 늘어놓는다.

밍크가 투숙한 모텔을 알아낸 잭은 자동권총으로 밍크를 살해한 후 다일라를 빼앗을 계획을 세운다. 잭은 총을 들고 밍크와 버벳의 불륜 장소로 쳐들어간다. 몇 마디 대화를 나눈 잭은 반쯤 정신이 나간 밍크에게 총 두 발을 쏜다. 그리고 자살로 위장하려고 밍크 손에 총을 넘긴다. 그러나 총을 든 밍크는 손목에 총을 쏜다. 그러자 마음이 바뀐 잭은 밍크를 병원으로 데려가 그의 생명을 구한다.

포스트모더니즘 특유의 파편적 서술 기법 때문에 전체 줄거리가 아주 선명하진 않다. 그러나 작품은 기술이 초래한 재난과 소비에 중독된 삶이 평온하게 살던 한 가족을 파멸로 몰아가는 과정을 다룬다. 작품에서 잭은 현대인의 죽음에 대한 깊은 불안을 다면적이고 복합적으로 드러내는 인물이다. 잭은 말한다. "모든 플롯은 죽음을 향해서 움직이는 경향이 있다. 이것이 플롯의 본질이다." 언론과 광고가 내뿜는 소음이 가득한 세상에서 그는 삶의 연약함과 불확실성, 소외와 공포에 직면한 현대인의 초상이다. 작품 내내 잭은 죽음의 공포를 이겨내려고 끝없이 새로운 지식을 학습하고 주변에 조언도 구하는 등 필사적으로 헤맨다.

한때 마약 중독자였던 버벳 역시 삶의 공허에 시달리면서 어떻게든 삶의 기쁨과 행복을 놓치지 않으려고 노력한다. 그녀는 이야기한다. "죽음에 대한 두려움은 삶에 대한 두려움에서 비롯된다. 온전히 사는 사람은 언제든 죽을 준비가 되어 있다." 그녀의 말처럼, 죽음의 공포는 삶을 온전히 살지 못한 데서 비롯되며, 충만하고 의미 있는 삶을 산다면 전혀 두려워할 대상이 아니다.

그러나 이런 인식에도 그녀의 일상생활은 온전한 삶과 별 관계가 없다. 소비문화에 중독된 그녀는 관계나 경험보다 물건에서 더 많은 위안과 성취를 얻고, 결국 불안을 이기지 못한 채 다시 약물 중독에 빠져든다. "압축된 음식물 쓰레기 더미는 거대하게 웅크리고 앉아서, 뭔가를 비웃는 냉소적인 현대식 조각처럼 거기에 있었다." 소비가 가져온 것은 삶의 의미가 아니라 거대한 쓰레기뿐이다. 버벳은 삶의 진정한 의미가 물질의 소유에 있지 않고, 이를 넘어서는 초월적 자리에 존재함을 우리에게 역설적으로 알려준다.

대학 역시 진리 탐구가 아니라 공허한 말놀이에 포획당해 있다. 엘비스 프레슬리에 대해 가르치는 잭의 동료 교수 머리는 진지한 말투로 세상 온갖 일에 모두 감 놔라, 배 놔라 하지만, 자세히 들어보면 진리와는 아무 상관없는 엘리트적 헛소리에 가깝다.

잭과 버벳 등 소설 속 인물들은 모두 첨단 기술이 약속하는 물질적 풍요에 둘러싸이고, 종일 자극적 뉴스와 광고를 내보내는 대중매체에 완전히 갇혀 있다. 이들은 소비를 부추기는 현대 사회의 압도적 소음 속에서 공허에 몸서리치면서, 어떻게든 자기 삶을 이해하고 구원하려고 필사적으로 노력하나, 끝내 삶의 방향을 찾지 못한 채 나락으로 떨어진다. 드릴로는 이 작품에서 자본주의 사회에서 소비문화가 대중매체의 힘을 빌려서 현대인의 불안한 정체성을 형성하는 방식을 파고든다.

한편, 이 작품은 기술에 대한 인간의 맹목적 믿음이 초래한 재난과 이에 대응하는 인간의 무능을 통렬히 비판한다. 우리에게 이미 익숙한 이러한 삶의 양태는 1980년대 미국 사회에서 분명한 실마리를 드러냈는데, 이 작품에서 드릴로는 이를 선구적으로 포착함으로써 '현대 문명의 비판적 예언자'가 되었다.

이 작품의 등장인물들은 모두 죽음의 공포와 생존을 향한 열망, 공허한 인간관계와 성취감 없는 삶 등으로 인한 정체성 불안과 정서적 혼란에 시달린다. 드릴로는 전통적 서사 구조를 전복하고, 현실과 허구의 경계를 모호하게 만들며, 안정된 단일 정체성을 파괴함으로써 이들의 불안정한 내면을 선연히 그려낸다. 이러한 서술 기법은 이후 폴 오스터, 데이비드 포스터 월리스, 척 팔라닉 등에게 큰 영향을 주었다.

잭은 죽음에 대한 극심한 공포에 시달린다. 나이어딘D에 노출되면서 그의 두려움은 점점 커져간다. 기술자들은 나이어딘D가 30년 동안 인체 내에 남아 있고, 15년 후에 생존 가능성에 대한 확실한 답을 알 수 있다고 말한다. 잭이 이미 중년이란 사실을 고려할 때, 이는 실제 그의 기대 수명에 영향을 미치지는 않는다. 그러나 평소 건강 염려증에 과민하게 시달렸던 잭은 시간이 흐를수록 더욱더 두려움과 불안에 사로잡힌다.

제목 화이트 노이즈는 현대인의 삶을 틀어쥔 죽음의 은유이다. 그러나 이 작품에서 드릴로는 형이상학적 죽음, 즉 인간의 근원적 유한성에서 오는 죽음보다는 현대 문명을 만든 온갖 기술이 가져올 법한 죽음에 관심을 기울이는 듯하다. 핵폭발을 연상시키는 나이어딘D 공중 유출 사고, 버벳의 이성을 마비시키는 다일라 등은 각각 자본주의의 중추를 이루는 첨단 산업의 상징이다. 우리는 이러한 기술이 이루어낸 세계에 살고 있고, 그럴수록 죽음에 더욱더 깊이 사로잡혀간다. 안전한 먹을거리를 찾고, 죽음을 무찌르려는 욕망은 미디어나 식품 포장지와 결합하면서 거꾸로 건강에 대한 과도한 염려와 죽음에 관한 공포를 퍼뜨린다.

소셜미디어 시대를 맞이하여 화이트 노이즈는 더욱더 커지는 중이다. 기후 재앙, 핵전쟁, 빈부 격차 등 죽음의 연기가 온 세계에 퍼졌는데도 사람들은 가십과 루머, 상품광고와 정치 선동에 홀려 정신을 못 차리는 중이다. 과학기술이 약속하는 장밋빛 미래, 대중매체가 부풀리는 물신주의, 순간의 쾌락과 미래를 맞바꾸는 소비 중독이 빚어내는 화이트 노이즈는 인류의 지속성을 무너뜨리고, 문명을 파멸로 몰아가고 있다. 『화이트 노이즈』를 통해 드릴로는 지금의 세상을 예언했다. "과학의 진보가 위대할수록 공포는 더욱 원초적으로 변한다." 재앙은 이미 일어났고, 이제 우리의 대답만이 남아 있다.

책을 불태우다,
삶을 불태우다

레이 브래드버리Ray Bradbury

『화씨 451Fahrenheit 451』(1953)

    미국 작가 레이 브래드버리의 『화씨 451』은 책을 불태우는 미래의 어떤 세계를 다룬다. "보람 있는 일이죠. 월요일에는 밀레이를, 수요일에는 휘트먼을, 금요일에는 포크너를 재가 될 때까지 불태우자. 그리고 그 재도 다시 태우자. 우리의 슬로건이죠." 에드나 세인트 빈센트 밀레이, 월트 휘트먼, 윌리엄 포크너는 모두 미국을 대표하는 작가이다. 이들의 작품이 모조리 사라진 세계는 곧 지성이 무너지고, 자유가 증발하는 세계이기도 하다.

    이 때문에 『화씨 451』은 조지 오웰의 『1984』, 올더스 헉슬리의 『멋진 신세계』 등과 함께 통제사회의 위험성을 경고한 문명비판의 고전으로 평가된다. 작품 배경은 근미래 미국 사회다. 두 차례 핵전쟁에서 승리한 미국은 지상낙원처럼 변한다. 물질은 풍족하고 살림은 넉넉해서 모든 사람이

놀고먹으며 쾌락을 즐기는 게 정상적인 삶으로 인식된다.

미국을 지배하는 권력의 유일한 걱정거리는 시민들이 다른 마음을 품는 일이다. 이에 그들은 책을 소유하거나 읽는 일을 금지하는 통제사회를 구축한다. 어느 날 갑자기 집에 들이닥쳐 책이 눈에 띄면 그 주인은 즉각 체포되고 책은 모조리 불살라진다. 독서를 통한 지식의 개인 축적을 불가능하게 하고, 집마다 설치된 대형 화면을 통한 집단 학습만을 허용한 것이다. 독서는 자유로운 생각을 촉진하기 때문이다.

학습 내용에 의견을 덧대거나 의문을 품는 건 당연히 불가능하다. 반사회적 존재로 낙인찍혀 어디론가 끌려간다. "우리는 아무런 질문도 하지 않아요. 대개는 침묵한 채 고분고분 받아들이기만 해요. 이미 정해진 해답을 따르기만 할 뿐이죠." 사람 사이의 대화나 소통도 불가능하다. 시민들은 이제 모두 사방을 둘러싼 벽면 텔레비전을 친구 삼아 살아갈 뿐이다. 미디어 그물망에 포획당해 주어진 정보만 소비하면서 살아가는 자아는 하루 24시간 내내 휴대전화에 코 박고 살아가는 우리, 즉 디지털 미디어 사회의 인간을 예언하는 듯하다.

『화씨 451』은 1951년 2월 SF 잡지 『갤럭시』에 「방화수 The Fireman」란 제목의 단편으로 세상에 처음 선보였다. 작품에 대한 사람들 호평이 이어지자, 돈이 궁했던 브래드버리는 그 단편을 늘려 현재와 같은 장편으로 고쳐 썼다. 현대판 분서焚書 신화의 시작이었다. 이 작품을 통해 브래드버리는 우주판 서부극 또는 마초 영웅물 수준에 머무르던 SF 문학에 인문학적 사유와 시적 서정성을 불어넣은 작가로 떠올랐다.

브래드버리는 1920년 일리노이주에서 태어났다. 가난한 탓에 고등학교 졸업 후 대학 진학을 포기한 그는 책을 통해 교양의 토대를 쌓았다. 첫 작품은 1938년 열여덟 살에 발표한 단편 「홀러보첸의 딜레마」다. 브래드버리의 이름이 세상에 알려지기 시작한 것은 1947년 단편 「홈커밍」이 '오 헨리 문학상'을 받으면서부터이다. 다른 잡지에서 거절한 이 작품을 살려낸 편집자는 유명 작가 트루먼 카포티였다. 용기를 얻은 브래드버리는 『화씨 451』, 『화성 연대기』 등을 발표하면서 아이작 아시모프, 아서 클라크, 로버트 하인라인, 필립 K. 딕, 어슐러 K. 르 귄 등과 함께 SF 문학을 이끄는 작가로 자리 잡았다.

『화씨 451』의 중심인물은 가이 몬태그, 직업은 방화수 fireman다. 영어 파어어맨은 본래 불을 끄는 소방관을 뜻하나, 이 작품에선 책을 발견하면 불사르는 역할을 한다. 이처럼 체제가 바뀌면, 같은 말도 다른 뜻을 띤다. 개인의 정체성도 마찬가지다. 방화수의 의미 변화는 권력의 폭압에 따라서 파괴되고 훼손당하는 정체성을 암시한다. 제목 '화씨 451도'는 섭씨 233도로, 책이 불타기 시작하는 온도를 뜻한다. 이는 문자를 통한 지식 습득을 금지하는 통제사회의 상징이다.

작품은 불꽃의 춤으로 시작한다.

불태우는 일은 즐겁다. 불꽃은 춤추면서 천천히, 그러나 결코 멈추는 일 없이 무엇이든 자기 것으로 만들어간다. 점점 색깔이 어두워지다 이윽고 검게 변하고, 마침내 본래와 전혀 다른 물질로 변한다. 그 과정을 보노라면 자신도 모르게 야릇한 쾌감이 온몸에 번진다.

책은 이처럼 인류 지식의 보고가 아니라 한낱 물질에 전락한다. 책이 검은 재로 바뀌는 모습을 보면서 쾌감에 떠는 인물은 충격적이다. 책이 이룩한 모든 질서가 산산이 흩어지는 장면을 그려낸 악마적 잔혹 시학이라 할 만하다.

『화씨 451』은 '매카시즘'이란 이름의 잔혹극 열풍이 불어닥칠 때 쓰였다. 1950년대 초 미국 공화당 상원의원 조지프 매카시는 정부, 출판, 연예 등 미국 사회 곳곳에 공산주의자가 암약 중이라고 주장했다. 그는 별 증거도 없이 수많은 사람을 공산주의자나 그 동조자로 몰아붙이고, 감시 명단에 올려 일자리를 빼앗았다. 사상 통제와 감시가 증가하고, 시민 자유에 대한 억압이 벌어지면서 작가들, 예술가들, 시민운동가들은 공포에 떨었다. 금서목록 탓에 도서관의 많은 책에 대출 불가 딱지가 붙어 폐기되었다. 『화씨 451』은 이러한 현실을 반영한다.

몬태그는 건너편 벽에 붙은, 100만 권은 됨직한 금서목록을 쳐다보았다. 지난 몇 년간 그 책들은 그의 점화기에서 나온 불꽃에 의해 한 줌 재로 변해갔다. 그의 파이프와 분출구에선 생명수가 아니라 등유가 뿜어져 나온다.

금서목록 100만 권이라면, 사실상 현재 통용되는 책 전체에 해당한다. 책 없는 세상을 점령한 것은 사방 벽을 둘러싼 텔레비전과 귀마개 라디오다. 권력은 대중매체를 통해 하루 24시간 내내 단순하고 말초적인 정보들, 무의미하고 쾌락적인 광고들을 쏟아낸다.

사람들한테 해석이 필요 없는 정보를 잔뜩 집어넣거나 속이 꽉 찼다고 느끼도록 사실을 주입해야 해. 새로 얻은 정보 덕분에 훌륭해졌다고 느끼도록 말이야. 그러고 나면 사람들은 자기가 생각한다고 느낄 테지. 그리고 행복해지는 거야.

무분별한 정보 소비에 중독된 사람들은 세상에 대한 진지한 호기심이나 타인에 관한 깊은 관심을 잃어버린다. 대화는 단절되고, 탐구가 멈추고, 생각이 사라지고, 그에 따라 개성도 증발한다.

브래드버리는 이야기한다.

사람들은 전부 똑같은 인간이 되게 길들지. 우린 모두 서로의 거울이야. 그러면 행복해지는 거지. 스스로에 대립하는 판결을 내리는 장애물이 없으니까. (중략) 책이란 옆집에 숨겨놓은 장전된 권총이야. 태워버려야 해. 무기에서 탄환을 빼내야 한다고.

각자 다른 삶을 살아가게 이끄는 장전된 권총, 즉 책이 없으면 차이도, 대립도 사라져 모두 행복해지리란 발상이다. 이 사회는 단색으로 색칠한 창백한 행복을 추구하는 것만이 정상이고, 다름이 빚어내는 다채로운 행복은 위험한 허위라고 생각한다. 그 단색의 빛깔을 결정하는 건 물론 권력이다.

어떤 사람이 정치적으로 불행해지는 걸 바라지 않는다면 양면적 질문을 해서 그 사람을 걱정하게 만들지 말고, 대답이 하나만 나올 수 있는 질문만 던지라고. 물론 아무것도 묻지 않는 게 제일 낫지.

따라서 다른 생각, 다른 추구를 불살라서 없애는 "불은 현명하고 깨끗"하다. 오늘날 그 불은 알고리즘의 형태를 띠는 듯하다. 작가는 언제나 미리 말하는 자이다. 1950년대 초, 텔레비전이 보급되기 시작한 시점에 브래드버리는 하루 24시간 접속해 자극적 콘텐츠 소비에 탐닉하는 오늘의 세계를 예감했다. 정치나 전쟁 같은 골치 아픈 문제는 잊고 온갖 가십을 돌려 읽으며 '좋아요' 놀이를 즐기는 세상 말이다.

『화씨 451』에서 브래드버리는 모두 글은 알지만 아무도 책을 읽으려 하지 않는 비독서 시대를 예언한다. 깊은 사유를 만드는 독서를 콘텐츠 소비가 대체하는 세상은 위험하다. 미디어를 통해 권력이 정보를 통제하고 생각을 감시하는 사회는 더욱 위험하다. 이 작품은 디지털 사회에 내재한 반유토피아적 세계, 즉 인간이 스스로 생각하는 즐거움보다 다른 사람의 생각을 무차별 소비하는 쾌락에 빠져 아무 생각 없이 살아가는 시대의 위험을 경고한다.

제1장 '난롯가, 그리고 샐러맨더'에서 주인공 몬태그는 책을 불태우는 쾌락에 중독되어 살아가던 악마적 음유시인이다. 작품은 시커먼 얼굴의 그가 우유같이 하얀 얼굴의 이웃집 소녀 클라리세 매클런과 만나면서 만나는 일들을 다룬다. 어둠 속에서 빛나는 나침반처럼 그녀는 몬태그가 검은 자아에서 벗어나 태양을 향해 움직이도록 이끈다. "시계의 시침과 분침과 초침은 어둠 속에서 빛을 발하며 밤의 어둠 속을 달리다 마침내 새로운 태양을 향해 움직인다."

클라리세는 왕성한 호기심을 품고, 몬태그에게 끝없는 질문을 던진다. "그동안 태웠던 책 중 읽어보신 책은 없나요?" "제트카가 거리를 질주하는 모습을 본 적이 있으세요?" "하늘을 보실래요?" "아저씬 행복하세요?" "오래된 나뭇잎 냄새를 맡아보신 적이 있나요?" 묻는다는 것은 항상 다르게 존재하는 법의 출발점이다. 질문은 삶의 속도를 늦추고, 생각의 구름을 일으키며, 아이디어의 번개를 유발한다. 덕분에 몬태그는 그녀에게 '왜 학교에 가지 않느냐'라고 처음으로 물을 수 있게 된다. 각성의 징조이다. 클라리세는 소녀답지 않은 깊은 통찰이 깃든 질문으로 그에게 되묻는다. 마치 소크라테스처럼 말이다.

세상이 참 이상하지 않아요? 사람들과 같이 있다는 건 물론 좋지요. 그렇지만 그저 떼거리로 모여 있기만 하면 뭐해요? 아무 말도 나누지 않고 그냥 모여 있기만 해도 사회적이라고 할 수 있어요?

이는 만나서 서로 친교를 나누기보다 각자 휴대전화를 들여다보는 현대사회의 풍경을 예감케 한다. 학교에서 아이들은 인간다움의 실체인 사랑과 우정을 나누기보다, 서로 치고받고 고함치면서 사냥개처럼 사납게 구는 법만 배울 뿐이다. 이렇듯 질문 없는 교육을 받고 우애 없는 학창 시절을 보낸 아이는 어른이 되어서도 대화할 줄 모른다. 클라리세는 말한다.

아무도 얘기하는 사람들이 없어요. 자동차며 옷들이며 수영장 이야기밖에 안 해요. 뭐가 얼마나 멋있냐는 둥 그런 얘기뿐이죠. 누구든 하는 얘기가 똑같아요. 남들과 다른 애기를 하는 사람이 아무도 없어요.

이 역시 물신주의에 젖은 우리 사회의 모습을 떠올리게 만든다. 모두가 책 없는 어둠에 잠겼을 때, 클라리세 홀로 난롯가 불꽃처럼 온화하고 은은한 빛을 뿜어낸다. 세상의 어둠에 빛을 던져 무지를 몰아내고 진실을 일깨우는 것을 계몽이라고 한다. 폭주하는 차량에 치여서 어이없이 죽지만, 클라리세는 순응하는 '어떻게?'가 아니라 반항하는 '왜?'라고 물음으로써 몬태그의 잠을 깨우는 계몽의 여신 역할을 한다. 책을 읽는다는 것은 그 안에서 클라리세를 만나는 것과 같다.

클라리세 반대편에 있는 인물이 몬태그의 아내 밀드레드다. 밀드레드는 칠흑같이 어두운 방에 자신을 가둔 채 살아간다. "어둡다, 나는 행복하지 않다. 나는 행복하지 않다. 몬태그는 속으로 계속 중얼거렸다. 껍질을 벗겨 보면 드러나는 나의 참모습은…… 행복하지 않다." 클라리세를 만나고 집에 들어선 몬태그는 아내를 보고 문득 이런 상념을 떠올린다.

밀드레드는 콘텐츠 중독자다. 삼면 벽을 텔레비전으로 채워서 방송을 틀어놓고, 귀마개 라디오를 한 채 볼륨을 최대로 키우고 살아간다. 아침부터 저녁까지 그녀는 라디오와 텔레비전에 빠져 산다. 심지어 대형 벽면 텔레비전을 삼촌, 고모, 조카 등 친척으로 부른다. 남은 벽마저 텔레비전을 들여놓자고 남편을 조르기도 한다. "네 벽을 전부 텔레비전으로 바꾸면 우린 집에 앉아 매일매일 이국적 분위기를 경험할 수 있잖아요."

그러나 대중매체에 중독된 그녀는 무기력할 뿐이다. 자아를 잃은 인형이나 다름없다. 타인의 목소리를 받아들일 뿐, 자신 몸으로 체험하고 자기 생각으로 이야기를 짓지 않는 사람은 의미를 이룩할 수 없다. 우울증에 걸린 그녀는 약을 먹다가 죽을 위기에 빠진다. 극도로 발달한 미래 의학은 그녀의 목숨을 쉽게 살리나, 그 어두운 마음은 조금도 치유하지 못한다. 밀드레드의 삶은 극히 불행하다. 이는 책 없는 사회의 황량한 인간 내면을 암시한다. 책을 없애면 의미가 사라지고, 의미가 없어지면 행복도 사라진다. 밀드레드를 구하러 온 구급대원들은 하룻밤에도 9~10건씩 비슷한 자살 소동이 일어난다고 증언한다. 의미를 잃어버린 공허한 삶이 이 사회에 만연하다는 증거다.

흔들리던 몬태그를 완전히 다른 삶으로 이끈 건 한 노파의 용기 있는 죽음이다. 이 노파는 다락방에 책을 숨겼다가 밀고돼 책을 빼앗길 위기에 놓인다. 그러자 노파는 외친다.

당당한 자세를 보여라, 마스터 리들리! 우리는 신의 자비로움으로 이 땅을 밝히는 촛불이 되어야 한다. 이 영국 땅에서 다시는 꺼지지 않을 불꽃으로 타오를 것을 확신한다!

그 외침을 들으면서 몬태그는 책을 불태우러 집으로 들어간다. 다락방 문을 열자마자 그의 눈앞으로 책더미가 쏟아진다. 순간, 그는 충동적으로 책 한 권을 챙겨 옷 속에 몰래 감춘다.

451 등유를 붓고 몬태그가 책을 불태우려 할 때 노파는 소리 높여 외친다. "너희들은 내 책을 뺏어 갈 수 없어." 노파는 집 밖으로 나가기를 거부한 채, 성냥으로 불을 질러서 책과 함께 당당히 순교한다. 이 사건은 몬태그의 마음에 거대한 동요를 일으킨다. 몬태그는 말한다.

책 속에는 우리가 상상조차 할 수 없는 뭔가가 들어 있어. 그 여자가 불타는 집에서도 빠져나오지 않고 남게 만드는, 분명히 뭐가 있어. 그저 괜히 불타는 집에 남았을 리가 없어.

이 세계에 대한 근원적인 회의에 빠진 몬태그는 꾀병을 부리면서 방화서에 나가지 않는다. 그러자 방화서장 비티가 집으로 찾아와서 그를 설득하면서 검은 불꽃의 잔혹 시학을 연출한다.

자, 보게. 마른 꽃잎처럼 아주 조심스레 다뤄야 하네. 첫 장에 불을 붙이고, 두 번째 장에도 종이가 검은 나비로 변하고 있지? 어때, 아름답지 않나? 두 번째 장에서 옮아 붙은 불꽃이 세 번째 장으로 가고 있지? 그렇게 줄줄이 불타고 있지? (중략) 그렇게 허황한 의미들과 빗나간 약속들과 공허한 개념들과 쓸데없는 철학들이 불타 없어지고 있지 않나?

비티에 따르면, 라디오와 텔레비전이 나오기 전엔 책이 귀하게 대접받은 적도 있었다. 그러나 점차 책 내용은 단순하고 말초적으로 변해서 일회용 비슷하게 전락했다. 말장난 같은 가볍고 쉬운 내용으로 바뀌면서 텔레비전 콘텐츠와 다름없어졌다. 이기적 출판업자들은 "줄여줄여, 짧게짧게, 간단간단"하게 책을 엉망으로 만들었다. 그러자 책은 아무것도 아니게 되었다는 것이다. 이 역시 오늘의 경박한 출판문화를 예언한다. 책에 대한 실망과 절망은 서서히 증오와 복수심에 흥분하는 잔혹한 변태를 낳았다. 비티가 책 따윈 불태워도 상관없다고 말하는 이유이다. 그에게 책은 더럽고 어리석으며, 불은 현명하고 깨끗하다.

책을 증오하는 마음과 달리, 비비 서장 자신은 수많은 책을 읽고 풍부한 교양을 축적한 듯하다. 따라서 비티 서장의 말은 오히려 몬태그의 호기심을 증폭한다. 그는 불행하다는 느낌, 삶이 엉망이라는 회의감에서 빠져나오지 못한다. 견디다 못한 그는 아내를 설득한다. 그동안 일하면서 한 권씩 몰래 훔쳤던 책을 꺼내 함께 읽기 시작하는 것이다.

우정이란 서로 주고받는 친절함이 계속된 끝에 어느 순

간엔가 두 사람 가슴이 하나로 만나는 일이다.

제2장 '체, 그리고 모래'는 몬태그가 퇴직 영어 교수인 파버를 만나 새로운 깨달음을 얻는 과정을 그려낸다. 파버는 예전에 공원에서 시를 외워 읊다가 몬태그와 마주쳤던 인물이다. 그는 '미래의 조사 자료'에 이름이 올라간 위험한 인물이다. 비티 서장이 불의 정령인 샐러맨더라면, 파버 교수는 물방울, 즉 물의 정령으로 나타난다.

앞으로 다가올 날들, 그리고 달빛이 없는 밤과 밝은 달빛이 비치는 밤에 이 노인은 이야기를 계속할 것이고, 이야기는 한 방울, 한 방울 떨어지는 물이 되어 바위를 깨뜨릴 것이다.

몬태그는 성경을 손에 들고 파버를 찾아간다. "우리가 필요한 건 뭐든지 있고, 행복해지기 위해서 무엇 하나 모자란 게 없는 세상"인데, 사람들이 행복하지 않은 이유가 궁금해서다. 그래서 그는 그사이에 사라진 건 책밖에 없다면서 책 속엔 뭔가 해답이 담겨 있느냐고 묻는다. 파버는 벽면 텔레비전에서 흘러나오는 콘텐츠로는 책에 들어 있는 것, 즉 "자질구레한 이야기와 깨달음"을 얻을 수 없다고 말한다. 그에 따르면, 대중매체에 중독되고 속도에 짓눌린 이 사회는 근본적으로 세 가지가 결핍되어 있다.

첫 번째는 질quality, 즉 세밀한 짜임새다. 있는 그대로의 삶, 그 자잘하고 생생한 이야기가 어우러지면서 빚어내는 삶의 진실이다. 책 하나하나엔 우리가 잃고 싶어 하지 않는 삶의 본질, 인간의 가장 내밀한 욕망이 담겨 있다. 그러나 아무리 좋은 책도 읽는 사람을 잘 만나지 못하면 빛을 볼 수 없다. "골치 아픈 걸 싫어하는 사람들"은 자기 자신과 마주치는 두려움, 즉 진실이 주는 고통을 피하려고 좋은 책을 멀리했고, 마침내 책 자체를 "증오와 공포의 대상"으로 만들었다.

두 번째는 여가다. 책을 제대로 즐기려면 책에 담긴 통찰과 지혜를 생각해서 소화할 충분한 시간이 필요하다. 그러나 한없이 속도를 높인 사회는 "위험 외엔 도저히 다른 것을 생각할 수 없"도록 만들고, 온 세상을 둘러싼 미디어는 즉각적이고 말초적이며 다양한 '현실'을 쉴 새 없이 쏟아냄으로써 생각하고 반박할 여유를 빼앗는다. "모두 옳은 듯이 보이고, 모두 옳아야 할 것 같은" 정보가, "너무나도 깔끔하고 즉각적으로 결론을 내려주"는 콘텐츠가 우리 안에서 생각을 증발시킨다.

세 번째는 진실한 이야기와 깊은 생각의 상호작용에서 얻은 "배움을 실행에 옮길 수 있는 권리"이다. 이 권리는 몬태그 개인의 영웅적인 행위로만 성취될 수 없다. 각자 자기 몫만큼의 배움을 실행할 때 비로소 존재할 수 있다. 그러나 사태는 거의 절망적이다. 시민들 스스로 책 읽는 일을 포기했기 때문이다. "요즘은 방화수들이 별로 필요치 않아요. 대중들 스스로가 책 읽는 일을 거의 포기했소."

과학기술과 대중매체의 발달로 몸이 편해진 사람들은 지적 활동을 게을리하고, 잠든 생각을 일깨우는 책을 혐오한다. 책을 처음 태우기 시작한 주체도 독서를 싫어하던 이들이다. 권력은 이를 부추겨서 사람들의 지적 능력을 박탈하고, 반항적 생각을 하는 이들이 나타나지 않도록 만들었을 뿐이다.

책 대신 콘텐츠 소비에 중독된 사회는 전혀 행복하지 않다. 밀드레드가 수면제 과다복용으로 죽을 뻔한 데에서 알 수 있듯, 사람들 내면은 오직 불안과 공허로 가득하다. 그녀의 친구들인 보울스 부인이나 펠프스 부인도 인간성을 거의 상실한 상태다. 거실에서 삼면 텔레비전을 즐기면서 웃어대는 그녀들은 전쟁터에 끌려간 남편들을 걱정하지 않고, 아이조차 귀찮은 존재로 여겨 굳이 낳지 않거나 태어나도 세심하게 돌보지 않는다. 세탁기에 빨래를 넣고 문을 닫듯, 거실에 몰아넣고 텔레비전 스위치만 켜주면 그만이라고 생각한다. 더욱이 그녀들은 대통령 선거에서 잘생긴 사람을 뽑았다면서 말하기도 한다. 텔레비전은 이처럼 생각 없는 삶, 진실 없는 인생을 빚어낸다.

몬태그는 텔레비전 플러그를 뽑은 채 그들과 말다툼하다가 실수를 저지른다. 화가 치민 끝에 대담하게도 시집을 가져와서 시를 낭송한 것이다.

아, 사랑이여, 우리를 진실하게 하라/ 우리 서로를! 세상을/ 우리 앞에 놓인 환상의 거짓은/ 현란한 아름다움은, 새로움은,/ 진실로 아무 기쁨도, 사랑도, 은총도,/ 확신도, 평화도, 고통을 막는 방패도 아닐지니.

플러그가 뽑히자마자 책이 등장하고, 콘텐츠가 멈추자마자 시가 시작된다. 시적인 예지는 권력의 목소리를 차단한다. 그러나 보울스 부인은 흐느끼면서 말한다. "시와 눈물, 시와 자살, 울음, 끔찍하고 비참한 느낌, 시와 질병! 죄다 쓸데없는 거예요!" 그녀는 이어서 덧붙인다. "쓸데없는 말들, 어리석은 말들, 끔찍하고 해로운 말들. 왜 사람들은 서로를 못살게 굴지 못해 안달하지?"

콘텐츠에 중독된 이들에게 삶의 진실을 알려주는 문학은 쓸모없다. 그들은 시엔 비참한 느낌을 일으켜 마음을 불편하게 하는 끔찍한 말들, 불행을 가져다주는 어리석은 말들이 가득하다고 생각한다. 밀드레드는 말한다. "자, 우리 기분을 바꿔요. 텔레비전을 봐요. 자, 어서, 우리 웃고 즐겨요, 행복하게, 울음을 그치고." 이들은 삶을 현실 그대로 바라보려 하기보다, 말초적 쾌락만 추구하려 한다.

방화서로 출근한 몬태그를 비티는 조롱한다. "조금 똑똑한 사람이 가장 바보다"(존 던)에서 "스스로를 현자인 양 여기는 착각, 이 모든 것은 우리의 운명이다"(폴 발레리)에 이르는 여러 시구를 인용하면서 몬태그의 손목을 잡고 한껏 비아낭댄다. 그 순간, 경보기가 울린다. 비티는 몬태그를 데리고 책을 불태우러 출동한다. "여긴…… 우리 집이야." 정신없이 차에 올라탄 몬태그가 도착해 보니 그의 집이다. 아내 밀드레드와 그 친구들이 그를 밀고한 것이다.

제3장 '타오르는 불꽃'은 밤의 어두운 숲에서 불타는 호랑이의 눈빛을 가리킨다. 윌리엄 블레이크의 시에서 가져온 표현으로, 이 암흑의 세계에서 몬태그의 정신이 각성하는 것을 상징한다.

비티는 몬태그를 "태양 가까이에서 날고 싶어 했지만, 날개만 태워버렸을 뿐"인 이카루스에 비유한다. 어두운 불꽃의 시학을 써나가는 비티에게 한없이 밝은 빛인 태양은 위험하다. 그 빛은 "사람들이 죄의식을 느끼게 만들고, 잠자리에서 식은땀을 흘리게 하는" 존재일 뿐이다. 몬태그를 협박하면서 비티는 말한다.

불의 참된 아름다움은 책임과 결과를 없애버리는 거지. 견디기 힘든 문제가 있으면 화로에다 던지면 돼. 불이 내 어깨에서 자네를 들어낼 걸세. 깨끗하고, 빠르고, 확실하게.

그러나 수동적 존재인 책과 달리, 각성한 몬태그는 능동적 존재이다. 그는 방화기를 열어 스스로 공허의 상징인 집을 불태워버린다. 벽면의 텔레비전에 불길을 내뿜으면서 그는 생각한다. "하얀 생각과 눈에 덮인 꿈을 가진 진짜 멍청한 괴물이 누워 있는 곳", "텅 빈 소리와 무의미한 흐름, 아무 가치 없는 것들이 만들어지던" 벽에 거대한 노란 불꽃을 선물한다. 이 불꽃은 파괴의 불꽃이 아니라 정화의 불꽃이고, 무지의 어둠을 파괴하는 계몽의 횃불이다.

파버 교수의 존재를 눈치챈 비티가 그를 추적해 체포하려 한다. 그러자 몬태그는 우발적으로 방화기를 돌려 그를 살해한다. 죽음의 순간에 비티는 저항하는 대신 여전히 셰익스피어를 인용하면서 몬태그를 조롱한다.

카시우스, 너의 협박쯤은 두렵지 않아. 난 정직으로 단단히 무장했기 때문에 그런 협박 같은 것은 게으른 바람처럼 내 곁을 스치고 지나가지. 난 협박 따위는 조금도 존중하지 않아!

아마도 지쳤기 때문일 테다. 비티는 악의 두목이란 이미지와 반대로, 파버에 비견될 정도로 놀랍게 풍부한 교양을 갖추었다. 아무 생각 없이 책을 태우던 몬태그가 각성하자, 아마도 그는 무지의 세상을 이어가는 일에 환멸을 느꼈을 수 있다. 비티를 살해한 몬태그 역시 이를 깨닫는다.

비티 자신이 죽기를 원했어. 흐느껴 울면서 몬태그는 깨달았다. 비티는 죽기를 원했던 것이다.

도망자 신세가 된 몬태그는 파버의 조언에 따라서 강을 타고 탈출한다. 강물로 들어가 방화수 옷을 벗고, 파버가 준 옷으로 갈아입는다. 불의 인간이었던 몬태그가 물의 인간인 파버의 인도를 받아 자신을 정화한 후 다른 존재로 변신하는 것이다. 이후, 몬태그는 도시를 벗어나 자연에서 새로운 삶을 시작한다.

몬태그는 강물을 이용해 로봇 개와 텔레비전 카메라의 추적을 뿌리친다. 그리고 그는 녹슨 철로를 따라서 깜박이는 불빛을 발견한다. 이 불빛은 책을 불태우는 방화기의 잔혹한 불이 아니라, 클라리세의 난롯불을 떠올리게 하는 따뜻한 불이다.

타오르는 불이 아니었다. 따뜻한 불이었다. 불이 이렇게도 보일 수 있다니. 태우는 기능 외에 이렇게 따뜻함을 주는 기능도 있다니. 그런 생각은 평생 해보지 못했다. 냄새조차 다르다.

책을 불태우던 세계에서 벗어나 자유를 얻자마자 불의 의미도 달라진 것이다. 이 불은 어둠 속에서 반짝이는 호랑이의 눈빛이고, 진리를 찾아 떠도는 그의 여행을 승리로 이끄는 지혜의 불꽃이다. 모닥불을 피운 것은 방랑자들이다. 이들은 옛 세계의 최고 지성인들로, 스스로 책이 된 채 이 세계를 떠돌고 있다. 권력이 방화수를 동원해 책을 불사르려

하자, 이들은 성경, 플라톤, 스위프트, 바이런, 다윈, 쇼펜하우어, 아인슈타인, 간디, 붓다 등의 책을 암기해 각자 머릿속에 보존하고 있다. "몬태그, 플라톤의 『국가』를 읽고 싶지 않소? 내가 바로 플라톤의 『국가』요. 마르쿠스 아우렐리우스는? 시몬스 박사가 마르쿠스라오." 이렇게 철로를 따라 이동하는 떠돌이 모임은 움직이는 도서관이라 할 수 있다.

우리가 하고 싶은 일은 필요하다고 생각하는 지식을 안전하게 보관하는 일이라오.

이들은 마치 호메로스와 같다. 외우고 암송해서 지식을 전달하고 지혜를 물려주던 인류의 오랜 전통을 이어받아 실천 중이다. 다음 날, 그들이 떠나온 도시가 원자폭탄 공격을 받아서 순식간에 불타오른다. 책 없는 문명은 허망하다. 한순간 폐허가 된 도시를 멀리에서 바라보면서 이 모임의 현자 그레인저는 비티와 다른 새로운 불의 시학을 써 내려간다.

옛날 불사조라는 멍청한 새가 있었소. 몇백 년 동안 장작더미를 쌓아 자기 몸을 태우고, 잿더미 속에서 다시 튀어나와 되살아났소. 우리가 영원히 되풀이하는 일 같기도 하오. 그러나 우리에겐 불사조가 절대 갖지 못한 것이 있소. 우리 자신이 저지르는 그 어리석은 일을 잘 안다는 거요. 우리가 아는 것들을 언제나 느끼고 볼 수 있다면, 언젠가 우리도 그 빌어먹을 장작더미 만들기를 멈추고, 그 속에 뛰어들 것이오. 그러고는 모든 세대를 기억할 몇몇 사람을 골라내겠지.

불사조의 불은 재생의 시학이자 부활의 시학이다. 인류가 반복적 어리석음에서 벗어나 새로운 미래를 쓸 수 있다는 믿음을 상징한다. 어떤 권력도 책을 완전히 파괴하거나 박멸하지 못한다. 세상 어딘가엔 반드시 노파나 파버나 몬태그 같은 이들이 있고, 그레인저나 시몬스 같은 이들도 있다. 책 없는 세계는 어리석음을 거듭하다가 비참한 파멸을 맞을 뿐이다. 그레인저는 말한다.

전쟁이 끝나면 우리는 책을 만들 것이오. 이건 인간만이 할 수 있는 훌륭한 일이지. 인간은 용기를 잃거나 비겁해져서 이런 일을 포기하지 않을 것이오. 아주 중요하고 가치 있는 일임을 아니까.

어리석음이 끔찍한 재앙을 낳는다는 걸 아는 이들은 절대 용기를 잃지 않는다. 이들은 때로는 저항하고 투쟁하며, 때로는 조용히 지혜를 전하면서 다가올 미래를 준비한다.

레이 브래드버리의 『화씨 451』은 책이 금지되고 대중매체가 지배하는 세계의 어둠 속에서 희망을 그려낸다. 이 작품은 말초적 콘텐츠 소비만 만연하고, 삶의 본질을 성찰하는 읽기가 사라져가는 오늘날의 현실을 50년 전에 이미 경고하고 있다. 그들의 도시처럼 끔찍한 결말을 맞지 않으려면, 독서를 통해 삶의 본질을 숙고하고 지혜를 일으키는 일을 게을리하지 말아야 할 테다.

모든 사랑이 이별로
끝나는 세계에서

유디트 헤르만Judith Hermann

『여름 별장, 그 후Sommerhaus, später』(1998)

독일 여성 작가 유디트 헤르만은 통일 이후 독일에서 전개된 '팝 문학'의 주요 인물 중 한 사람이다. '팝 문학'은 '팝 음악'과 쌍을 이루는 개념이다. 팝 음악이 고전음악을 해체하면서 발랄한 리듬과 일상적 가사로 청중들을 사로잡듯, 팝 문학도 역사나 사회 같은 거대 서사에 치중해 있는 무겁고 진지한 이전 세대 독일 문학을 부정한다.

팝 문학 작가들은 상업주의에 감염된 지금 여기의 현실을 무시하지 않는다. 그들은 일상에서 흔히 마주치는 각종 상표명을 노출하는 등 자본주의 소비문화에 중독된 현대인의 삶을 적극적으로 표현한다. 현대적 라이프스타일이 듬뿍 담긴 이야기를 통해서 이들은 특히 청년 세대의 삶을 보여주려 한다. 새로운 현실은 언제나 새로운 문학을 낳는다. 팝 문학에 속한 작가들은 대부분 1989년 독일 통일 이후에 청년 시절을 보냈고, 1990년대 중반 이후에 문학 활동을 시작했다는 점에서 '89세대'라고도 부른다.

의사가 괜찮을 거라고 말하네. 하지만 난 우울해.

유디트 헤르만의 첫 소설집 『여름 별장, 그 후』에 붙어 있는 제사이다. 이 책은 모두 아홉 편의 단편소설로 이루어져 있다. 1998년 독일에서 출간되어 젊은 세대의 폭발적 호응과 함께 큰 인기를 끌었고, 2001년 클라이스트상을 받으며 그 문학적 새로움을 인정받았다. 제사는 미국 언더그라운드 가수 톰 웨이츠의 노래 가사에서 가져온 문장이다. 이 감각적인 문장은 이 책에 실린 작품들의 내용과 주제를 단 한 줄로 요약한다. 의사(기성세대)는 세상이 아무 문제없다고 진단하나, 그 세상에서 살아가는 우리, 즉 청년 세대는 지쳐 있고 우울한데, 그 이유를 알 수 없어 답답하다.

이 책에 실린 작품들은 대부분 독일 통일 이후 새로운 수도가 된 베를린 지역을 배경으로 한다. 작가의 고향이기도 한 베를린은 이념 대결이 종식된 후 독일에서 선연히 드러난 후기 자본주의적 생활세계의 상징으로 쓰인다. 베를린 장벽의 붕괴와 독일 통일은 희망의 실현이었을까? 적어도 청년 세대에겐 그렇지 않았다. 이념의 종언이 찾아오자마자 그들을 덮친 것은 불안정한 삶이다. 지구적 규모의 노동 분업 속에서 일을 통한 자기실현이 가능했던 안정적 직장은 조금씩 사라지고, 비정규직 노동으로 압축되는 프레카리아트 세계가 펼쳐진다.

독일 사회학자 울리히 벡에 따르면, 프레카리아트 세계에서는 노동과 생산을 통한 자기실현은 불가능하고, 오직 소비와 경험을 통한 자기실현, 즉 자기 충족감이 좋은 삶의 기준이 된다. "나에게 일이란 더 자고 싶을 때 일어나고, 가고 싶지 않은 어딘가를 가는 걸 말한다. 중요하지 않고, 따분하고, 지루한, 하고 싶지 않은 것을 하는 게 나에게 노동이다." 헤르만과 동시대에 활동했던 여성 작가 엘케 나스터의 말이다. 직장에서 성실하게 일하는 삶은 흥미 없는 대상으로 전락하고, 삶의 스포트라이트가 개인적 취향 개발과 그 표현으로 옮겨간다.

사람들은 일상의 고통을 견디면서 더 좋은 공동체를 구축하고 더 나은 삶을 이룩하는 지난한 과정을 받아들이는 대신, 그 고통을 순간적으로 잊게 만드는 여행이나 소비에서 더 큰 행복을 느낀다. 헤르만 소설의 주인공들은 이 때문에 대부분 예술 세계 주변을 떠돈다. 그들은 대마초를 피우고 언더그라운드 음악을 듣고 프리섹스를 즐기면서 보헤미안처럼 자유롭게 살아간다.

벡은 후기 자본주의 사회에선 사람들이 욕구를 권리로 만들어 사회 규범과 의무에 저항한다고 말한다. 누릴 권리와 즐길 자유가 공존의 윤리와 희생의 가치를 억누르는 것이다. 그러나 이 삶은 공허할 뿐이다. 쾌락에는 한도가 없어서 일시적 만족이란 반드시 더욱더 큰 결핍과 이어지기 때문이다. 절제 없는 행복은 존재하지 않고, 목적 없는 인생은 행복을 결실로 가져오지 못한다. 이들은 자유에만 삶의 가치를 부여하기에 어떤 관계도 단단히 이어가지 못한다.

『여름 별장, 그 후』에 나오는 인물들은 모두 취향의 개인주의로 무장한 이 세대에 속한다. 이 책에서 헤르만은 뚜렷한 직업 없이 떠돌면서 불안한 삶을 살아가는 청년 세대의 방황, 우울, 좌절, 공허, 향수 등을 절제된 문체로 표현한다. 방향 없는 삶은 답답하고, 의미 없는 삶은 막막하다. 감정 형용사를 최대한 배제한 채 쓰인 문체의 간결함과 희망 없는 세계에서 인물들이 느끼는 내면적 혼란 사이의 격차는 문장 하나하나를 곱씹게 만드는 소설적 긴장을 가져온다. 독일의 청년 세대는 헤르만 소설에 나오는 인물들의 삶이 답답하고 막연하기만 한 '나의 삶'을 표현한다고 느꼈다. 아마도 후기 자본주의 시대를 살아가는 다른 모든 국가의 청년도 비슷할 테다.

"나는 나 자신에 관해 관심 없어." 첫 번째 단편 「붉은 산호」에 나오는 한 인물의 말이다. 자기 삶에 관한 지독한 무관심은 헤르만 작품 속 인물들의 한 특징이다. 옮긴이의 말처럼, 이 인물들은 "이상할 정도로 지쳐 있고, 슬픔에 빠져 있다." 그들에게서 우리는 청년 세대 특유의 활력, 세계를 자기 감각과 생각에 맞게 변혁하려는 의지를 거의 찾아보기 힘들다. 그런 변화 의지는 과거형으로 간신히 표현된다. "어떤 사

건, 센세이션, 변화 같은 것을 열망할 때가 있었다."(「소녀」 중에서)

그들은 늘 수면 상태에 빠져 있는 듯 몽롱하고 무력하며, 타자에 대한 사랑은커녕 관심조차 버거운 듯 항상 외롭고 불안하다. 그들은 "사람과의 만남, 대화에 더 이상 익숙하지 않다."(「헌터 톰슨 음악」) 한마디로, 인물들의 삶은 이미 끝장나 있다. 아직 창창한 나이로 이들은 삶을 전부 살아버렸다. 역사적 전망과 변혁 의지를 상실한 이들에게 남은 것은 환멸과 불안의 무한정 반복뿐이다. 인물들의 진실은 절제와 암시로 가득한 몽환적 꿈속에서 순간적으로 번득일 뿐이다.

첫 번째 단편인 「붉은 산호」는 이 책에 실린 작품들 전체의 문제의식을 응축한다. "나는 처음이자 마지막으로 심리치료 상담을 받았고, 그 때문에 붉은 산호 팔찌와 내 애인을 잃었다." 붉은 산호 팔찌, 애인, 심리 상담, 첫 문장에 나오는 세 가지 키워드가 이들이 살아가는 세계를 압축한다. 주제는 사랑과 상실이다. 명징하고 사실적이며, 간결하고 절제된 문장으로 이 작품은 화자인 '나'와 애인 이야기, 증조할머니의 과거, 나의 심리치료 상담 이야기를 밀도 높게 하나로 엮는다.

붉은 산호 팔찌는 19세기 말 러시아에서 살던 증조할머니의 유산이다. 난로공 남편이 세 해 동안 그녀를 방치하고 러시아 땅 곳곳을 떠도는 사이, 그녀는 불행한 삶을 견디다 못해 새로 애인을 사귄다. 팔찌는 그 애인인 니콜라이 세르게예비치가 준 선물이다. 남편이 돌아온 날 밤 그녀는 항의의 표시로 "분노에 찬 듯한 붉은빛" 팔찌를 찼다. 화가 난 남편은 다음 날 니콜라이와 결투를 벌이다, 그의 총에 맞아서 죽었다. 니콜라이의 아이를 낳은 할머니는 하인 이삭 바루브와 함께 독일로 건너왔다. 이처럼 해방의 서사는 머나면 과거에서만 쓰인다.

이야기는 자연스레 '나의 애인' 이야기로 이어진다. 물고기 같은 나의 애인은 바루브의 증손자이다. 증조할머니가 남편과 대화가 통하지 않아 불행했듯, 나도 마찬가지이다. 나는 "죽은 물고기"처럼 "하루 종일 무표정하게 아무 말 없이 침대에 누워 있고, 늘 기분이 몹시 나쁜" 우울한 애인과 전혀 말이 통하지 않는다. 그녀는 이야기한다. "내 애인은 말하지 않았다. 듣고 싶어 하지도 않았다." 타자에 대한 냉담한 무관심, "깡마르고 수척한" 인간관계는 "호수 밑바닥" 같은 잿빛 세계를 살아가는 이 세대의 무의미한 삶을 잘 상징한다.

"나는 물고기 같은 내 애인을 생각했다. 그가 그렇게 늘 입을 다물고 있지 않았더라면, 내가 지금 심리치료사 책상 밑을 이리저리 기어 다니게 되지는 않았으리라 생각했다." 두 이야기는 다시 화자가 받은 심리치료 상담으로 연결된다. 상담 도중 화자는 붉은 산호 팔찌를 끊어버린다. 그 행위를 통해서 증조할머니 이야기로부터, 또한 전혀 행복해질 수 없는 애인으로부터 벗어나려는 열망을 표출하는 것이다.

　짧은 이야기 속에 100년의 가족사를 응축하는 작가의 솜씨는 무척 뛰어나다. 흥미로운 건 증조할머니 이야기가 선명하고 뚜렷하고 사실적인 데 반해, 나의 이야기는 흐릿하고 몽환적이란 점이다. 연애 이야기와 상담 이야기는 각각 "먼지들이 해조류처럼 떠도는" 애인의 방과 "짙푸른 바다 빛깔 카펫"이 깔린 심리치료사의 방에서 거의 현실감 없이 전개된다. 그게 꿈인지 현실인지 헷갈릴 정도다. "이것이 내가 하고 싶은 얘기인가? 잘 모르겠다. 정말 모르겠다."

　한 세기 전 증조할머니는 분노(붉은 산호 팔찌)를 내비침으로써 사랑과 해방을 쟁취했으나, 현재의 나는 자기 확신 없는 어정쩡한 태도로 이야기를 맺는다. 팔찌는 그사이 자유의 상징이 아니라 억압의 상징으로 변해 있다. 그것은 해결책이 되지 못하면서 억지로 우리를 붙잡는 낡은 과거, '나'를 물고기 애인에게서 떠나지 못하게 만드는 인연의 질긴 사슬이다. 변화는 이 사슬을 끊으면서 시도된다.

　　붉은 산호들은 심리치료사 책상 위로 후드득 쏟아져 흩어졌다. 그것들과 더불어 페테르부르크 전체가 굴러 흩어졌고, (중략) 물고기 애인이 (중략) 굴러 흩어졌다.

　심리 상담을 받으러 간 화자는 팔찌를 끊어서 과거와 단절하고, 애인에 대한 분노를 드러낸다. '팔찌 끊기'는 낡은 세상과 결별하고 새로운 삶을 시작하고 싶은 화자의 갈망, 애인을 떠나 새로운 관계를 이룩하고 싶다는 상징적 의사 표시다.

그런데 팔찌 없는 삶은 실제 어떤 변화를 낳았을까? 선명하지 않다. 이 답답하고 불안한 세계에 더는 해방이 존재하지 않는다는 듯, 작품의 마지막 문장은 "내가 하고 싶었던 이야기가 정말 이거였을까"로 끝난다. 현실이 어긋나고 어울리지 않고 억압되어 있다는 건 안다. 자존감을 돌려받기 위해서 이런저런 시도도 반복한다. 그러나 그들에겐 실제로 사랑을 되찾을 수 있다는 확신은 거의 없다. 이는 후기 자본주의 사회에서 전망 없는 세계를 살아가는 청년 세대의 생활감정을 반영한다.

답 없는 세계를 살아가기에 헤르만 소설의 인물들은 어느 한 곳에 정주하지 못한 채 끝없이 부유한다. "종종 낯선 도시에서 목적 없이, 악착스레 시간을 보내다가 다시 떠나곤 하는" 노마드적 삶은 이중적 의미를 띤다. 한편에서 그것은 아르바이트 노동, 비정규직 일자리가 일상화한 이 세대의 불안정성을 그려낸다. 동시에 그것은 일상의 삶에서 전혀 만족하지 못한 채 어딘가로 떠나고 싶어 하는, 그로부터 막연히 자유를 느끼는 이 세대의 꿈을 보여준다. 흔들리며 떠도는 것은 이 책의 여러 작품에서 반복된다. 「헌터 톰슨 음악」의 소녀, 「허리케인」의 크리스티네, 「여름 별장, 그 후」의 슈타인은 모두 집 없이 떠돌면서 살아간다.

「소냐」에서 등장인물들은 계속 움직인다. 화가인 '나'는 작업장을 찾아 이리저리 떠돌고, 그 와중에 "예쁘지도 않고 존재감도 없는" 소냐와 만난다. "나는 함부르크에서 베를린으로 가는 기차 안에서 그녀를 만났다." 만남은 사랑의 감정을 일으키나, 그 사랑은 꽃피우지 못한다. 화자는 소냐와 이전 애인 베르나 사이에서 마음을 정하지 못한 채 갈팡질팡한다. 「붉은 산호」의 연인처럼, 작품 속에서 두 사람은 꾸준히 만나나, 절대 그 관계가 가까워지지 않는다. 화자가 자유를 누릴 뿐 책임은 지기 싫은 까닭이다. 그는 근본적으로 소냐의 삶에 관심이 없다.

소냐는 거의 말하지 않는다. 거의. 나는 오늘까지 그녀의 가족, 어린 시절, 태어난 곳, 친구들에 대해 아는 게 없다. 나는 그녀가 무엇으로 먹고사는지, 돈을 버는지 또는 누구 덕으로 사는지, 직업 생각은 있는지, 어디로 가고 싶은지, 또 무엇을 원하는지 알지 못한다.

'나'와 소냐의 관계는 이처럼 기묘하게 뒤틀려 있다. 결국, '나'가 베르나를 선택하자, 소냐는 그 곁을 떠난다. 양다리를 걸친 채, 어떻게 사랑해야 하는지 모르고 방황했던 화자는 그제야 소냐를 떠올리면서 그리워한다.

그때는 행복했지 하는 생각이 든다. 과거는 항상 미화되기 쉽고, 기억은 아름답게 덧칠되는 것이겠지. 어쩌면 그 밤들은 그저 춥기만 했고, 시니컬하게 말하자면 그저 유쾌한 시간일 뿐이었는지도 모른다. 그러나 지금은 그 밤들이 내게 아주 소중했음이, 그리고 이제 잃어버렸음이 가슴 아프게 다가온다.

이처럼 헤르만 작품 속에서 사랑은 항상 늦거나 어긋난다. 표제작인 「여름 별장, 그 후」는 여성 화자 '나'가 옛 연인 슈타인의 전화를 받으면서 시작된다. "나, 슈타인이야. 그거 찾았다. 집! 그 집을 찾았다고." 둘은 두 해 전 승객과 택시 기사로 우연히 만나 3주 동안 동거했던 사이다.

잘생긴 슈타인은 지금껏 자기 집을 가져본 적이 없고, 시내를 돌다 그날그날 잠자리를 마련하면서 살아간다. 그는 집시처럼 자유롭다. 그는 베를린을 떠나서 "농가, 별장, 저택, 앞마당엔 보리수, 뒤뜰엔 밤나무, 그 위론 하늘"이 있는 널따란 집을 얻고 싶어 한다. 그에게 이 집은 춥고 우울한 베를린의 삶과는 다른 삶이 펼쳐질 환상의 공간이다. 슈타인은 적당한 집을 찾았다면서, 옛 애인인 나한테 연락해서 느닷없이 같이 집을 보러 가자고 말한다.

머리는 텅 비고 몸은 구멍 난 채 허공을 떠다니는 것 같은 이상한 기분이었다. 이 도시는 더 이상 내가 알던 곳이 아니었고, 홀로 존재하고 있었고 텅 비어 있었다.

무력하고 공허한 삶에 지쳐 있던 나는 슈타인과 함께 베를린을 떠나서 시골 마을로 향한다. 조금은 설레는 마음으로 도착한 곳은 낡아서 무너질 듯한 저택이었다. "붉은 벽돌로 지어진 커다란 2층 건물"로 "바람에 비틀린 베란다는 담쟁이덩굴로 덮여 있고, 벽에는 엄지손가락만 한 구멍이 나 있었다. 그 집은 예뻤다. 그러나 그 집은 폐가였다."

'나'를 데리고, "예쁜 집"의 이 방 저 방을 둘러보던 슈타인은 갑자기 말한다. "여기야." 그러나 화자는 그 말을 이해하지 못한 채 되묻는다. "뭐가 여기야?" 다른 작품에서와 마찬가지로, 연인 사이의 소통은 어긋나고, 마음은 좀처럼 하나로 묶이지 않는다.

나는 아무것도 이해할 수 없었다. 희미하게 뭔가 잡히는 듯했지만, 그건 너무 까마득했다.

과거에 둘 사이에 나누었던 어떤 약속, 희망은 깡그리 지워져 있다. 작품이 끝날 때까지 화자가 이를 전혀 떠올리지 못하기에 누구도 이를 해독할 수 없다. 두 해 동안 열심히 일한 끝에 슈타인은 8만 마르크를 모아서 기어이 '여름 별장'을 사들인다. 그는 말한다.

무슨 말을 해야 하지? 글쎄, 여러 가능성 중의 하나는 얘기할 수 있지. 넌 진지하게 받아들일 수도, 그냥 내버려둘 수도 있어.

이럴 수도 있고, 저럴 수도 있다면, 사랑은 결국 아무것
도 아니게 된다. '뿔뿔이'라는 뜻일 때 자유는 때때로 사랑
의 반대말, 연대의 반대말이 된다. 두 인생이 얽혀 하나의
서사를 쓰지 못하는 불구의 관계는 애써 마련한 보금자리
를 헛되게 만든다. 결국, 둘은 아무 일 없이 베를린으로 돌
아온다.

얼마 후 슈타인은 말없이 시골 마을로 떠나고, 거의 매
일 나에게 엽서를 보내서 자기 일상을 알린다. 거기엔 그의
소망이 적혀 있다. "네가 오면 담쟁이덩굴을 자를 거야." 여
름 별장에 갔을 때 화자가 중얼거렸던 "미래 지향적이고 긍
정적인 말"에 대한 응답이다.

여름이 되면 저기 베란다에 있는 담쟁이덩굴을 없애버
릴 거야. 그렇지 않으면 우리가 여기 앉아 포도주 마실 때
아무것도 볼 수 없잖아.

그러나 꿈은 이루어지지 않는다. 무력한 화자는 끝없이
핑계를 댈 뿐, 슈타인의 엽서에 답하지 않는다. "슈타인은
자주 '네가 온다면……'이라고 썼다. 그는 '와'라고 쓰지는 않
았다. 나는 '와'라는 말을 기다리기로 하고 그러면 그에게 가
기로 마음먹었다." 사랑은 수동적 경험일 수 없다. 능동적,

주체적 도전이 없는 사랑은 실패할 수밖에 없다.

오라는 말 대신 슈타인이 보낸 마지막 엽서는 별장의 화재 소식이다. "금요일 밤 카니츠에 있는 옛 저택이 담장을 제외하고 전소됐다." 기다림에 지쳐버린 슈타인이 꿈의 보금자리를 스스로 불사른 것이다. 그러나 그 끔찍한 비극에 대한 화자의 반응은 여전히 "나중에……"일 뿐이다. 현재는 너무나 무의미하고, 미래를 꿈꿀 수조차 없다면, 삶이란 무엇이란 말인가.

이 절망적 세계를 그려내는 유디트 헤르만의 문장은 놀랍게도 전혀 감상적이지 않다. 형용사와 부사를 거의 제거한, 극도로 깔끔한 문장으로 그녀는 전망을 상실했기에 소통을 이어가지 못하고 꿈마저 박탈당한 세대의 무서운 현실을 그려낸다. 통일 독일, 그러니까 이념이 사라진 세계에서 이들은 끊임없이 방황하면서 막연히 해방을 바랄 뿐이다.

그러나 진정한 자유는 여행 따위로 해소할 수 있는 모호한 기분일 수 없다. 자유란 낡은 현실을 깨부수고 새로운 현실을 이룩하려는 마음의 움직임이다. 그것은 현실에 바탕을 둔 채 단단히 구축된 삶의 형식이어야 한다. 하루하루 허물어진 집을 고치면서 '나'를 기다리는 슈타인처럼 말이다. 이 성실한 노동에 '나'가 응답했다면, 어떤 중요한 변화가 생겨나지 않았을까. 행복은 '나중에' 이룩할 수 없다. 하루하루 밭을 가는 사람만이 결국 가을에 열매를 딸 수 있다.

삶에서 의미를 찾을 수 없는 인물들의 무관심과 무기

력, 그들 사이의 끔찍할 정도로 서먹한 관계, 소통 불능으로 인한 이별은 헤르만 소설의 주요 서사다. 그녀는 꽉 막혀버린 세계에서 자유를 꿈꾸나, 어떻게 해야 할지 알 수 없는 세대의 절망을 그려낸다. 이 세대의 사랑은 모두 이별로 끝난다. 이 책에 실린 작품들은 모두 이별 이후에 쓰였다.

그러나 작가는 말한다. "언어를 찾아내고 싶고, 그 언어로 세상과 교류하고 싶고, 그걸 창작에서 찾을 수 있기를 바란다." 유디트 헤르만은 사랑의 가능성이 모조리 소진된 세계에서 끝내 아름다운 언어를 찾아낸다. 전망 없는 세계에서 우리가 여전히 살 수 있는 것은, 뒤늦게라도 타인의 존재에 다가설 수 있는 건 문학이 있기 때문이라는 듯이 말이다.

빌어먹을 놈들에게 절대
짓밟히지 말라

마거릿 애트우드^{Margaret Atwood}

『시녀 이야기^{The Handmaid's Tale}』(1985)

『시녀 이야기』를 처음 접한 것은 서른 해 전이다. 먼저 영화를 봤고, 다음에 소설을 읽었다. SF 소설을 읽기는 하지만 일부러 찾아 읽지 않던 이들한테 흔한 발견 경로이다. 영화는 「양철북」의 폴커 슐렌도르프가 감독을, 노벨문학상 수상 작가인 해럴드 핀터가 각색을, 사카모토 류이치가 음악을 맡았다. 거장들이 모여 만든 작품인 만큼 안 볼 수 없었다. 영화를 보고 난 후 원작 소설을 읽고 싶어졌다. 이건 습관이다. 영화 보고 좋았는데, 원작이 있으면 거의 찾아 읽는다(솔직히 반대 방향은 잘 안 그런다. 주로 실망하니까).

작가 마거릿 애트우드는 당시론 처음 접하는 이름이었다. 활기찬 상상력, 진중한 주제 의식, 세련된 문장의 삼박자를 모두 갖춘 작가였다. 작품의 매력에 흠뻑 빠져서 편집자로 일하면서 『시녀 이야기』에서 시작해 『눈먼 암살자』, 『도둑 신부』, 『오릭스와 크레이그』 등 그녀의 주요 작품을 국내에 번역 출판하는 일에 앞장서기도 했다.

『시녀 이야기』는 『1984』, 『화씨 451』 등 디스토피아 소설의 페미니즘 버전이다. 이 작품의 공간적 배경은 길리어드, 과거 미국으로 불린 곳이다. 전쟁, 오염, 성병 등 온갖 원인이 작용해 여성 대부분이 불임 상태에 빠진 탓에 출산율이 급감한다. 인구 없는 사회는 지속될 수 없으므로, 미국은 큰 혼란에 빠진다. 그 틈을 타 기독교 근본주의자들이 쿠데타를 일으켜 정권을 탈취한 후 신정 국가 길리어드를 수립한다. 전체주의 국가인 이 나라는 구약성서에 바탕을 두고, 사회 전체를 신분 질서에 따라 철저히 위계화한다. 옴짝달싹 못 하게 시민들 행동을 일일이 통제하며, 책을 빼앗고 말을 제한한다. 특히 여성의 이름을 없애고, 직업을 박탈하며, 재산을 몰수하고, 일을 강제로 부여한다. 심지어 성적 자기 결정권조차 존재하지 않는다. 임신할 수 있는 여성들을 강제로 징발해서 섹스와 출산을 관리하고 통제하는 까닭이다.

길리어드의 지배 이데올로기는 기독교 가부장제, 시쳇말로 '개독교'다. 세뇌를 통해 여성의 자율성과 주체성을 빼앗고, 폭력과 억압을 통해서 스스로 앞날을 선택할 자유를 제거한다. 여성들은 기능에 따라 사회 곳곳에 '배급'된 채, '아내', '아주머니', '시녀' 같은 정해진 역할을 행할 뿐이다. 제목의 시녀는 '하녀'가 아니다. 허드렛일하는 하녀는 따로 있다. 길리어드에서 시녀는 지배계급 남성인 '천사'의 가정에 배치돼 그들의 아이를 낳아주는 씨받이 여성을 가리킨다. 한마디로 "다리 둘 달린 자궁"으로 살아가는 존재이다.

『시녀 이야기』의 화자는 오브프레드Offred. 본명이 아니라 화자 발목에 족쇄처럼 새겨진 기호이다. 이 기호는 '프레드의 것Of Fred'이라는 뜻이다. 배속된 남자의 이름 앞에 소유를 뜻하는 전치사 오브of를 붙여서 시녀의 이름을 짓는다. 프레드 소유 시녀는 오브프레드, 글렌 소유 시녀는 오브글렌 등이다.

길리어드 정권이 들어서기 전, 오브프레드는 도서관 직원으로 전산 전문가였다. 남편과 딸이 있었던 그녀는 길리어드 정권이 들어선 직후 위조 여권을 만들어 캐나다로 탈출을 시도하다 국경에서 붙잡힌다. 아이를 낳을 수 있는 그녀는 레드센터로 보내져 시녀로 철저히 훈육된다. 센터에서 여성 감독관인 리디아 아주머니는 끝없이 강조한다. 여성은 남성에게 복종하고, 오직 아이 낳는 일에만 관심을 두어야 하며, 그게 과거보다 여성에게 더 안전하고 존중받는 삶을 가져다준다는 것이다. 교육 과정을 끝마친 그녀는 사령관 프레드의 집에 배속된다.

사령관 집에서 오브프레드는 사생활도, 자유도 없는 삶을 살아간다. 혼자 있을 때도 방문을 완전히 닫을 수 없고, 장 볼 때만 집 밖으로 나갈 수 있다. 게다가 비밀경찰 아이즈가 항상 그녀의 모든 행동을 감시한다. 오브글렌 같은 다른 하녀들도 똑같다. 그녀들에게 어떠한 자율성도 허락되지 않는다. 임신을 위한 모욕적 섹스를 강요당할 때, 오브프레드의 억압은 절정에 달한다. "아내는 내 손을 잡고, 내 손은 아내 손을 잡고 있다. 이는 우리가 한 몸, 한 존재임을 의미한다. 실제로는 아내가 이 과정과 결과를 통제하고 있다는 뜻이다." 배란기 때마다 프레드의 아내 세레나 조이가 뒤에 앉아서 그녀의 손을 잡고 앉은 상태로, 프레드와 출산 의식을 치르는 것이다. 이 비인간적 상황에서 살아남기 위해 오브프레드는 억지로 가짜 자아를 구축한다.

나는 기다린다. 그리고 마음을 가다듬는다. 내 자아는 지금부터 내가 구성해야 하는 물건이다. 연설을 짜 맞춰 구성하듯이. 지금부터 내가 내놓아야 하는 것은 선천적인 것이 아니라, 후천적으로 만들어낸 인공적인 무엇이다.

철저한 억압, 빈틈없는 통제, 반복적 세뇌, 잔혹한 처벌이 거듭되기에 시민 전체가 굴복하고 순응할 법하다. 그러나 '젠더 파시즘' 국가인 길리어드에도 '메이데이' 같은 저항 조직은 있다. 동료인 오브글렌을 비롯해서 미국 시절 친구인 모이라, 이 집의 정원사이자 운전사 닉 등은 길리어드의 전복을 노리면서 투쟁을 멈추지 않는다. 이들처럼 공공연한 저항에 나서지는 않으나, 오브프레드 역시 희망을 포기하지 않고 은밀한 저항을 계속한다.

오브프레드의 투쟁 수단은 이야기다. '밤'이라는 장막을 이용해 그녀는 상상의 날개를 편다. 어딘가에 존재할 '당신'을 향해 속으로 온갖 이야기를 건넨다. 때로는 현실을 사실 그대로, 때로는 상상의 힘으로 변형해가면서. 이는 마룻바닥에 핀이나 손톱 같은 것으로 긁어서 몰래 "빌어먹을 놈들한테 절대 짓밟히지 말라"는 암호를 남긴 전임 오브프레드의 저항 행위를 계승하는 것이기도 하다. 수용소에 갇힌 유대인들이 오줌으로 자기 이야기를 쓴 후 깡통에 담아 땅에 묻었듯, 오브프레드는 낮에 빼앗긴 자기 정체성을 밤의 상상 속 이야기를 통해 복구한다. 밤은 "내 시간, 나만의 시간, 입만 다물면 뭐든지 내 맘대로 할 수 있는 시간"이기 때문이다. 그녀는 말한다.

내 이름은 오브프레드가 아닌 다른 이름이다. 지금은 금지된 이름이라 아무도 불러주지 않지만. 나는 상관없다고 스스로를 타이른다. 이름이란 건 전화번호와 같아서 다른 사람들에게나 쓸모 있는 거라고. 하지만 스스로를 위로하는 말일 뿐 사실이 아니다. 이름은 중요한 문제다. 나는 그 이름의 기억을 숨겨놓은 보물처럼, 언젠가 다시 돌아와 파낼 나만의 보물처럼 간직하고 있다. 그 이름이 묻혀 있다고 여기고 있다. 나의 진짜 이름에는 마력이 있다. 상상할 수도 없이 아득한 과거로부터 지금까지 살아남은 부적 같은 마력이.

상상력을 발휘해 자유롭게 구성하는 기억이 투쟁의 진지라면, 길리어드에서 임신을 목적으로 하지 않는 사랑은 해방의 탱크다. 오프레드는 이야기를 통해 '준'이라는 자기 이름을 보존하고, 사령관 프레드의 서재에서 스크래블 게임을 하면서 조금씩 언어를 돌려받는다. 길리어드는 여성의 독서를 금지하나, 프레드는 비밀 게임의 대가로 그녀에게 옛날 잡지를 읽을 기회를 준다.

또한 오브프레드는 닉과 금지된 육체관계에 몰두함으로써 성적 자기 결정권을 되찾는다. 그녀에게 불륜 기회를 제공하는 건 아이러니하게도 아내 세레나다. 프레드의 불임 질환 탓에 오브프레드가 아이 임신에 실패하자, 세레나는 그녀와 닉의 불륜을 강요한다. 임신하면 프레드의 아이라고 속이기 위해서다. 강요된 첫 번째 관계 이후, 오브프레드와 닉은 누구에게도 알리지 않고, 자주 섹스를 즐기기 시작한다.

아무리 엄혹한 체제에서도 완벽한 억압은 불가능하다. 심지어 프레드조차 마음의 공허를 이기지 못하고, 출산 의례가 아니라 키스를 요구하고 열정을 끌어내려 하는 등 '진짜 애인 같은 사랑'을 갈구한다. 이처럼 오브프레드를 복속해서 '출산 기계'로 만들려던 길리어드의 기획에 균열이 가기 시작한다. 오브프레드는 마침내 닉의 도움을 받아서 프레드의 집을 빠져나간다. 우리는 후속작인 『증언들』에서 그녀의 운명을 알 수 있다.

『시녀 이야기』의 부록에 따르면, 준의 이야기는 일종의 메타픽션에 해당한다. 사령관 집에서 탈출한 준은 은신처에 숨어 몰래 자신의 행적을 녹음한다. 길리어드가 멸망한 지 약 200년 후인 2195년, 길리어드 연구학회에서 '남성' 역사학자 파익소토 교수는 이 녹음테이프를 바탕 삼아 그녀의 이야기를 발표한다. 그것이 『시녀 이야기』이다. 두 가지 질문이 이로부터 생겨난다.

첫째, 길리어드는 1990년대 말 멸망했는데, 우리는 이 시기를 이미 소설에서, 또 현실에서 살아버렸다. "빌어먹을 놈들한테 절대 짓밟히지 말라"는 전임 오브프레드의 유언이자 명령은 실현되었는가. 현실의 우리는 이미 답을 안다. 인류는 '백래시'를 충분히 극복하지 못했고, 여전히 'n번방'과 '딥페이크'의 시대를 살고 있다. 소설 속 세계도 똑같다. 학회에서 준의 증언을 발표한 케임브리지 대학의 권위 있는 역사학자 파익소토는 출산율 감소 원인을 "낙태 등 손쉽게 이용 가능한 산아제한 방법" 탓으로 돌리면서 "불임은 고의적인 것"이었다고 주장한다. 또한 오브프레드가 시녀가 된 이유 역시 불륜을 저질렀다는 점, 즉 도덕적 부적절성 탓으로 돌린다. 기독교 신정국가 길리어드는 멸망했지만, 가부장제는 200년 후에도 여전히 지속 중인 것이다.

둘째, 『시녀 이야기』의 마지막 장면은 오브프레드가 밴에 올라 어디론가 떠나는 장면으로 끝난다. 오브프레드 자신도 그것이 "끝일지, 새로운 시작일지", 차량의 도착지가

"암흑"일지, "빛"일지는 알 수 없다. 그러고는 갑자기 길리어드가 멸망한 지 200년 후로 사건이 이어진다. 오브프레드의 운명은 어떻게 되었을까. 무사히 외국으로 탈출했을까, 아니면 도로 붙잡혔을까. 자연스레 독자들의 마음속에 떠오른 질문이다. 그러나 후속작을 기대하는 독자들 요구에 작가는 오랫동안 응하지 않았다. 1939년생으로 작가가 이미 80대에 접어들었기에, 이에 대한 답을 영영 듣지 못할 줄 알았다. 그런데 TV 시리즈 방영을 계기로 『시녀 이야기』가 다시 대중들 사이에서 인기를 끌자, 서른네 해 만에 기적처럼 『증언들』이 출간된 것이다.

『증언들』은 오브프레드 이야기에서 15년 후에 벌어지는 사건들을 다룬 작품으로, 2019년 맨부커상을 받았다. 『시녀 이야기』가 오브프레드 한 사람의 목소리에 기대어 가장 어두운 시기에 희망의 존재론을 보여준다면, 『증언들』은 리디아 아주머니, 아그네스, 데이지 등 여성 세 사람의 목소리를 교차하면서 길리어드 체제의 붕괴 직전의 상황을 다룬다. 여성의 목소리가 셋으로 늘어난 만큼, 겉으로 절정에 달해 있는 전체주의적 폭력과 달리 길리어드의 가부장제 신정 체제는 오히려 약해져 있다고 볼 수도 있겠다.

특히, 리디아의 비밀 기록은 오브프레드의 내적 독백만큼이나 충분히 매력적이다. 발각될 위험을 몇 차례 무릅쓰면서, 이들은 역사상 최악의 가부장제 국가를 무너뜨릴 만한 비밀을 수집하고 폭로에 나선다. 『시녀 이야기』에서 오브프레드가 밤마다 머릿속으로 자기 이야기를 써나갔듯, 『증언들』의 리디아 아주머니 역시 "글쓰기는 위험할 수 있다"는 것을 알지만, 몰래 자기 이야기를 기록한다. 이른바 '아르두아 홀 홀로그래프'다. 정권 수립 초기부터 길리어드의 상층 계급에 속해 있었고, '아주머니' 조직의 일인자로 군림하기에, 그녀는 길리어드의 실체를 누구보다 잘 안다. 리디아는 말한다. "미지의 독자여, 지금 당신이 읽고 있다면 이 원고는 적어도 살아남았을 것이다."

아르두아 홀은 "아주머니들을 위해 특별히 마련된 장소"이다. 그곳은 금남의 장소로, "아주머니 허락 없이 어떤 남자도 안으로 들어올 수 없"는 곳이다. 그녀가 남긴 비밀 기록에 따르면, 옛 미국 시절에 판사로 일했던 리디아는 감금과 고문, 협박과 폭력 등을 이기지 못하고 길리어드 정권에 협력하기로 한다. 그녀는 길리어드의 여성 차별적 규범을 제정하는 한편, 시녀를 세뇌하고 훈육하는 아주머니 조직을 설립한다. 『증언들』이 그녀의 업적을 기념하는 동상의 제막식으로 시작하는 이유이다.

집권 초기, 길리어드 정권이 여성한테 가한 폭력은 '고문 포르노'처럼 처참하고 끔찍하다. 이성을 무너뜨리고 정체성을 박멸해 여성을 "동물적 본성에 걸맞은 동물로 환원"한다. 그러나 고문에 무너지는 자신을 느끼는 동시에, 리디아는 자신 안에 또 다른 눈을 마련하면서 복수를 결심한다. "내게는 제3의 눈이 있었다, 이마 한가운데. 나는 그 눈을 느낄 수 있었다. 차가웠다, 돌처럼. 그 눈은 울지 않았다. 보았다. 그리고 그 너머에서 누군가 생각하고 있었다. 이 일은 반드시 갚아주겠어. 아무리 오래 걸려도, 그사이에 아무리 많은 똥을 처먹어야 해도 상관없어, 반드시 복수하겠어."

리디아는 오브프레드의 눈에 사악하게 느껴질 정도로 길리어드에 철저하게 협력하는 척한다. 그러나 동시에 리디아는 길리어드를 전복시킬 계획에 몰래 참여한다. '지하 여성도'를 통해 시녀의 도주를 돕는 등 저항 조직 메이데이의 비밀 정보원으로 활약하는 것이다. 아르두아 홀 홀로그래프는 길리어드의 수립 과정에 대한 자세한 기록을 제공함으로써 진실을 보존하고, 길리어드 최상층부에 만연한 음모, 위선, 부패 등을 보여줌으로써 가부장제 전제국가의 허위성을 폭로한다. 전체주의 체제는 강력해 보이지만, 실제로는 아주 취약하기에 사소한 균열만으로도 쉽게 분열되어 무너진다. 리디아는 내부에서 그 균열을 마련한다.

나머지 두 화자인 아그네스와 데이지는 오브프레드의 두 딸이다. 아그네스는 길리어드 안에서, 데이지는 길리어드 바깥에서 성장했다(데이지의 존재는 오브프레드가 길리어드를 무사히 탈출했음을 은근히 암시한다). 다른 성장 배경 때문에 두 소녀는 서로 전혀 다른 가치관을 품고 있다. 그러나 두 소녀는 일련의 사건들을 계기로 결국 길리어드 체제를 무너뜨리는 과감한 저항 행동에 나선다.

길리어드로 잠입한 데이지는 자매인 아그네스를 만난

다. 그리고 두 사람 앞에서 정체를 드러낸 리디아의 도움을 받아 "거짓이 예외가 아니라 통상적 관행"이 된 길리어드 지배계급의 위선과 타락을 담은 자료를 숨긴 채 아슬아슬한 모험 끝에 캐나다로 도망친다. 어머니가 도망쳤던 루트인 '여성 지하도'를 따라 또다시 딸들이 탈출하는 것이다. 두 사람이 빼내온 마이크로닷 속의 정보가 캐나다 언론에 보도되면서 길리어드는 쿠데타가 일어나는 등 혼란에 빠진다. 이 틈을 타서 주변 국가들 공세가 거세지고, 마침내 길리어드는 짧은 역사를 마감하고 무너져버린다.

그러나 이 소설의 감동은 스릴러 소설을 방불케 하는 두 소녀의 활약에서 나오지 않는다. 가부장제 체제에서 여성들이 겪는 참혹한 고통과 끔찍한 모멸, 반복된 세뇌로 인한 인식과 신념의 왜곡에 대한 냉혹한 고발은 그 자체로 가치가 있으나 소설적 핵심은 아니다. 내 생각에 소설 중심에 있는 것은 지독한 폭력 앞에서 아무것도 할 수 없었던 무력無力이 어떻게 변화의 씨앗이자 혁명의 원천이 되는가에 대한 집요한 탐구다.

"달리 내가 어떻게 했어야 한단 말인가."

리디아는 자문한다. 거울에 비친 자기 얼굴이 낯설게 느껴질 정도로 자아가 무너져 있는 상태다. 이 운명론적 언어는 길리어드에서(아니, 가부장제 세계 전체에서) 여성들이 가장 많이 내뱉는 말이다. 마치 주문처럼 들린다. 세계의 무참한 폭력 앞에서 무력해지지 않는 인간은 없다. 모든 것을 어쩔 수 없는 일로 여길 수밖에 없는 상황을 견디게 하는 힘은 일차로 체념일 수밖에 없다. 『시녀 이야기』의 오브프레드 역시 출산 의식을 치르는 등 폭력 앞에서 완전히 무력하지 않았는가.

무력無力이야말로 어쩌면 무력武力일지 모른다. 오브글렌이나 닉처럼, 모든 주체가 기꺼이 정의를 위해 투쟁에 나서는 것은 불가능하다. 그러나 순응하는 것처럼 보일지라도, 살아 있는 모든 인간은 흔적을 남긴다. 아무것도 할 수 없기에 더욱 선명해지는 기억이야말로 우리의 진정한 무기가 된다. 오브프레드와 리디아가 어떤 식으로든 기록을 남기려 하는 이유다. 죽어가는 아내 타비사 역시 아그네스한테 동화 같은 이야기를 남긴다. 그리고 이 이야기를 통해 아그네스는 친어머니를 둘러싼 진실을 알아차리고 용기를 발휘해 행동에 나선다. 기억이 있고, 이야기가 있는 한 인간은 언제든 다시 일어설 수 있다.

"서글프고 굶주리고 황폐하고 절뚝거리고 사지가 절단된 이야기"일지라도, 후미진 곳에 아주 작은 글씨로 암호로 남긴 기록일지라도, 이야기가 있으면 어딘가에 '당신'도 반드시 있다. '당신'이 있다면, 물론 연대도 있고 사랑도 존재한다. 오브프레드는 말한다. "나는 이야기한다. 고로 당신은 존재한다. 그래서 나는 이야기를 계속할 생각이다. 그래서 스스로 견뎌낼 작정이다." 이것은 작지만 커다란 목소리이고, 동시에 이 아름다운 소설을 읽는 우리의 희망이다. 인

간은 이야기의 존재다. 이야기가 계속되는 한 인간은 패배
하지 않는다.

아버지,

거칠지만 삶을 사랑하는 사람

아니 에르노Annie Ernaux

『남자의 자리La Place』(1983)

아니 에르노는 독특한 작가다. 2022년 노벨문학상을 받은 그녀는 자기 경험을 바탕으로 한 작품만 세상에 내놓기 때문이다. 그녀는 말한다. "나는 직접 체험하지 않은 허구를 쓴 적은 한 번도 없다." 이 독특한 형태의 장르를 프랑스에선 오토픽션auto-fiction이라고 부른다. 자서전autobiography과 허구fiction가 합쳐져 있다는 뜻이다.

내 삶의 진정한 목표가 있다면 아마 이것뿐이리라. 나의 육체와 감각과 사고가 글쓰기가 되는 것, 말하자면 내 존재가 완벽하게 타인의 생각과 삶에 용해되어 이해할 수 있는 보편적인 무엇인가가 되는 것이다. (『사건』)

인간은 누구나 자기 감각과 사고를 통해 타자에게 나아

갈 수밖에 없다. 그러나 그게 실제로 타인의 생각과 삶에 가 닿기는 너무나 어렵다. 나의 삶엔 분명히 한 시대의 삶이 응축되어 있겠으나, 그 삶의 기록이 완벽하게 타자가 "이해할 수 있는 보편적인 무언가가 되는 것"은 더욱더 불가능하다. 이로부터 에르노식 글쓰기의 묘미가 생겨난다. 자기 삶을 완전히 타자에게 열어젖힐 때까지 점근선을 그리면서 반복해서 다시, 또다시 글을 쓰는 것이다.

에르노는 자신을 "나 자신의 인류학자"라고 부른다. 몽테뉴가 자기 경험을 담은 글을 반복해서 고쳐 쓰면서 인류 공통의 사유로 나아갔다면, 에르노는 자기 이야기에 동시대 여성의 삶 전체를 겹쳐 쓴다. 에르노의 고백적 글쓰기는 사소한 개인 체험인 자기 위안에 그치는 것이 아니라 보편적 여성 체험을 드러낸다.

자기 경험 안에 동시대인들이 추구한 중대한 가치, 시대 경험과 감각, 더 인간다운 삶에 대한 갈망을 품을 때, 고백은 문학이 된다. 이 때문에 스웨덴 한림원은 그녀의 작품이 "개인 기억의 뿌리, 소외, 집단 속박을 폭로한 용기와 임상적 예리함"을 품고 있다고 말했다. 자기 안에 깊이 자리 잡은 체험을 과감히 담아낸 글쓰기를 통해 인간 소외와 집단적 억압을 드러내고, "젠더, 언어, 계급에 나타나는 강력한 불균형"을 탐구했다는 뜻이다.

에르노는 자신을 마치 타자처럼 냉정하게 다룬다. 공적 진실을 보여줄 수 있다면, 자기 삶의 가장 부끄러운 부분조차 숨기지 않는다. 『사건』에서는 자신의 임신 중지(낙태) 체험을, 『단순한 열정』에서는 러시아 유부남 외교관과 불륜 경험을, 『부끄러움』에서는 부부싸움 하던 아버지가 순간적 분노를 이기지 못한 채 낫을 들고 어머니를 죽이려 한 경험을 생생하게 그려낸다. 각각의 작품은 단지 개인 체험을 드러내는 데에만 그치지 않는다. 각각 페미니즘 운동, 소비에트 몰락, 가정 폭력 문제와 연결돼 젠더와 계급, 윤리와 언어의 문제를 깊이 성찰하도록 독자들을 이끈다.

에르노의 대표작인 『남자의 자리』는 아버지의 삶을 기리려고 쓴 작품으로, 르노도상을 받으면서 그녀 이름을 세계에 알리는 데 큰 역할을 했다. 이 작품은 에르노 문학의 중요한 분기점을 이룬다. 오토픽션이라는 그녀만의 독특한 방법이 이 작품을 통해서 비로소 선명한 형태를 얻는 까닭이다. 에르노는 이야기한다. "거기, 소설보다 더 큰 삶이 있다. 나의 아버지와 내가 떠나온 세계가 있다."

처음에 에르노는 아버지를 주인공으로 하는 소설을 쓰려고 했다. 그러나 작업 도중 그녀는 전통적인 형태의 소설로는 도저히 아버지의 삶에 접근할 수 없음을 받아들인다. "물질적 필요에 굴복하는 삶을 설명하기 위해서는 무엇보다 예술적인 것, 무언가 '흥미진진한 것' 혹은 '감동적인 것'을 추구해서는 안 된다." 이에 에르노는 새로운 형태의 글쓰기를 시도한다. 아버지가 남긴 삶의 실제 흔적들, 그러니까 그의 "말과 몸짓, 취향, 그 인생에 영향을 미쳤던 사건들"을 모아 극히 단조로운 형태로 배치하는 것이다.

이 작품을 계기 삼아 에르노는 허구화라는 소설적 기법을 아예 버린다. 그 기법과 언어는 아버지의 삶을 기록하기에 적절하지 않다. 소설이란 본래 부르주아 계급의 세계관과 언어에 최적화해 있는 까닭이다. 노동자 계급인 아버지의 삶을 기록하는 데는 다른 기법, 다른 언어가 필요하다. 마찬가지로 자기 삶도 마찬가지다. 소설이란 또한 부르주아 남성들의 언어에 감염되어 있기 때문이다. 소설이 아니면서 자기 삶을 객관화하는 새로운 문학 언어가 필요하다. 이로부터 오직 경험한 일만 글로 쓴다는 고유한 문학적 기법이 나타난다. "이것은 전기도 아니며 소설도 아니다. 아마 문학, 사회학, 그리고 역사 사이의 그 무엇일 것이다."

이 작품은 1967년 대학을 졸업한 에르노가 교사 시험을 치러서 합격하는 장면에서 시작된다. "나는 리옹 크루아루스 지역에 있는 한 고등학교에서 중등 교원 자격 실기 시험을 치렀다." 에르노는 프랑스 노르망디 지방의 작은 시골 마을에서 가난한 노동자 계급의 딸로 태어났다. 그녀에게 이 시험은 신분 상승을 위한 상징적 행위였다. 작은 구멍가게 집 딸, 즉 프롤레타리아에서 탈출해서 남들에게 존경받는 교사, 즉 프티부르주아로 계급을 갈아타는 일이었다. 그러나 동시에 이 장면은 에르노의 삶과 부모의 삶을 철저히 분리하는 계급적 장벽의 은유이기도 했다. 인류으로는 부모와 자식이지만, 사회적으로는 서로 다른 삶을 살게 된 것이다.

에르노가 교사가 된 지 두 달 만에 아버지는 자기 할 일을 다 했다는 듯 기쁨 속에서 세상을 떠났다. 아버지는 말했다. "내가 잘되어 아주 기쁘다." 그녀의 아버지는 가난했으나 성실했고, 완고했으나 딸을 위해 자신을 던질 줄 알았고, 가족을 사랑했으나 가부장제 문화에 젖어 있었고, 딸의 출세를 좋아했으나 그 계급의 교양과 문화를 알지 못하는 사람이었다. 그가 세상을 떠난 지 15년 후인 1982년 에르노는 문득 아버지의 삶을 떠올리면서 슬픔에 젖는다. 아무도 기억하지 않는 삶, 누구도 있는 그대로 생생하게 기록하려 하지 않는 그의 삶을 애도하기 위해서였다.

그는 술을 마시지 않았다. 다만 자신의 자리를 지키기 위해 애썼다. 노동자라기보다는 상인처럼 보이고 싶어 했다. 정유공장에서 그는 반장으로 승진했다.

소설 제목은 이 문장에서 왔다. 원제는 La place, '자리, 좌석, 광장, 위상' 등의 뜻이다. 이때의 '자리'는 아버지가 살면서 평생 얻어내고, 또 애써 지키려 했던 작은 사회적 지위 또는 장소를 의미한다. 에르노의 아버지는 가난한 농민의 아들로 태어났다. 가진 건 몸뚱이밖에 없었던 그는 성실히 노력하고 부지런히 일해서 소 치는 목동에서 공장 노동자로, 말단 공원에서 작업반장으로, 작업반장에서 작은 식료

품점 주인으로 한 칸씩 사회적 지위를 높여 왔다. 에르노는 아버지의 일생을 "물질적 필요에 굴복하는 삶"이라고 요약한다. 한마디로, 굶주리지 않고 먹고살기 위해서만 모든 걸 바쳤다는 뜻이다. 거기엔 정신적 취향이 깃들 틈이 없었다.

에르노는 아버지가 마련한 지상의 방 한 칸(식료품점)에서 태어나 중학교 때까지 생활했다. 카페를 겸한 구멍가게였다. 수입이 넉넉지 않아서 입에 풀칠하는 수준을 벗어나지 못했다. 장사로 수입이 모자랄 때는 아버지가 임시로 공장에 나가서 일해야 굶주리지 않는 수준이었다. 그의 삶에서 가장 선연한 욕망은 먹고살기, 그다음 강한 욕망은 '자리'란 말이 상징하는 신분 상승 욕구였다.

당대 프랑스에서 에르노의 아버지만 '자리'를 바란 것은 아니었다. 제2차 세계대전이 끝나고 프랑스 경제가 비약적 성장을 거듭한 '영광의 30년' 동안, 프랑스의 수많은 남성 노동자가 비슷한 삶을 살았다. 작품의 제목이 '아버지의 자리'가 아니라 '자리' 또는 '남자의 자리'가 된 이유이다. 에르노는 이 작품을 통해 단지 아버지만 기리지 않고, 아버지 세대의 프랑스 노동 계급 전체를 함께 기념하려 했다. 나를 기록해서 우리를 보여주는 에르노 문학의 독특함이 처음으로 형태를 드러낸 것이다.

아버지 마음 가장 깊은 곳에 맺힌 한은 '배움'이었다. 지식에 대한 동경, 품위 있는 삶에 대한 갈망이었다. 열두 살 때 어쩔 수 없이 멈춘 공부 탓이었다. "떨어진 사과 줍기, 꼴 베기, 짚단 만들기 등 파종과 수확에 관련된 일"을 하느라 에르노의 아버지는 초등학교도 제대로 다니지 못했다. 중학교 문턱을 넘지 못한 건 당연했다. "할아버지는 그를 학교에서 빼내 자신이 일하는 농가에 집어넣었다. 더 이상 먹이기만 하고, 그가 아무 일 안 하고 빈둥거리게 놔두지 않은 것이다." 공부를 좋아하고 그림을 사랑했으나, 압도적 가난 앞에서 그런 건 아무런 소용도 없었다. "그런 건 꿈도 못 꿨다. 그땐 다들 그랬어." 아버지는 자주 에르노에게 푸념하곤 했다.

깊은 한숨은 가난을 대물림하지 않으려는 뜨거운 열망이 되었다. 아버지는 악착같았다. 새벽부터 밤늦게까지 하루도 쉬지 않고 가게 문을 열었다. 손님을 하나도 놓치지 않으려 발버둥 쳤다. 아울러 공부를 잘했던 외동딸 에르노가 더 높은 자리를 얻을 수 있도록 애썼다. 가정 형편에 맞지 않게 부르주아들이 자녀를 보내는 사립학교에 입학시켜 공부시킨 것이다. 부모의 자기희생을 통한 자녀 교육이 하나의 문화로 자리 잡은 한국에서 이 작품이 크게 인기를 얻은 이유일 테다.

아버지는 나를 당신의 자전거에 태워 집에서 학교까지 데려다주었다. 비가 오나 해가 쨍쨍하나 아버지는 이 기슭에서 저 기슭으로 강을 건네준 뱃사공이었다. 그를 멸시한 세계에 내가 속하게 되었다는 것, 이것이야말로 그의 가장 큰 자부심이요, 심지어는 그의 삶의 이유 자체였는지도 모른다.

아이러니하게도, 딸을 더 높은 자리로 올려주기 위한 이 한없는 헌신 탓에 아버지와 딸 사이에 근원적 균열이, 메울 수 없는 틈이 생겨났다. 자신이 노력해 신분의 강을 건네준 딸이 다른 윤리, 다른 언어, 다른 취향, 다른 문화에 속하게 된 것이다.

작품에서 에르노는 높은 자리에 오른 자신과 아직도 아래에 존재하는 아버지 간에 놓인 서먹한 감정의 흐름, 심리적 거리를 선명히 대비해서 보여준다. "아버지와 그의 인생에 대해, 사춘기 시절 그와 나 사이에 찾아온 이 거리에 대해 말하고 쓰고 싶었다." 같은 자리에서 출발했으나, 둘은 일상에서 쓰는 말에서 손님 상차림에 이르기까지 삶의 양태가 완전히 갈라섰다. 아마도 부모와 자녀 세대의 격차는 프랑스 곳곳에서 일어났을 것이다.

아버지가 살아 있는 동안, 에르노는 아버지의 궁상맞은 삶과 무뚝뚝한 태도를 잘 이해하지 못했다. "아래에 있던 세계의 추억을 저급한 취향의 어떤 것처럼 잊게 하려 애쓰는 세계, 내가 사는 이 세계의 욕망 앞에 무릎을 꿇었기" 때문이었다. 생존에 얽매인 아버지의 세계는 그녀가 학교에서 배운 품위 있고 세련된 삶의 자리와 반대편에 있었다. 거칠고 조악하기 그지없기 때문이었다. 아버지는 말했다. "책, 음악, 그런 건 너한테나 좋은 거다. 내가 살아가는 데는 필요 없어."

문학비평가 황현산은 이런 아버지를 "자신이 이해하지 못하는 삶과 문화를 위해 자신이 살아온 삶과 몸담았던 문화를 부정해야 했던, 자기를 바친 것이 아니라 없애버린 사람"이라고 불렀다. 딸을 위해서 헌신할수록, 그래서 딸이 더 높은 자리로 오를수록 아버지는 점점 무시해도 좋을 사소한 존재, 이해하고 싶지 않은 부끄러운 존재가 되어갔다. 에르노는 아버지와 자신 사이의 계급 분리가 어떻게 나타나는지를 이야기한다.

난 내가 사는 아파트와 루이 필리프풍의 시크리터리 책상, 빨간 벨벳의 소파며 하이파이 오디오 세트 등을 얘기했다. 얼마 안 지나 그들은 더 이상 내 말을 듣고 있지 않았다. 자신은 모르는 사치를 내가 누릴 수 있기만을 바라며 나를 키웠던 아버지는 흐뭇해했지만, 던롭필로 가구나 옛날 서랍장 같은 것은 그에게 내 성공을 확증해주는 것 이상의 다른 의미는 없었다. 모든 걸 요약하듯 그는 말하곤 했다. 그럼! 너희들은 당연히 누려야지!

마흔두 살, 중년이 된 에르노는 자신이 아버지에 대해 느꼈던 감정이 일종의 배신행위라는 사실을 깨닫는다. 이에 그녀는 "사람들이 천하다고 생각하는 삶의 방식에 대한 명예 회복"에 나선다. 이는 "부유하고 교양 있는 세계에 들어

갈 때 그 문턱에 내려놓아야 했던 유산을 밝히는 작업"이고, "나와 나를 둘러싼 사람들을 생각할 때 썼던 그 단어들을 되찾는 일"이다.

글을 쓰면서 하류라 여겨지는 삶의 방식에 대한 명예 회복과 그에 따른 소외를 고발하는 일 사이에서 좁다란 길을 본다. 이러한 삶의 방식은 우리의 것이었고, 심지어 행복하기도 했으며, 우리가 살던 환경의 수치스러운 장벽들('우리 집은 잘살지 못한다'라는 인식)이기도 했으니까. 행복이자 동시에 소외라는 말을 하고 싶은 것이다. 아니 그보다도 이 모순 사이에서 흔들리는 느낌이다.

하류의 삶을 정직하게 보여주기 위해 에르노는 "추억을 시적으로 꾸미는 일이 있어서는 안 될 것"이라고 말한다. 그런 언어는 평생 "물질적 필요에 굴복"해서 살아온 아버지의 삶을 드러내는 데 적합지 않은 까닭이다. "프루스트나 모리아크를 읽으면, 그들이 내 아버지가 어릴 때, 그때 그 시대를 그리고 있다는 것이 믿기지 않는다. 그들과 비교하면 아버지가 살던 시절은 중세 시대나 다름없다."

그 대신 에르노가 택한 문체는 "내가 부모님에게 편지 쓸 때 사용했던 글"이다. 현란한 수사와 심오한 개념들로 무장한 시적 꾸밈보다 단순하고 꾸밈없고 소박한 언어, "어떤 단어를 다른 단어로 받아들이는 법이 없는" 언어, 즉 아버지가 사용했던 언어로 그의 삶을 그려내려고 애쓴다. 자신을 얕잡아보는 세계 너머로 딸을 건네준, 그러나 돌려받지 못할 애정을 떳떳해하는 한 남자의 자존감을 온전히 살려 내기 위해서다.

"아버지는 뭔가 힘 있는 인물이라고 생각되는 사람 앞에서는 소심해지고 뻣뻣이 굳어져서 상대에게 아무런 질문도 하지 않는" 사람이었다. 그러나 이 굴욕의 징표, 즉 추레하고 비겁한 모습은 사실 "똑똑한 처신"이기도 했다. 가진 게 아무것도 없는 자가 눈치 없이 자존심만 세우면 결국 쫓겨나서 파멸하는 법이니까. "감정 같은 것은 호주머니에 넣고 그 위에 손수건으로 덮어놓는 거야."

그러나 거칠지만 그는 삶을 사랑하는 사람이었다. 딸의 남자친구가 집에 왔을 때, 그는 "자신의 정원이며, 자기 혼자 힘으로 지은 차고 등을 보여주었다." 자기가 스스로 삶에서 이룩한 것을 자부하고, 높은 계급의 사람에게 인정받고 싶은 몸짓이었다. 이는 어떻게든 자신의 작은 돈을 쪼개 딸의 신접살림에 보태려는 안타까운 몸짓으로 나타난다. "그는 자신이 저축한 돈으로 신혼부부를 도울 수 있기를 바랐다. 자신과 사위 사이에 놓인 교양과 힘의 간극을 그저 한없는 베풂으로써 보상하고 싶어 했다."

이런 과정을 거쳐서 에르노는 "서로에게 아무 할 말이 없게" 되어버린 관계, 언어에서 완전히 분리된 관계를 복원하고, 아버지의 언어와 행위를 하나씩 이해해 나간다. "못된

성질은 그를 지탱해주는 원동력, 가난을 견뎌내게 하고 자신이 사내임을 믿게 해주는 힘이었다." 이는 아버지의 언어로써 아버지를 기리는 과정이자, 신분 상승 이후 에르노 안에서 잊힌 언어, 빠져나간 말, 사라진 기억을 되찾는 자기 치유의 과정이기도 하다.

『남자의 자리』는 이름 모를 티끌 같은 존재였던, 그래서 무시당하고 멸시당했던 한 남자의 자리를 되살린다. 에르노는 공식 역사나 문학이나 기록에 전혀 남지 못했을 한 남자의 자리, 그의 언어, 그의 흔적을 노동자 계급의 언어로 선명하게 복원하고, 그 자신의 배신행위를 반성한다. 정치나 역사가 잊은 것을 기억해서 언어화할 때 비로소 문학은 의미를 얻는다. 기존의 문학이 전혀 재현하지 못했던 삶을 살리고자 애썼던 문학적 시도는 에르노를 문학의 새로운 영토로 이끌었다.

폭력의 세계에서 어떻게 해야
인간일 수 있는가

| 한강의
| 작품 세계

2024년 노벨문학상은 한강 작가에게 돌아갔다. 한국 작가로는 최초이고, 아시아에서도 여성으로는 처음이다. 선정 이유는 "역사적 상처를 직시하고, 인간 삶의 연약함을 드러내는 강렬한 시적 산문"을 창조했다는 것이다. 인간은 붉은 살과 흰 뼈로 이루어진 몸을 움직여서 시간의 거센 물결을 헤치면서 살아간다. 억압적 사회와 폭력적 역사는 그 살을 찢고, 뼈를 바수어 크고 작은 흔적을 남긴다. 1994년 소설가로 데뷔했을 때부터 작가는 그 흉터의 서사를 시적 문체로 기록해왔다.

1

한강은 1970년 전라도 광주의 한 문학가 집안에서 태어났다. 아버지 한승원은 『아제아제 바라아제』, 『불의 딸』, 『내 고향 남쪽 바다』, 『해변의 길손』 등으로 유명한 작가다. 빛과 어둠, 생명과 죽음이 교차하는 공간인 바다를 시원으로 민중의 원초적 생명력을 담아낸 다양한 작품들을 발표해왔다. 오빠와 남동생도 소설가로 활동 중이다. 그야말로 핏속에 문학의 강물이 흐르는 셈이다.

한강은 1980년 초 가족과 함께 서울 수유리로 이주했다. 몇 달 더 광주에 있었으면, 『소년이 온다』에서 그려냈던 그 참혹한 비극을 겪었을 것이다. 같은 동네에 살던 키 작은 오빠는 소설의 첫 번째 화자인 강동호의 실존 모델로, 5월 광주 민주화운동의 어린 희생자가 되었다. "산 사람이 죽은 사람을 들여다볼 때, 혼도 곁에서 함께 제 얼굴을 들여다보지 않을까."(『소년이 온다』 중에서) 한강의 문학에 뿌리 깊게 깃들어 있는 폭력에 대한 원초적 체험은 아마도 이 사실에서 형성된 것으로 보인다.

입 없는 자들의 고통을 자기 안에 데려와서 입술을 빌려줄 때, 인간은 작가가 된다. 한강의 문학은 폭력과 상처, 기억과 애도를 주제로 삼는다. 권력이 침묵을 강요하고 사회가 망각을 재촉할 때, 한강은 기꺼이 '기억하는 사람'이 되려 했다. 죽음 너머까지 언어를 움직여 망자의 목소리를 들려주려 했다. 이러한 소명감이 한강 문학에 넘실대는 귀기 어린 듯한 '샤먼의 언어'를 잉태했다. 『사랑과, 사랑을 둘러싼 것들』에서 작가는 말한다.

나는 흥얼거린다. 나는 기억하는 사람, 모두가 잊은 것을 기억하는 사람. (중략) 기억할 뿐이다. 누구도 들여다볼 수 없는 것들, 결코 완전히 펼쳐 보일 수 없는 것들을.

1993년 대학 졸업 후, 한강은 『샘터』 잡지의 기자로 일하면서 습작에 몰두해서 그해 겨울 「얼음꽃」 등 5편을 발표하면서 시인으로 데뷔했다. 그의 유일한 시집 『서랍에 저녁을 넣어두었다』에는 그중 「서울의 겨울 12」 단 한 편만 실려 있다.

어느 날 어느 날이 와서/ 그 어느 날에 네가 온다면/ 그 날에 네가 사랑으로 온다면/ 내 가슴 온통 물빛이겠네, 네 사랑/ 내 가슴에 잠겨/ 차마 숨 못 쉬겠네/ 내가 네 호흡이 되어주지, 네 먹장 입술에/ 벅찬 숨결이 되어주지, 네가 온 다면 사랑아,/ 올 수만 있다면/ 살얼음 흐른 내 뺨에 너 좋아하던/ 강물 소리,/ 들려주겠네

이 슬픈 애가는 '어느 날'을 두 차례, 그리고 다시 한 차례 더 반복하면서 시작된다. 미래의 이 '어느 날'은 그만큼 간절하다. 화자는 사랑의 부재를 사랑의 존재로 바꾸려 한다. 그러나 그 사랑은 지금 얼어붙어 움직이지 않는다. 뜨겁지만 짝사랑이다. 숨 막힐 정도로 으스러지게 안아주고 싶으나 곁에 없다. '먹장 입술'은 저절로 죽음을 연상시킨다.

살얼음이 잔뜩 껴 있어 피가 돌지 않는 존재는 시신을 떠올리게 한다.

사랑에는 죽음 너머로까지 숨결을 불어넣는 힘이 깃들어 있다. 시인은 그 힘으로 죽은 자의 언어에 '벅찬 숨결'을 돌려주고, 얼어붙은 몸에 생명의 '강물 소리'를 들려주고 싶다. 이처럼 초기부터 '샤먼의 언어'는 한강 문학의 뿌리 깊은 한 축을 이룬다. 한강의 다른 문학적 뿌리는 '한밤중에 소리 죽여 우는 어머니의 울음'에서 유래한 듯하다.

> 한번은 아버지가 주무시는데 옆자리 기척이 이상해, 팔을 뻗어 어머니의 얼굴을 더듬어보니 손바닥이 젖었다고 했다. (중략) 소리 내지 않고, 옆에 누운 사람이 알아채지 못하도록 이를 물고, 눈물이 귓속으로 흘러들지만, 들킬까 봐 손을 들어 닦지도 못하고, 어둠 속에서 혼자 우는 여자. (『가만가만 부르는 노래』 중에서)

가부장제 폭력은 여성에게 비극적 삶을 강요한다. 그 탓에 여성의 언어는 언제나 '한낮의 언어'가 아니라 '한밤중의 언어'로, 그것도 아무도 알아먹지 못하는 흐느끼는 울음의 형식으로 분출된다. 모든 해방은 정확한 언어를 얻는 데에서 시작된다. 개념은 하나의 세계를 창조하는 것이므로, 감정적 분출에 적확한 언어를 부여할 때 비로소 폭력에 짓눌린 여성의 삶은 그 존재를 얻는다.

인식하는 것만이 바꿀 수 있기에 한강의 문학은 이 '혼자 우는 여성'의 삶에 거듭해서 적확한 초상을 부여하는 일을 반복한다. 탐구와 모험을 반복하면서 '혼자 우는 여성'들은 한강 소설에서 꾸준히 모습을 드러낸다. 『검은 사슴』의 의선, 『그대의 차가운 손』의 L이나 E, 『채식주의자』의 영혜, 『바람이 분다, 가라』의 인주와 정희, 『희랍어 시간』의 실어증에 걸린 여자 등은 모두 세계의 어둠 속에 갇혀서 짙은 울음 신호를 보내는 중이다. 한강은 이 비통과 좌절을 기쁨과 부활로 바꾸는 걸 끈질기게 추구해왔다. 한밤중에 울음 우는 모든 여성에게 그는 속삭인다.

삶 쪽으로 바람이 분다, 가라, 기어가라, 기어가라, 어떻게든지 가라. (『바람이 분다, 가라』 중에서)

1994년 『서울신문』 신춘문예에 「붉은 닻」을 발표하면서 한강은 소설가가 된다. 데뷔작의 세계를 지배하는 건 "두려운 사람", 즉 "아무것도 하지 않는"데도 "경멸하거나 저항할 수 없는 이상스러운 존재"인 아버지이다. 한강은 그 폭력에 시달리다 마음과 몸의 병을 앓는 존재의 절망적 연약함을 그려낸다.

육체의 무력함과, 그 무력한 육체에서 벗어날 수 없음을 아는 자 앞에서는 어떤 희망도 그리 눈부시지 않다는 것을

배웠다. (『여수의 사랑』 중에서)

항상 술에 취해 정신 나간 이 주정꾼 아버지가 한밤중
에 소리 죽여 우는 여자를 만들어낸 존재다. 이 폭력적 존
재는 이후 한강의 작품에서 공포에 질린 여성과 대립쌍을
이루면서 반복적으로 나타난다. 『채식주의자』에서 우리는
딸의 입을 강제로 벌리고 고기를 쑤셔 넣는 아버지, 오토바
이에 개를 매달고 동네를 질주하는 아버지의 모습에서 그
폭력성의 섬뜩한 절정과 마주친다.

2

1995년에 나온 첫 번째 소설집 『여수의 사랑』에서 작
가는 "고통은 지속될 것이며, 어디에서도 그것을 진정할 수
없으리라는 초조함"을 고백한다. 1990년대는 한국 사회가
군부 독재의 오랜 악몽에서 벗어나서 '압구정동'과 '신세대'
가 상징하는 풍요와 쾌락, 자유와 해방감을 만끽하던 시대
다. 그러나 이 무렵 다른 작가들과 달리 한강은 그 축제의
이면에 놓인 고통의 덫을 깨닫고, 거기서 벗어나려다 상처
입어 너덜너덜해진 영혼에 주목한다.

그는 늦은 밤에 숲을 헤매다가 덫에 걸린 짐승과 같았
다. 인생이 무엇인지 알기도 전에 그는 덫에 걸렸다. (『여수의

폭력에 감염된 세계에서 인간은 취약하다. 삶의 기본 형식이 견딤인 세계는 인간을 병들게 한다. 육체는 "날카로운 덫에 찢겨 피가 흐르고", 정신은 "인생에 빛나는 것들은 모두 지나가버렸다는 조로한 상념"에 붙잡혀 있다. 폭력의 밤에 갇혀 한없이 견디는 삶이란 끔찍하고 비통할 뿐이다. 행복이나 기쁨보다 고통에 먼저 시선을 돌리는 습관은 한강 문학의 뿌리 깊은 편향이다.

자취방 유리창 가득 늦가을 오전의 다사로운 햇살이 내리비치고 있었다. 장판 바닥에 엎디었던 몸을 굼벵이처럼 모로 누이며 나는 두 눈을 가늘게 떴다. 명치끝이 찢기듯이 아파왔다. 적요한 햇빛 속으로 무수한 먼지 입자들이 흩날리고 있었다. 아름답구나, 하고 나는 문득 생각했다. 먼지는 진눈깨비 같았다. 먼 하늘로부터 춤추며 내려와 따뜻한 바닷물결 위로 흐느끼듯 스미는 진눈깨비……, 여수의 진눈깨비였다. (『여수의 사랑』 중에서)

고통 어린 삶을 구원하는 건 아름다움의 순간적 출현이다. 아름다움은 햇살 속에서 반짝이는 먼지처럼 언뜻 우리를 찾아와 "명치끝이 찢기"는 듯한 아픔을 잊도록 한다. 미학적 존재로 거듭날 때만 인간은 구원받는다. 자기 삶을 예술 작품처럼 정련하는 존재만이 고통의 삶을 초월할 수 있다. 한강의 초기 작품을 끌어가는 근원적 동력은 아름다움이, 예술이 결국 고통받는 인간을 구원할 것이라는 믿음이다.

한강 소설의 인물들은 모두 상처의 존재들이다. 고통을 견디고 있기에 그들은 늘 이를 힘껏 악물고 주먹을 꽉 쥐는 습관이 있다. 그 탓에 멀쩡한 이가 하나도 없고, 손바닥엔 항상 손톱이 파고든 흉터가 나 있다. 두 번째 소설집 『내 여자의 열매』에서 한강은 말한다. "이미 희끗희끗 헐기 시작한 입술 안쪽을 떡니로 악물었지." 모두 입술을 앙다물고 억지로 살아가는 사회에서 언어는 질식한다. 소설 속 인물들이 자주 실어증에 걸리고, 답답한 마음에 미쳐버리거나 실종되는 이유이다.

구역질하고, 안정제를 먹고, 미치고, 광기로 발작하고, 비인간적으로 되고, 오기를 부리고, 불을 지르고, 떠나고, 사라진다. (『여수의 사랑』 중에서)

3

식물적 상상력으로 빚어낸 '굴광성의 존재'는 한강 소설의 또 다른 특징이다. 동물적 폭력이 가득한 어둠의 세계에서 타자를 위압하지도 공격하지도 않는 무해한 존재로 남고 싶다는 마음은 '식물 되기'의 열망을 빚어낸다. 그러나 식물 자체가 목적은 아니다. 그 안에 내재한 욕망은 희망을 잃지 않고 가느다란 가지라도 빛을 향해 가지를 뻗고 싶다는 끈질긴 마음이다. 이 변신 욕망이 최초로 모습을 드러내는 건 단편 「내 여자의 열매」에 나오는 아내의 초상에서다.

아내는 베란다의 쇠창살을 향하여 무릎을 꿇은 채 두 팔을 만세 부르듯 치켜올리고 있었다. 그녀의 몸은 진초록 색이었다. 푸르스름하던 얼굴은 상록활엽수의 잎처럼 반들반들했다. 시래기 같던 머리카락에는 싱그러운 들풀 줄기의 윤기가 흘렀다.

빛을 향해 몸이 구부러지는 굴광성의 존재들은 첫 번째 장편소설 『검은 사슴』을 거쳐서 『채식주의자』로 이어지고, 『소년이 온다』나 『작별하지 않는다』에서도 반복된다. 『검은 사슴』(1998)은 의선이란 여성의 삶을 다룬 작품이다. 기억을 잃은 채 때때로 벌거벗고 거리를 질주하는 이 여성은 폭력에 짓눌려 자아를 상실한 여성의 삶을 압축한다.

제목 '검은 사슴'은 중국 신화에 나오는 상상의 동물이다. 땅 깊은 곳에서 사는 이 동물의 꿈은 지상에 올라가 햇빛을 보는 것이다. 그러나 실제로 땅을 뚫고 나와 햇빛을 보는 순간, 이 짐승은 온몸이 녹아 스러진다. 폭력이 가득한 세상에서 희망은 이처럼 모순적으로만 있을 수 있다. 작품에서 사슴은 바깥으로 나가는 길을 알아내는 조건으로, 그 수단인 단단한 뿔과 날카로운 이빨을 빼앗기는 비극적 존재로 나타난다.

언제나처럼 한강의 시선은 이 어둠에 갇힌 존재를 향한다. 의선이 갑자기 사라졌을 때, 한강은 기자를 탐정으로 보내서 그 삶과 기억을 추적해 드러내려 애쓴다. 문학평론가 백지은은 말한다.

　　한강의 시선은 고통 속에 놓인 인간들을 지칠 줄 모르고 끈질기게 따라간다. 외부와 내부의 폭력에 노출된 인간은 그 연약함에도 절대 좌절하지 않고 어떻게든 탈주와 변화를 모색한다. 한강은 세계의 혹독함이 인간의 존엄함으로, 우울이 정념으로, 좌절이 용기로 변할 때까지 돌아서지 않는다. (『검은 사슴』 해설 중에서)

그 결과, 인간은 어둠 속에서 한 줄기 빛을 향해 구부러지는 식물들처럼 살 때 비로소 구원받을 수 있음이 돋을새김 된다. 『검은 사슴』의 벌거벗은 채 앉아서 빛을 쬐는 의선은 『채식주의자』의 영혜와 일란성 쌍둥이 같은 존재다. "식물 같았어요. 어두운 방에서도 그 애는 늘 저 창문을 향해 앉아 있었어요. 어두운 방에 놓인 화분 속 풀이, 아무리 가냘픈 빛이라도 있으면 그쪽으로 구부러지는 것처럼 말이에요."(『검은 사슴』 중에서) 인간은 희망이란 존재를 상상하고 추구하는 것만으로 강해진다. 뿔로 어둠을 밝히고, 이빨로 바위를 깨뜨릴 수 있다. 인생이란 우리에게 뼈아픈 상처를 안기지만, 상처의 힘으로 우리는 갈수록 단단해진다. 한강은 말한다.

> 갈수록, 나는 외로움에 지치는 것이 아니라 단단하고 강해졌다. 생채기 위로 세월이 덧쌓였다. 묵었던 상처를 뚫고 새로운 상처가 파이고, 그 위로 다시 굳은살이 박였다. (중략) 오로지 익숙해지는 것으로만 잊을 수 있는 통증이 있다는 것을 나는 알게 되었다. (『검은 사슴』 중에서)

작가의 초기 작품은 폭력적 세계가 낳은 상처의 현상학, 희망의 형이상학을 문학적으로 다루는 법을 탐구하는 과정이라고 할 수 있다. 마침내 작가는 각성에 이른다.

> 견디는 힘이란 따로 어디에서 오는 것이 아니라 스스로, 어쩔 수 없이, 몸의 일부로 만들어지는 것이다. (『사랑과, 사랑을 둘러싼 것들』 중에서)

4

『그대의 차가운 손』(2002)은 예술가 소설로, 한강 초기 문학을 대표하는 작품이다. 이 작품은 거짓과 허위로 가득한 세상에서 진실의 희미한 존재론을 그려낸다. 작품의 중심인물은 조각가 장운형이다. 그는 여성의 살아 있는 몸을 석고로 뜨는 라이프캐스팅 작업을 통해 조각품을 만든다. 작품은 액자 소설 형태를 띠고 있다. 화자인 작가 H(아마도 한강 자신일 것이다)가 어느 날 사라진 장운형이 남긴 노트를 독자들에게 소개하는 형식이다. 제목이 보여주듯, 이 작품은 '손'을 매개 삼아 예술이 한 인간의 허위를 드러내고, 진실을 구현하는 과정을 다룬다.

손은 제2의 얼굴이다. 손의 생김새와 동작을 관찰하면 그 사람이 얼굴 뒤로 감춘 것들의 일부를 느낄 수 있다. 마치 나름의 인격을 가진 독자적인 생명체처럼 손은 움직이고, 떨고, 감정을 발산한다. (『그대의 차가운 손』 중에서)

작품은 조각가 장운형의 삶을 유년기, 청년기, 장년기로 나누어 살핀다. 세 시기 모두 '손'은 진실을 감추거나 드러내는 상징으로 나타난다. 유년기의 손은 삼촌의 손이다. 그는 "거친 말씨, 증오에 단련된 눈빛, 매형에게 칼을 휘둘러댈 만큼 독한" 존재로 살아가나, 군대에서 사고로 잘린 손가락만은 감추려 애쓰는 존재다. 청년기의 손은 여대생 L의 손이다. 그녀는 폭식증에 걸려 끝없이 살을 찌우나, 손만은 희고 섬세하다. 장년기의 손은 인테리어업자 E의 손이다. 그녀는 "뛰어난 미모, 완벽한 몸매, 풍부한 지식, 우아한 행동 등" 모든 걸 갖추었으나 수술받은 손의 흉터를 감추려고 항상 주먹을 꽉 쥔 채 살아간다. 이처럼 소설의 인물은 모두 살아 있는 듯 보이지만, 석고상처럼 껍데기로만 존재한다. 그들의 비밀을 알아차린 장운형에게 인간이란 모두 가면을 쓴 채 허위의식에 가득 찬 존재에 불과한 것으로 나타난다.

> 삶의 껍데기 위에서, 심연의 껍데기 위에서 우리들은 곡예하듯 탈을 쓰고 살아간다. (『그대의 차가운 손』 중에서)

그들이 허위의 존재로 살아가게 된 것은 세계의 폭력 때문이다. 폭력적 세계가 가져온 상처는 모든 사람의 삶을 뒤틀고 비틀고 파괴한다. 인간은 그 고통의 심연 위에서 가면을 쓴 채 춤추는 곡예사와 같다. "처음 받은 느낌은 그녀의 손은 몹시 차갑다는 것이었다." 더는 상처받지 않으려고 딱딱한 가면을 쓴 채 차가운 손으로 살아가는 것이다.

삼촌은 군대에서 있었던 사고 탓에, L은 어릴 때 당한 가족 성폭행 탓에, E는 육손이로 태어난 장애 탓에 얻은 흉터를 필사적으로 감추려 한다. 그러나 허위의 삶은 인간을 곪게 한다. 가면을 오래 쓸수록 인물들의 삶은 진실에서 멀어져 어딘가 낯설고 기괴하게 변한다. 진실을 "말하려 하지만 말할 수 없고, 가리려 하지만 역시 다 가리지 못하는" 삶이 되는 까닭이다. 라이프캐스팅, 예술은 고스란히 삶을 베끼지만, 그 와중에 껍데기 같은 허위를 꿰뚫어 보고, 그 속살을 드러나게 한다.

그러나 예술은 고발이 아니다. 세계의 참혹함을 드러내지만, 동시에 거기에서 인간을 끄집어내 구원한다. 허위의 삶, 차가운 손일지라도, 그것은 우리에게 속한 유일한 것이므로, 우리는 이를 소중히 붙잡아 바꾸어갈 수밖에 없다.

처음으로, 내가 얼마나 내 손을 사랑하고 있었는지 깨달았다. 나를 이 세상과 이어주는 유일한 것, 내 얼굴보다 더 나에 가까운 것, 그것이 없다면 나는 없는 것이나 같은 것. (『그대의 차가운 손』 중에서)

아무도 바라는 대로 살 수 없으므로, 산다는 것은 참고 견디면서 몸에 흉터를 새겨가는 일이나 다름없다. 세계의 폭력을 견디면서 쌓은 상처야말로 내가 생각하는 나보다 내 삶의 이력에 대해 더 많은 걸 알려준다. 상처 없는 나는 존재하지 않는 것이나 다름없고, 우리는 상처를 통해서만 세상과 연결될 수 있다. 내 몸에 흉터가 있다는 것은 우리가 사랑한다는 증거다. 더 나은 삶을 향해 나아가려면, 이를 있는 그대로 받아들여야 한다.

예술을 통해 이 사실을 깨닫는 순간, 우리는 허위를 벗고 진실한 얼굴로 타자를 향해 나아갈 수 있게 된다. "나한테는 거기…… 끔찍한 거기밖에 없었는데, 아저씨가 두 손으로 내 몸을, 구석구석 다 어루만져서, 따뜻하게, 깨워주는 것 같았어요. 며칠 밤을 잠도 못 자면서, 아저씨 손을 생각했어요. 그 손…… 그 손을 한 번만 내 손으로 만져보고 싶다구."

예술은 허위의 삶을 살아가는 인간에게 손을 내밀어 그 차가운 손을 마주 쥔다. 그럼으로써 예술은 우리가 진실의 심연을 응시하고, 삶의 온도를 끌어올릴 용기를 불어넣는다. 한강은 말한다. "소설은 가장 먼저 내 존재를 변화시킨다. 눈과 귀를 바꾸고, 당신을 사랑하는 방법을 바꾸고, 아직 걸어보지 못했던 곳으로 내 영혼을 말없이 옮겨다 놓는다."(『그대의 차가운 손』 중에서) 예술은 가면을 쓴 삶을 고쳐 쓰게 이끄는 경험이고, 그로써 인간을 뿌리까지 변화시키는 장치이다. 아름다움이 있고, 예술이 있는 한, 인간은 고통의 존재를 벗어나 구원받을 수 있다.

5

『채식주의자』(2007)는 「채식주의자」, 「몽고반점」, 「나무불꽃」으로 이루어진 연작소설집이다. 이 작품을 기점으로 한강 문학의 관심은 내적 상처에 관한 존재론적 탐구에서 '존재의 내상內傷'을 가져오는 외적 폭력의 실체에 관한 탐구로 전환한다. 이 작품은 남편, 형부, 언니의 시선을 교차하면서 주인공 영혜가 식물적 변신 과정을 통해 폭력의 실체를 확인하고, 거기에서 탈출하려 몸부림치는 힘겨운 과정을 보여준다.

작품은 "아내가 채식을 시작하기 전까지 나는 그녀가 특별한 사람이라고 생각한 적이 없었다"라는 충격적 문장으로 문을 연다. 이영준 경희대 교수에 따르면, 영혜 이름 앞에 붙은 수식어구인 "세상에서 가장 평범한 여자"는 폭력적 가부장제 사회에서 여성의 존재론을 압축해서 보여준다. 특성 없는 몰개성의 삶이다. 이런 사회에서 여성은 자기 자아를 박탈당한 채 오직 견딤의 형태로만 삶을 꾸려갈 수 있다.

　　문득 이 세상을 살아본 적이 없다는 느낌이 드는 것에 그녀는 놀랐다. 사실이었다. 기억할 수 있는 오래전의 어린 시절부터, 다만 견뎌왔을 뿐이었다. (『채식주의자』 중에서)

이 삶이 "답답해서, 가슴이 조여서 견딜 수 없었던" 영혜는 꿈에서 길 잃고 헤매다가 "시뻘건 고깃덩어리"가 줄줄이 매달려 있는 헛간을 지난다. 거기서 그녀는 "물컹한 날고기"를 먹은 후, 그 "익숙하면서도 낯선" 감각을 견디지 못해 육식을 버리고 채식의 삶을 선택한다. 자기 고통의 근원에 육식이 표상하는 가부장제 폭력이 있음을 깨닫고, 이를 거부하는 것이다. 어쩌면 이는 타인의 명령대로, 폭력적 세계의 익숙한 관습대로 살지 않고, 그녀 스스로 결단해서 선택한 최초의 주체적 행위일지도 모른다. 그녀는 울부짖는다.

어떤 고함이, 울부짖음이 겹겹이 뭉쳐져, 거기 박혀 있
어. 고기 때문이야. 너무 많은 고기를 먹었어. 그 목숨들이
고스란히 그 자리에 걸려 있는 거야. (『채식주의자』 중에서)

그러나 고기를 먹지 않기로 한 영혜의 이 작은 선언은
주변 남성의 강렬한 백래시를 불러온다. 여성의 주체적 삶
이나 취향은 용납할 수 없다는 듯, 남편은 몰이해하고, 아버
지는 학대하며, 형부는 성적으로 착취한다. 견디다 못한 영
혜는 남성들 폭력에 끝없이 농락당하는 육체를 벗고, 아예
한 그루 나무로, 굴광성의 존재로 변신하기를 택한다. 『검은
사슴』의 의선처럼, 빛만 먹고사는 신체를 이룩하려 한 것이
다. 그마저 아니면 삶은 너무 절망적인 까닭이다. 일체의 음
식을 거부한 채 육체가 깡말라 서서히 무너질수록 정신이
해방을 향해 달려가는 식물 되기 과정은 기이한 시적 울림
을 일으킨다.

이 모든 것을 고요히 받아들이고 있는 그녀가 어떤 성
스러운 것, 사람이라고도, 그렇다고 짐승이라고도 할 수 없
는, 식물이며 동물이며 인간, 혹은 그 중간쯤의 낯선 존재처
럼 느껴졌다. (『채식주의자』 중에서)

광기의 형태로 진실을 표현하는 영혜의 어둡고 끈질긴
눈길은 우리 가슴에 절대 잊히지 않는 화인을 남긴다. 현세

를 초월한 듯 거룩하고 성스럽기 때문이다. 인간은 신의 얼굴을 볼 때 속됨에서 벗어나서 다른 삶으로 나아갈 수 있다. 그 낯설고 선연한 감각은 훗날 『작별하지 않는다』에서도 다시 반복된다.

이상하다. 살아 있는 것과 닿았던 감각은, 불에 데었던 것도, 상처를 입은 것도 아닌데 살갗에서 지워지지 않는다. (『작별하지 않는다』 중에서)

6

2010년대로 넘어가면서 한강은 자기의 고통을 넘어서 서서히 타자의 고통으로 나아간다. 이로부터 근원적 질문이 생겨난다. 작가가 타자의 고통을 대신 말하는 것이 가능한가, 가능하다면 어떤 언어로 이를 전할 수 있는가. 2010년대 문턱에 나온 두 편의 장편소설, 『바람이 분다, 가라』와 『희랍어 시간』은 이 질문에 관한 탐구를 보여준다.

『바람이 분다, 가라』는 화자인 '나'(이정희)가 친구 서인주의 죽음을 둘러싼 진실을 추적하는 과정을 담고 있다. 한쪽에는 화가인 그녀의 사고사를 필연적 자살, 예술적 완성으로 몰아가는 강석원이 있다. 대중의 흥미를 끌 만한 일종의 우상화 서사를 우선하는 석원의 폭력적 글쓰기에 맞서서 정희는 인주의 실체적 진실을 밝히려 노력한다. 그러나 이야기가 진행되면서 '나'는 점차 죽음의 고유성이 가져오는 필연적 공백, 타자의 삶에 관한 근원적 접근 불가능성과 마주한다.

누군가의 죽음이 한번 뚫고 나간 삶의 구멍들은 어떤 노력으로도 되살아나지 않는다는 것을, 차라리 그 사라진 부분을 오랫동안 들여다보아 익숙해지는 편이 낫다는 것을 그때 나는 몰랐다. (『바람이 분다, 가라』 중에서)

어릴 때부터 친구이고, 평생 가까이했더라도 우리는 타자를 완전히 알 수 없다. 홀로 있을 때 그가 무슨 생각을 했는지, 따로 떨어져 있을 때 어떤 일을 했는지, 사람을 만나고 작업할 때 무얼 고민했는지 모른다. 더욱이 죽은 자는 말이 없기에 그 삶의 진실에 완전히 접근하는 건 영원히 가능하지 않다. 한 사람의 삶을, 그의 번민과 고통을, 그의 사랑과 예술을 온전히 이해하려 하는 순간, 우리는 결국 막막한 어둠 앞에 설 수밖에 없다.

그렇다고 해서 좌절하고 절망하면, 우리는 타자와 삶을 함께할 수 없다. 인간은 신이 아니므로, 기껏해야 우리가 할 수 있는 건 점근선을 그리면서 타자에 최대한 가까이 가려는 시도뿐이다. 이것이 어쩌면 문학의 본질이 아닐까. 타자의 목소리를 내 안에 초대하기, 죽은 자의 진실에 내 입술을 빌려주기, 설령 가능하지 않더라도 언어의 바다에 문양을 남기기.

　화자인 정희는 기억을 뒤지고 자료를 모아가면서 인주의 진실에 접근한다. 타인에 관한 완전한 이해가 불가능할지라도, 살아 있는 자는 이런 식으로 영원히 침묵의 영역에 갇힌 그의 고통을 받아들이면서 조금씩 나아가는 수밖에 없다.

　어느 날 밤 꿈을 꿨어. 꿈에 난 이미 죽어 있더구나. 얼마나 홀가분했는지 몰라. 햇볕을 받으면서 경중경중 개울가를 뛰어갔지. 시냇물을 들여다봤더니 바닥이 투명하게 보일 만큼 맑은데, 돌들이 보였어, 눈동자처럼 말갛게 씻긴 동그란 조약돌들이었어. 그중에서 파란빛이 도는 돌을 주우려고 손을 뻗었지. 그때 갑자기 안 거야. 그걸 주우려면 살아야 한다는 걸. 다시 살아나야 한다는 걸. (『바람이 분다, 가라』 중에서)

　죽은 자의 진실, 그 푸르게 빛나는 조약돌에 가까이 가려면 함께 죽어 있어야 가능하다. 그러나 죽은 자는 그 아름다운 조약돌을 주울 수 없다. 진실을 말하려면 반드시 살아 있어야 한다. 글을 쓴다는 것은 이러한 모순을 견디면서 타자의 목소리를 서서히 내 안에 겹쳐 써가는 것이다. 더욱이 폭력적 세계는 그조차 쉽게 용납하지 않는다. 글이 어느 정도 완성될 무렵, 석원은 자기 허위를 들킬까 두려워 방화를 저지른다. 모든 자료와 원고가 재로 변해 사라지고, 인주와 마찬가지로 온몸이 불타는 고통 속에서 문득 정희는 깨닫는다.

> 누군가가 부풀어 오른 팔로 물속에서 파란 돌을 건져
> 올린다. 누군가가 무릎이 짓이겨진 채 뜨거운 배로 바닥을
> 밀고 간다. (『바람이 분다, 가라』 중에서)

타자의 고통을 말하는 건 근원적으로 불가능하지만, 우
리가 할 수 있는 건 짓이겨진 무릎으로라도 끈질기게 진실
을 향하여 기어가는 일이다.

『희랍어 시간』은 『바람이 분다, 가라』의 탐구를 이어받
고 있다. 이 작품의 세계도 연약한 것은 도무지 살아남기 힘
든 폭력적 세상이다. 작가는 그 세상을 "어느 쪽으로도 발
을 내디디기 힘든 장소"이자 "사방이 어두침침해 무엇을 찾
기 힘든 곳"이라고 말한다.

작품은 시력을 잃어가는 남성 강사와 말을 빼앗겨버린
여성 시인이 희랍어 수업을 통해서 소통과 연대, 이해와 사
랑에 이르는 과정을 보여준다. 시인의 실어증은 소통의 불
가능성, 언어가 고통이 되는 세계를 상징한다.

> 세 치 혀와 목구멍에서 나오는 말들, 헐거운 말들, 미끄
> 러지며 긋고 찌르는 말들이 그녀의 입속에 가득 찼다. 조각
> 난 면도칼처럼 우수수 뱉어지기 전에, 막 뱉으려 하는 자신
> 을 먼저 찔렀다. (『희랍어 수업』 중에서)

두 사람을 이어주는 것은 연약한 생명에 대한 민감성이다. 그 생명은 건물 안에 들어왔다가 길 잃고 "다급하게 울며 여기저기 머리를 들이받는" 작은 새로 표상된다. 거의 실명한 남자는 그 새를 구하려다 계단을 헛디뎌서 떨어진다. 작은 새와 같은 처지가 되는 것이다.

안경알이 깨져 앞이 보이지 않는 남자가 "누구 없어요?"라고 외칠 때, 놀랍게도 여자가 거기에 응답한다. 타자의 고통에 응답할 때 사랑은 시작된다. 그러나 우리는 포옹하고 입 맞추는 순간에도 "맞닿은 심장들, 맞닿은 입술들이 영원히 어긋"날 수밖에 존재다. 그렇다고 해서 사랑이 불가능한 것도 아니다. 눈뜨면 모든 게 사라질 수 있음을 빤히 알면서도, 기어이 사랑을 이야기할 수 있다.

나는 두 손을 가슴 앞에 모은다. 혀끝으로 아랫입술을 축인다. (중략) 금세 다시 말라버린 입술을 연다. 끈질기게, 더 깊이 숨을 들이마셨다 내쉰다. 마침내 첫 음절을 발음하는 순간, 힘주어 눈을 감았다 뜬다. 눈을 뜨면 모든 것이 사라져 있을 것을 각오하듯이. (『희랍어 수업』 중에서)

7

실어와 침묵을 강요하는 어두운 세상이 낳은 비극적 역사가 5·18 광주 민주화운동과 제주 4·3사건이다. 『소년이

온다』와 『작별하지 않는다』에서 한강은 산 자와 죽은 자가
만나는 씻김의 언어를 통해 국가가 자행한 끔찍한 폭력인
5·18 광주 민주화운동과 제주 4·3사건의 비극을 그려낸
다. 스웨덴 한림원은 그 씻김의 언어를 "육체와 영혼, 산 자
와 죽은 자 사이의 연결에 대한 독특한 인식"이라고 불렀다.

> 당신이 죽은 뒤 장례식을 치르지 못해, 내 삶이 장례식
> 이 되었습니다. 네가 방수 모포에 싸여 청소차에 실려 간 뒤
> 에. 용서할 수 없는 물줄기가 번쩍이며 분수대에서 뿜어져
> 나온 뒤에. (『소년이 온다』 중에서)

장례식을 치르지 못한 영혼은 삼도천을 건너지 못하고
억울하게 구천을 떠돈다. 우리 문학은 이러한 한 맺힌 영혼
을 달래는 고유한 언어를 마련해두었다. 씻김굿이다. 제의를
통해서 샤먼이 죽은 자의 영혼을 불러서 한을 씻어준 후,
배불리 먹이고 영혼을 정화해서 저승길로 인도하는 것이다.
프로이트는 이를 애도라고 불렀다. 애도는 죽은 자를 위한
것이자 산 자를 위한 것이기도 하다. 죄책의 언어에 사로잡
혀 있는 한 살아도 산 것 같지 않은 삶을 지속해야 하는 까
닭이다.

"비가 올 것 같아."

『소년이 온다』는 중학생 소년인 동호의 한마디 중얼거림
과 함께 시작된다. 비는 학살의 밤에 넘쳐날 피의 강물, 그

로 인해 흐를 슬픔의 눈물을 떠올리게 한다. 소년은 부모의 만류를 무시하고, 어린 나이에도 희생자 시신 수습을 돕고 있다. 눈앞에서 친구(정대)가 계엄군 총에 살해되어 시체가 어딘가 끌려가는 걸 외면했다는 죄책감 때문이다. 동호는 다짐한다. "아무것도 용서하지 않을 거다, 나 자신까지도." 이 마음은 살아남은 자의 슬픔, 자책, 고통으로 자연스레 이어진다.

나는 싸우고 있습니다. 날마다 혼자서 싸웁니다. 살아남았다는, 아직도 살아 있다는 치욕과 싸웁니다. 내가 인간이라는 사실과 싸웁니다. 오직 죽음만이 그 사실로부터 앞당겨 벗어날 유일한 길이란 생각과 싸웁니다. 선생은, 나와 같은 인간인 선생은 어떤 대답을 나에게 해줄 수 있습니까?
(『소년이 온다』 중에서)

억울한 영혼을 불러 애도하고 그 한을 씻기지 못한 세계는 살아남은 자들의 밤을 악몽으로 만들고, 그 낮을 죄책의 공포에 질리게 만든다. 소설 곳곳엔 이러한 죄책이 넘실댄다. "정신을 잃듯 잠 속으로 빨려든 뒤 몇 분 지나지 않아, 기억할 수 없는 무서운 꿈에 퍼뜩 눈을 떴다. 꿈보다 무서운 생시가 너를 기다리고 있었다."(『소년이 온다』 중에서)

동호가 도청에서 살해된 후, 소설의 화자를 유령이 된 정대가 이어받는다. 그리고 다시 그 목소리는 광주에서 살아낙은 은숙, 나, 선주, 동호 어머니로 이어진다. 이들의 증언을 통해 광주의 비극은 독자의 슬픔과 고통으로 옮겨간다. 좋은 문학은 우리를 슬프게 한다. 그것은 우리를 고통스러운 질문 앞에 서도록 이끈다.

인간은, 근본적으로 잔인한 존재인 것입니까? 우리들은 단지 보편적인 경험을 한 것뿐입니까? 우리는 존엄하다는 착각 속에 살고 있을 뿐, 언제든 아무것도 아닌 것, 벌레, 짐승, 고름과 진물의 덩어리로 변할 수 있는 겁니까? 굴욕당하고 훼손되고 살해되는 것, 그것이 역사 속에서 증명된 인간의 본질입니까?

그렇다면 우리에게 남은 질문은 이것이다. 인간은 무엇인가. 인간이 무엇이지 않기 위해 우리는 무엇을 해야 하는가. (『소년이 온다』 중에서)

한강은 폭력이 넘쳐나는 피바다의 세상에서 우리를 끝내 인간으로 남게 만드는 건 영혼이라고 말한다. 내면에서 우리를 지켜보는 영혼의 존재를 느끼는 한, 우리는 벌레나 짐승, 고름과 진물의 덩어리로 전락하지 않을 수 있다. 문제는 우리 안의 영혼은 깨지기 쉬운 유리 같은 것이어서 조심히 돌보지 않으면 쉽게 망가진다는 점이다.

형, 영혼이란 건 아무것도 아닌 건가. 아니, 그건 무슨

유리 같은 건가. 유리는 투명하고 깨지기 쉽지. 그게 유리의
본성이지. 그러니까 유리로 만든 물건은 조심해서 다뤄야
하는 거지. 금이 가거나 부서지면 못쓰게 되니까, 버려야 하
니까. (『소년이 온다』 중에서)

학살의 이 무참한 비극을 우리는 어떤 언어로 말할 수
있는가. 영혼을 지키기 위해 어이없게 죽어간 타자의 고통
과 한을 내가, 내 문학이 대신 말하는 것이 과연 가능한가.
그 근원적 불가능성 속에서 한강은 산문적 증언이 아니라
시적 애도의 언어를 택한다. 그 덕분에 이 작품은 전반적으
로 샤먼의 씻김굿을 떠올리게 한다. 죽임을 당하거나 상처
를 안고 사는 이들을 일일이 불러내어 위로한 후 시름과 원
한을 잊고 평안하도록 이끈다. 그러니까 씻김의 언어야말로
우리가 여전히 인간으로 남기 위해 간직해야 할 언어가 아
닐까. 한강은 말한다.

엄마, 저쪽으로 가아, 기왕이면 햇빛 있는 데로. 못 이기
는 척 나는 한없이 네 손에 끌려 걸어갔제. 엄마아, 저기 밝
은 데는 꽃도 많이 폈네. 왜 캄캄한 데로 가아, 저쪽으로 가,
꽃 핀 쪽으로. (『소년이 온다』 중에서)

전할 수 없는 것을 전하려는 이 애도와 씻김의 시적 언
어는 태어나자마자 세상을 떠난 언니의 영혼을 위령하는

작품 『흰』을 거쳐서 『작별하지 않는다』로 이어진다. 『작별하지 않는다』는 『소년이 온다』를 잇는 작품으로, 제주 4·3사건 희생자를 위령하는 작품이다. 이 작품은 화자인 작가 경하가 친구 인선의 부탁으로 학살의 현장인 제주도를 향하면서 시작된다. 작업 중 손가락이 잘린 사고를 당한 친구를 대신해서 그의 고향 집 새에게 먹이를 주기 위해서다. 제주에 도착한 경하는 4·3사건과 얽혀 지금껏 고통에 시달리는 인선의 비극적 가족사와 마주친다.

> 총에 맞고, 몽둥이에 맞고, 칼에 베여 죽은 사람들 말이야. 얼마나 아팠을까? 손가락 두 개가 잘린 게 이만큼 아픈데. 그렇게 죽은 사람들 말이야, 목숨이 끊어질 정도로 몸 어딘가가 뚫리고 잘려 나간 사람들 말이야. (『작별하지 않는다』중에서)

문학평론가 심진경에 따르면, 작품은 고통의 연쇄로 이루어져 있다. 화자인 경하는 '그 책'을 쓴 후, 끝없는 두통과 위경련에 시달린다. 여기서 '그 책'은 아마도 『소년이 온다』일 테다. 작가는 트라우마에 사로잡혀 자살을 떠올릴 정도로 괴로워한다. 그의 친구 인선도 마찬가지다. 사고를 당한 인선은 잘린 손가락 신경을 살리려고 3분마다 한 차례씩 바늘에 찔리는 고통을 당한다.

　제주도에서도 고통은 이어진다. 공항에 내려 인선의 집

으로 가는 도중, 경하는 폭설을 만나서 추위에 떨면서 눈
속을 헤매고, 간신히 인선의 집에 도착한 후엔 몸살이 나서
오한, 두통, 구토에 시달린다. 그리고 산 자와 죽은 자의 경
계가 무너지는 이상한 환몽의 공간에서 그는 학살의 희생
자들이 겪어야 했던 고통과 살아남은 가족들의 트라우마
를 깊이 체험한다.

이러한 서사적 구성을 통해서 한강은 고통의 언어를 이
작품의 서사 전체에, 독자의 영혼에 새겨 넣는다. 학살 사건
이 벌어진 지 수십 년이 지났지만, 아직 그 고통이 이어지고
있음을 환기한다. 끝없이 망각을 강요하는 권력의 언어에 맞
서서 충분한 애도 없이 그 비극과 작별하지 않기 위해서다.

> 뻐근한 사랑이 살갗을 타고 스며들었던 걸 기억해. 골수
> 에 사무치고 심장이 오그라드는…… 그때 알았어. 사랑이
> 얼마나 무서운 고통인지. (『작별하지 않는다』 중에서)

폭력적 세계에선 누구도 고통에서 벗어날 수 없다. 세
계의 어둠 속에서 식물이 한 줄기 빛을 향해서 구부러지듯,
검은 사슴이 빛을 향해서 희망 없이 돌진하듯, 도무지 피할
수 없는 고통은 애써 잊고 작별하는 게 아니라 오직 내 안
에 끌어안고 사랑하는 수밖에 없다. 한강은 말한다.

아직 사라지지 마. 불이 댕겨지면 네 손을 잡겠다고 나

는 생각했다. 눈을 허물고 기어가 네 얼굴에 쌓인 눈을 닦을 거다. 내 손가락을 이로 갈라 피를 주겠다. 하지만 네 손이 잡히지 않는다면, 넌 지금 너의 병상에서 눈을 뜬 거야. 다시 환부에 바늘이 꽂히는 곳에서, 피와 전류가 함께 흐르는 곳에서. (『작별하지 않는다』 중에서)

위대한 작품은 항상 공동체의 고통 한복판에서 탄생한다. 역사와 사회의 고통을 정면으로 끌어안고, 그 고통의 치유에 이바지하는 언어를 찾아낼 때 문학은 비로소 고귀해진다. 작품을 읽는다는 건 인간으로 남기 위해 결국 그러한 고통에 참여하는 행위일 것이다. 한강은 새삼 이 엄연한 사실을 우리에게 깨닫게 한다.

타인의 고통을 감지해서 자신의 고통으로 삼을 수 있다는 건 인간의 고귀함을 증언하는 최후의 방어선 같은 거라고 생각해요. (『소년이 온다』 중에서)

읽다, 일하다,
사랑하다

오래전부터 삶은 명사가 아니라 동사로 이루어져 있다고 생각했다. 사람들은 흔히 이름, 출신, 직위 같은 명사들에 집착한다. 그러나 어떤 사람의 속성이나 자질을 표시하는 명사들은 대부분 삶의 무궁한 움직임이 낳은 일시적 흔적일 뿐이다. 그보다 그 사람을 더 잘 보여주는 건 그의 품행이다. 능숙할 때까지 익혀서 움직일 때마다 자연스레 몸에서 배어 나오는 행실들이다.

인간은 모두 숨 쉬고, 먹고, 마시고, 걷고, 뛰고, 춤추고, 만들고, 가르치고, 배우고, 생각하고, 사랑하고, 읽고, 쓰면서 살아간다. 삶은 이렇듯 동사들의 연속체로 이루어져 있다. 얼마나 많은 동사들을 익히고 능숙히 자기 몸에 붙이느냐에 따라서 한 인간의 삶은 완전히 달라진다. 그래서 공자는 인간이 "자르고, 다듬고, 쪼고, 가는" 네 가지 동사를 통해서 타고난 자질을 갈고 닦아서 빛나게 해야 더 나은 삶을 살 수 있다고 이야기했다.

문학 작품, 특히 소설은 한 인간이 주어진 대로 살지 않으려 할 때 생기는 일들을 그려낸다. 운명에 저항하고 세계와 대결하면서 몸과 마음을 뜻대로 움직이려 할 때 생겨나는 고투와 고난과 고뇌의 나날들, 그리고 그 고통의 시간 속에서 생겨나는 영성靈性, spirituality이 문학의 가장 중심에 놓여 있다. 문학을 읽는다는 것은 그 새로운 영성이 생겨나는 과정에 함께 참여하는 일이고, 그를 계기 삼아 자기 삶을 가다듬어 고쳐 쓰는 행위라고 생각한다.

운동을 하면 근육이 땅기고 아프듯, 영혼이 성형될 때도 고통이 찾아온다. 그래서 문학은 우리를 아프게 한다. 더러운 현실을 알게 하고, 인간의 허약한 의지와 추악한 마음을 깨닫게 한다. 동시에 문학은 우리를 강하게 단련시킨다. 슬픔이 많은 현실에서 친절과 유대가 우리를 지켜준다는 것을 이해시키고, 아무리 끔찍한 재난도 결국은 지나서 평온한 일상이 돌아오는 걸 막지 못함을 알려준다. 견디는 자를 이기는 폭력은 없고, 사랑하는 자를 쓰러뜨리는 절망은 없다. 아마도 죽음조차 우리를 좌절시키지 못할 테다.

이 책의 제목 '읽다, 일하다, 사랑하다'는 무의미와 공허로 가득한 이 세계에서 우리 영혼을 지켜주는 세 가지 기본 동사다. 이들은 지금 이 삶을 떠나서 다른 존재, 다른 삶을 꿈꾸는 우리를 떠받치는 핵심 근육을 단련시켜준다.

읽기는 다른 사람들이 삶을 통해 힘들게 얻어낸 지식과 지혜를 내 것으로 만들어가는 존재 변화의 동사다. 『너무 시끄러운 고독』이, 『화씨 451』이, 『뉴욕 3부작』이 보여주듯, 읽기는 지금 세계와 전혀 다른 생각, 다른 존재를 다채롭게 그려내 보여줌으로써 우리 안에 잠들어 있던 영성을 깨어나게 한다. 다른 모든 생명체는 대개 고난이나 역경 속에서 스스로 체험한 만큼만 변하는데, 인간은 먼저 읽어서 자기 향상과 세계 변혁의 의지를 불태울 수 있다. 그래서 많은 작가가 소설 속 인물들이 삶을 바꾸고 사회를 혁명하는 모험을 치르기 직전에 무언가를 읽는 장면을 배치한다. 읽는다는 건 무언가 사건이 일어난다는 신호이고, 존재가 변화한다는 표지다. 우리 역시 답답한 삶에서 벗어나려면 먼저 읽어야 한다.

일하기는 머릿속에 떠오른 생각을 자신과 타자, 자연과 세계에 구현하는 행위다. 인간 자유는 노동을 통해 비로소 실현된다. 로마의 시인 베르길리우스는 "고난이 삶을 제압하고, 궁핍이 험난을 강제하는" 세상에서 "노고가 모든 걸 극복하리라"라고 노래했다. 자연과 사회의 강요에 따라, 가령 먹고살기 위해 억지로 일하는 것은 고역에 지나지 않으나, 의미와 목적을 위해서 기꺼이 일하는 것은 위대함을 일구는 수고가 된다. 고역엔 비어 있고, 수고에 가득한 것이 바로 영성, 즉 존재 변화의 의지다. 문학은 더 나은 존재가 되려고, 그리고 더 나은 삶을 살려고 분투하는 마음이 일으키는 변화를 추적해 보여준다. 이 책에서 다룬 작품들은 우리 삶을 고역으로 만드는 현대적 삶의 조건 속에서 변화를 가져오려고 일을 벌이고 애를 쓰는 인물들을 우리 눈앞에 그려낸다. 자기 삶을 바꾸는 데 관심 있는 사람들은 이 작품들에서 앞날을 위한 눈부신 비전을 얻을 것이다.

그러나 사랑이 없다면 삶은 아무것도 아닐 것이다. 사랑은 폭력에 대항하고, 이기와 맞서며, 좌절과 싸우는 힘을 불어넣는다. 사랑하기 좋은 현실 따윈 역사상 한순간도 존재한 적이 없다. 사랑하기는 절대 쉬운 일이 아니다. 사랑은 내려치는 벼락같이 갑자기 생기는 것도, 신의 보석처럼 아름답게 완성된 상태로 주어지지도 않는다. 사랑은 언제나 지독한 혼란이고, 끔찍한 금기이고, 억압적 사회의 단단한 장벽에 던져진 연약한 달걀로서 존재했다.

사랑은 충분한 시간 속에서만 실현된다. 사랑은 자신이 홀로 존재할 수 없음을 인정하고, 자신의 불완전성을 받아들이는 데에서 시작한다. 그로부터 그리움, 열정 등이 일어나고, 자기를 버리고 타자를 향해 나아가는 유혹의 몸짓들이 태어난다. 유혹이 항상 성공하라는 법은 없다. 때로는 사회적 제약이, 때로는 갖가지 상황이, 때로는 완고한 장벽이 가로막기 때문이다. 따라서 사랑은 자아의 장기 세공 과정에 가깝다. 우리 자신을 타인의 관점에서 재정의하는 자아의 변형 과정을 거치고, 타자를 통해 우리 자신을 완성하는 꾸준한 실천 없이 어떤 사랑도 존재할 수 없다.

힘겨운 과정을 거쳐서 생겨나기에 사랑은 매우 힘이 세다. 프랑스 철학자 조르주 바타유는 에로스에 죽음을 가로질러 삶을 실어 나르는 힘이 있다고 말했다. 사랑은 고난에서 우리를 일으키고, 절망에서 우리를 붙잡으며, 심지어 죽음에서 생명을 돌려준다. 사랑의 결실로 태어난 아이는 생물학적 의미뿐 아니라 존재론적 의미에서 우리 삶의 진정한 기쁨을 가져온다. 사랑이 있을 때만 우리는 삶의 의미와 목적을 놓치지 않을 수 있고, 힘겹고 고된 세상에서 길을 잃지 않을 수 있다.

사랑 속에서 우리는 자아를 변형하고 확장하는 즐거움을 배우고, 생활을 함께하고 존재를 공유하는 공생체로 거듭난다. 사랑할 때 우리는 우리가 누구인지, 어떤 존재여야 하는지 알 수 있다. 사랑을 모르면 자기 자신도 잊게 된다. 눈앞의 쾌락에 얽매여 살아감의 진정한 목적과 의미가 무엇인지 성찰하지 않게 된다. 사랑이 없을 때, 우리는 더 나은 삶을 이룩하기 위한 고난과 시련을 이겨낼 수 없다.

작품 속을 여행하면서, 나는 읽어서 재생의 힘을 얻고, 일해서 나와 세상을 바꾸며, 사랑해서 존재의 의미와 목적을 확인하는 인물들을 수없이 마주쳤다. 이 물신에 중독된 세계에서 문학은 우리가 짐승이지 않기 위해서는 어떻게 살아야 하는가를 알려준다.

읽다, 일하다, 사랑하다
풍월당 문학 강의, 모던 클래식

초판 1쇄 펴냄   2025년 1월 24일

지은이   장은수

펴낸곳   풍월당
출판등록   2017년 2월 28일 제2017-000089호
주소   [06018] 서울시 강남구 도산대로 53길 39, 4층
전화   02-512-1466
팩스   02-540-2208
홈페이지   www.pungwoldang.kr

편집   조민영
디자인   박연미

ISBN   979-11-89346-74-4 03810